[清]孔尚任 著 [清]梁启超 批注 城宁 校点

梁启超批注本

桃花扇

凤凰出版传媒集团 凤凰出版社

图书在版编目（CIP）数据

梁启超批注本《桃花扇》/(清) 孔尚任著；(清) 梁启超注；城宁校点. -- 南京：凤凰出版社，2010.12 (2020.4重印)

ISBN 978-7-5506-0049-2

Ⅰ.①梁… Ⅱ.①孔… ②梁… ③城… Ⅲ.①传奇剧（戏曲）－剧本－中国－清代 Ⅳ.①I237.2

中国版本图书馆CIP数据核字(2010)第234077号

书名	梁启超批注本《桃花扇》
著者	(清)孔尚任 著 (清)梁启超 注 城宁 校点
责任编辑	郭馨馨
出版发行	凤凰出版社(原江苏古籍出版社)
	发行部电话025-83223462
出版社地址	南京市中央路165号,邮编:210009
出版社网址	http://www.fhcbs.com
照排	江苏凤凰制版有限公司
印刷	江苏凤凰新华印务集团有限公司
	中国江苏南京经济技术开发区尧新大道399号,邮编:210038
开本	787×1092毫米 1/16
印张	13.5
字数	194千字
版次	2011年1月第1版 2020年4月第3次印刷
标准书号	ISBN 978-7-5506-0049-2
定价	24.00元

(本书凡印装错误可向承印厂调换,电话:025-68037411)

出版说明

孔尚任(1648～1718),字聘之,又字季重,号东塘,别号岸堂,自称云亭山人。山东曲阜人,孔子六十四代孙。清初诗人、戏曲家。著有传奇《桃花扇》、与顾采合著的传奇《小忽雷》及诗文集《湖海集》、《岸堂文集》、《长留集》等,均传世。《桃花扇》共40出,是其经十余年苦心经营,三易其稿创作的一部传奇剧本,由最初“仅画其轮廓,实未饰其藻采也”,到剧本完成后一时洛阳纸贵,不仅在北京频繁演出“岁无虚日”,连“万山中,阻绝入境”的楚地容美(今湖北鹤峰县)也有演出(《桃花扇本末》)。该传奇是通过男女主人公侯方域(朝宗)和李香君的爱情故事反映明末南明灭亡的历史戏剧。所谓“借离合之情,写兴亡之感,实事实人,有凭有据”。当时清初正是考据学极盛时期,影响了作者忠于历史的态度,剧本中绝大多数人物是真人真事,部分重大历史事件甚至考证精确到某月某日。但这不是历史书籍,剧本中加入故事情节和人物感情刻画,从深度和广度反映现实,有着很高的艺术表现力,是一部对后来影响很深的历史剧。

梁启超是中国近代史上著名的政治活动家、启蒙思想家、资产阶级宣传家、教育家、史学家和文学家,戊戌变法领袖之一。曾倡导文体改良的“诗界革命”和“小说界革命”。其著作合编为《饮冰室合集》,《桃花扇注》即收录其中。清末民初,能结合文艺思潮来探索孔尚任《桃花扇》主旨的学者,首推梁启超。梁启超在《小说丛话》中揭示了《桃花扇》的民族主义实质:“《桃花扇》于种族之戚,不敢十分明言,盖生于专制政体下,不得不尔也。然书中固往往不能自制之使人生故国之感。……读此而不油然生民族主义之思想者,必其无人心者也。”

在梁启超的这个注本中很难看到文学、戏剧方面的注释,更多的是历史方面的注释。他对《桃花扇》的注释，绝大部分是对剧作的主要人物如侯方域、李香君、史可法、左良玉、苏昆生、柳敬亭、杨龙友、郑妥娘、寇白门、李贞丽等，以及作品中写到的主要事件如侯方域修书劝左良玉，左良玉之死，史可法殉难，侯李结局等，所作详细的史实勾沉、考释、订正的工作。如第六出《眠香》中对郑妥娘的注释，引用了余怀的《板桥杂记》和当时人的题赠，为剧中做丑角的郑妥娘平反："况夔笙（周仪）《香东漫笔》云：'郑如英，字无美，小字妥娘，工诗词。与卞赛寇媚相翓翊也。《桃花扇》传奇《眠香》、《选优》等出，以阿丑之诙谐，作无盐之刻画，肆笔打浑，若瓦衖陋姝，一丁不识者然。殊未深考。"他还列举了大量的史料，订正《桃花扇》的"谬误"："虞山（钱牧斋）《金陵杂题》'旧曲新诗压教坊，缕衣垂白感湖湘。闲开闺集教孙女，身是前朝郑妥娘。《板桥杂记》谓：'顿老琵琶，妥娘词曲。只应天上，难得人间。'渔洋《秋柳》诗，唐葆年云为妥娘作，风调可想。妥娘诗载《列朝诗选闺集》。……又徐兴公《笔精》云：'冒伯麟选秦淮四美诗曰：马湘兰、赵今燕、朱泰玉、郑无美，各以风情韵态，价重一时。'……著有《红豆词》，采入《众香集》。兹并录之，俾读曲者资考证焉。"可见，梁启超认识到孔尚任是位"历史戏剧家"，《桃花扇》是一部真正意义上的历史剧。

《梁启超批注本〈桃花扇〉》不仅帮助读者更好地品读该剧作，还能窥见戊戌变法的主要人物梁启超的历史观和思想观。文中梁启超的注均用红色不同字体排印，疏朗清晰。鉴于整理者才疏学浅，疏漏讹误在所难免，敬请读者指正。

目　录

著者略历及其他著作

《桃花扇》的著者云亭山人，姓孔，名尚任，字季重，号东塘，又号岸堂，山东曲阜人，孔子六十四代孙，清康熙间官至工部员外郎。

他没有什么年谱、家传、墓志铭等类流传下来，并时名人的文集笔记提到他的也不多，所以我们想研究他一生事迹，材料很苦缺乏。他著有《湖海楼集》，但我未得见，只有《昭代丛书》里头收着他所著的一部《出山异数记》，专记清圣祖东巡时他所受的知遇。虽不过他全生涯中一小段落，我们也还可以从那里得着些别方面的资料来。

我们知道他生于清顺治五年，还知道他的生日是九月十七日，据《出山记》所说，康熙二十三年，他三十七岁。循此上推，知道他的生年是顺治五年即西历一六四八。本书末出《馀韵》里头老赞礼道白云："今乃戊子年九月十七日，是福德星君降生之辰，我到神祠祭赛。"底下神弦曲的歌词云："新历数，顺治朝，五年戊子，九月秋，十七日，嘉会良时……我与尔，较生辰，同月同日……"

本书中的老赞礼为云亭自己写照，原本眉批上早已说过——眉批是云亭经月写定的，可见云亭是和财神老同一天生日。《馀韵》那一出原本在题目下注"顺治戊子九月"字样，当然是借来点出自己的生年月日了。

他的卒年无可考，但本书卷首有戊子三月一序，戊子为康熙四十七年，云亭六十一岁了，因此我们知道他最少也寿过六十。

云亭山人——本作"云亭"，"云"乃"雲"之古文——这个号是从所居之地而得的，《出山记》说：

任以鲁诸生读书石门山中，山在少昊陵直北四十里，古曰云：

山……多洞壑及清泉佳木，相传古之晨门吏隐于兹，唐张叔明亦鲁诸生也。卜宅其麓，杜子美有访张氏隐居诗，又有与刘九法曹郑瑕丘石门晏集诗，李太白亦有鲁城东石门送杜甫诗，皆其处也。任诛茅叠石，结庐其中有年。

他“云亭”这个号，大概是取自古之云山了。读这一段，可见他从小性情恬逸，耽乐幽静的自然之美，又常有“望古遥集”之思。

他头一部著作是《孔子世家谱》十卷，我家里藏有胎印朱本查卷数盖衍圣公满汉文大印。题：“太子少师六十七代袭封衍圣公孔毓圻鉴定，太学生六十四代孔尚任编次。”

可见这书是云亭一手著成的了，据《出山记》说：康熙壬戌（二十一年）春间，孔毓圻把他从石门山请出来，委以此事，到甲子（二十三年）秋间才编成，这部书大部分是汉以后孔家的传记谱牒。我们只看见他搜罗宏富，不能知其别裁何如，但专就卷一的孔子年谱看，取材极严，对于谶纬及《伪家语》、《伪孔丛》所记全部屏弃，对于《史记·孔子世家》也订正许多错误，在考证学未盛行以前，如此洁净精到的著作，也真算难能可贵了。

云亭又夙精音律，当修家谱的两年间，一面“董督工师重造乐器及祭器”，“选邹鲁子弟秀者七百人教以礼乐”。本书第一出说：“可咏可歌，正雅颂岂无庭训。”可见他的音乐是很自负了。

他把家谱和乐器都编制成功，正想还山，恰值清圣祖东巡谒孔林，族人又留他襄祀事。礼成之后，圣祖又命“在孔氏子弟中选取博学能读书人员撰次应讲经义进呈”。族中推出两人，云亭居首。他进讲称旨，极蒙温奖，圣祖参观庭陵古迹，他随侍应对，博赡翔实。圣祖回京，即超擢他以一诸生授国子监博士，是为他入官之始。实康熙三十二年甲子十二月初一日出山异数记即纪载此事始末。本书第一出先声题。“康熙甲子八月”字样，想是含有纪念他造乐器告成的意思。

以后他由国子监博士转户部主事，又升工部员外郎，升转年月难确考了。但知道他做户部主事系在康熙二十七年十月以前，因为《昭代丛书》里头还有一部《人瑞录》，即那年各省七十以上的长寿人民统计表，系他在户部时著的。又据《始末》漫述，知道他以康熙三十九年四月弃官。他的吏隐生涯大概前后凡十五年。

这十五年的生涯怎么样呢。他虽以"异数"得官，声华籍甚，却不肯往热路上赶，依然是石门山中穷书生的面目，他自述道：

侨寓在海波巷里，扫净了小小草堂，藤床木椅。窗外见竹影萝阴，浓翠如滴。偏映着潇洒葛裙白纻衣。雨歇后湘帘卷起。受用些清风到枕，凉月当阶。（《小忽雷传奇》卷首题词）

他虽淡于荣利，却生成有好古之癖：

喜的是残书卷，爱的是古鼎彝，月俸钱支来不勾一朝挥。（同上）

他收藏古董很不少，内中最有名的是唐朝古乐器"小忽雷"。这件乐器的来历，《南部新书》、《乐府杂录》里头曾有记载，但历代词人墨客，久已不知此物尚在人间了。康熙三十年，云亭做户部主事时，无意中得着他，桂未谷（馥）晚学集记其事云：

唐文宗朝，韩滉伐蜀，得奇木，制为胡琴二，名曰大小忽雷。女官郑中丞善其小者，以匙头脱，送崇仁坊南赵家修理。"甘露"之变，不复问，中丞以忤旨缢投于河，权德舆旧吏梁厚本在昭应别墅援而妻之。因言小忽雷在南赵家使厚本赎以归，花下酒酣弹数曲。有黄门放鹞子墙外，窃听，曰："此郑中丞琵琶声也。"达上听，宣召赦其罪。康熙辛未，孔农部东塘于燕市得之……下有"小忽雷"篆书钑银字，项有"臣滉手制恭献建中辛酉春"正书十一字……东塘有客樊稜能弹之，言忽雷本马上乐，又名二弦琵琶，调多不传。今但知黄钟变调耳。

云亭亦自记云：

唐文宗朝两忽雷……康熙辛未，予得自燕市，乃其小者，质理之精，可方良玉；雕镂之巧，疑出鬼工。今八百余年矣，频经丧乱，此器徒存，而竟无习之之人。俗艺且然，伤哉后之欲闻韶乐者。（见《小忽

雷传奇》卷首)

他正在发感慨说“无习之之人”。呵呵,不久也有了,他又记道:

郫城樊花坡,弹琵琶得神解。偶示以小忽雷,入手抚弄,如逢故物,自制商调梧桐雨霜砧二曲。碎拨零挑,触人秋思。(同上)

向风尘拾得这稀奇货。(《小忽雷传奇》第六出原句)

风雅的云亭山人,欢喜可想了。他当时做得两首绝句道:“古塞春风远,空营夜月高。将军多少恨,须是问檀槽。”“中丞唐女部,手底旧双弦。内府歌筵罢,凄凉九百年。”

忽雷已是稀世尤物,加以《南部新书》等书所记故事尤饶有诗趣,这位“历史戏剧家”云亭山人便捉得一个绝好题目,做成一部《小忽雷传奇》。山人的作曲事业始此。

《小忽雷传奇》成于康熙三十三年甲戌,(据《桃花扇顾序》)是云亭和他的朋友无锡顾天石合谱的。卷首镜庵居士叙云:“于是孔门星座,立传周详。顾氏仙才,填词雅秀。”《桃花扇始末》漫述亦云:“前有《小忽雷传奇》一种,皆顾子天石代予填词。”

可见此书词曲,大半出天石手笔了。天石号梦鹤居士,《桃花扇》卷首第一篇序便是他所作。后来改制《南桃花扇》的也是他。

《小忽雷》全部结构和科白,当然是“立传周详”的云亭山人一手做成了。那书全部四十出,分上下两卷,以梁厚本、郑盈盈二人姻缘离合为线索,穿插历史上事实,把元和、长庆、太和间大事——如平淮蔡、“甘露”之变等都作为背景。当时人物,如大臣中之权德舆、裴度、李训、郑注,文人中之白居易、刘梦得、元稹、柳宗元,宦官中之梁守谦、仇士良,歌妓中之杜秋娘等皆拉着上场,尤为有趣的是把梁厚本硬派做梁守谦的侄儿,把郑中丞(盈盈)硬派做郑注的妹子,总之云亭作曲,不喜取材于小说,专好把历史上实人实事,加以点染穿插,令人解颐。这是他一家的作风,特长的技术。这种技术,在《小忽雷》著手尝试,到《桃花扇》便完全成熟。

《小忽雷》的词曲,云亭全让美于顾梦鹤,梦鹤却不肯纯居其功。梦鹤《桃花扇》叙云：

> 犹记岁在甲戌，先生指署斋所悬唐朝乐器小忽雷令余谱之。一时刻烛分笺，叠鼓竞吹，觉浩浩落落，如午夜之联诗……

可见当时实两人合谱，科白曲文，都是以“分笺联句”的作法互相补助，很难确指某部分为谁氏所作，所以《小忽雷》除全部结构出云亭手外，其曲文，我们也应该认云亭搭有份子在里头。今将全剧最精采的一出——第二十三出《秋宫拨怨》摘录数节如下：

> 檀郎觌面难亲热，好一似梦迷离月被云遮，待近身未语先呜咽，这时节偷转双睫。眉锁千叠，心系百结，肠又摧裂。那旁人纵是不和铁，也须揾不尽衫襟血。他那里正难决，我这里又遭灭。怕这一番相逢，断送了他少年也。——《乌夜啼》
>
> 荒鸡梦冷深深夜，没意绪转伤嗟。照人愁，只有那朦胧月。静悄悄针剪歇，闷腾腾理衣褶，扑簌簌泪满颊。——《骂玉郎》
>
> 甚日里槛凤离车，囚鸾遇赦。俺把这歌扇儿停，舞衫儿脱，梅妆儿卸，又则怕东君去意决。玉貌易衰歇，生为永巷妾，死葬玉钩斜，魂带杜鹃血。——《戚皇恩》
>
> ……你看，玉墀下多陨叶，长门内少明月。茵茵上没些热，罗袜里湿半截。长夜漏滴不竭，冷萤火明复灭。吓得我发凛凛似鬼拽；心趯趯像虫啮。一阵阵暗风踅，一点点细雨撇。那奸宦正饶舌，怕君王后分别。俺生死关头只争今夜，这便是做宫人伏侍君王的活罪业。——《黄庭尾》

依我个人的评判，《小忽雷》词曲之美，实比《桃花扇》还胜一筹。他的好处在不事雕琢，绚任自然，无一饾饤之句，无一强压之韵，真如弹丸脱手，春莺啭林，流丽轻圆，令人色授魂与。清朝剧本，总该推他第一了。就这一点论，恐怕还是顾梦鹤的天才特绝，云亭已隔一层了。

《小忽雷传奇》在当时唱演像很盛行，但不闻有刻本。乾嘉以后，小忽雷原器展转入于刘燕庭（春海）之手，燕庭复抄得传奇原谱，校藏于味经书屋。其后燕庭嫁女于华阳卓氏，用作妆奁。宣统二年，刘葱石（世珩）连器带谱，从卓家购得，拿精校刻出，编为《暖红室传奇》汇刻之第二十四种。自是云亭山人破题儿第一部作品始流播人间。

（附考）李调元《雨村曲话》说“《小忽雷》是顾天喜董恒岩合著”。“天石”馔作“天喜”，又不言孔东塘而换以董恒岩，不知何据。恒岩所作曲有《芝鑫纪》，布局散漫，用笔拖沓，断非能作《小忽雷》之人。且《小忽雷》卷首东塘题辞历历，调元殆耳食未见原本耳。

试一出 先声

"大抵人生聚散中，灞桥官道雨濛濛。香消红袖登楼妓，泪湿青衫对酒翁。"——孔尚任《小忽雷开场诗》

时间 清康熙二十三年甲子八月

地点 北京太平园剧场

人物 老赞礼——副末

布景 幕外

【蝶恋花】（副末毡巾、道袍、白须上）古董先生谁似我？非玉非铜，满面包浆裹。剩魄残魂无伴伙，时人指笑何须躲。

旧恨填胸一笔抹，遇酒逢歌，随处留皆可。子孝臣忠万事妥，休思更吃人参果。

日丽唐虞世，花开甲子年；山中无寇盗，地上总神仙。老夫原是南京太常寺一个赞礼，爵位不尊，姓名可隐。最喜无祸无灾，活了九十七岁，阅历多少兴亡，又到上元甲子。尧舜临轩，禹皋在位；处处四民安乐，年年五谷丰登。今乃康熙二十三年，见了祥瑞一十二种。（内问介）请问那几种祥瑞？（屈指介）河出图，洛出书，景星明，庆云现，甘露降，膏雨零，凤凰集，麒麟游，蓂荚发，芝草生，海无波，黄河清。件件俱全，岂不可贺！老夫欣逢盛世，到处遨游。昨在太平园中，看一本新出传奇，名为《桃花扇》，就是明朝末年南京近事。借离合之情，写兴亡之感，实事实人，有凭有据。老夫不但耳闻，皆曾眼见。更可喜把老夫衰态，也拉上了排场，做了一个副末脚色；惹的俺哭一回，笑一回，怒一回，骂一回。那满座宾客，怎晓得我老夫就是戏中之人！（内）请问这本好戏，是何人著作？（答）列位不知，从来填词名家，不著姓氏。但看他有褒有贬，作春秋必赖祖传；可咏可歌，正雅颂岂无庭训！（内）这等说来，一定是云亭山人了。（答）你道是哪个来？（内）今日冠裳雅会，就要演这本传奇。你老既系旧人，又且听过新曲，何不把传奇始末，预先铺叙一番，大家洗耳？（答）有张道士的《满庭芳》词，歌来请教罢：

【满庭芳】公子侯生，秣陵侨寓，恰偕南国佳人；谗言暗害，鸾凤一宵分。又值天翻地覆，据江淮藩镇纷纭。立昏主，征歌选舞，党祸起奸臣。　　良缘难再续，楼头激烈，狱底沉沦。却赖苏翁柳老，解救殷勤。半夜君逃相走，望烟波谁吊忠魂？桃花扇、斋坛揉碎，我与指迷津。　（内）妙，妙，只是曲调铿锵，一时不能领会，还求总括数句。（答）待我说来：

奸马阮中外伏长剑，　巧柳苏往来牵密线；
侯公子断除花月缘，　张道士归结兴亡案。

道犹未了，那公子早已登场，列位请看。

第一出 听稗

潮落秦淮春复秋，莫愁好作石城游。年来愁与春潮满，不信湖名尚莫愁。——王士禛《秦淮杂咏》

时间　明崇祯十六年癸未二月

地点　南京冶城道院门前，柳敬亭寓所

人物　侯方域——生

陈定生——末

吴次尾——小生

家僮——副净

柳敬亭——丑

布景一　幕外

【恋芳春】（生儒扮上）孙楚楼边，莫愁湖上，又添几树垂杨。偏是江山胜处，酒卖斜阳，勾引游人醉赏，学金粉南朝模样。暗思想，那些莺颠燕狂，关甚兴亡！

【鹧鸪天】院静厨寒睡起迟，秣陵人老看花时；城连晓雨枯陵树，江带春潮坏殿基。伤往事，写新词，客愁乡梦乱如丝。不知烟水西村舍，燕子今年宿傍谁？小生姓侯，名方域，表字朝宗，中州归德人也。侯方域，字朝宗，河南商丘人，明诸生，清顺治七年辛卯副贡，生万历四十六年戊午，卒顺治十一年甲午，年三十七。著有《壮悔堂文集》、《四忆堂诗集》。事迹详贾开宗田兰芳所作传，侯洵所作年谱。夷门谱牒，梁苑冠裳。先祖太常，家父司徒，方域祖执蒲，明太常寺卿，父恂，户部尚书，宋荦哀侯朝宗诗云："两世东林魁，闻见亦良富。"本文"太常司徒树东林之帜"等语指此。久树东林之帜；选诗云间，征文白下，新登复社之坛。据年谱，"崇祯十二年，方域二十二岁，入南雍，应南京试，交陈公子定生。吴秀才次尾及南中诸名士主盟复社。"宋荦《云园五哀诗序》云："往余乡有云园社，即江南之复社也。余从侯子朝宗等修为六子社。"本文"复社之坛"指此。早岁清词，吐出班香宋艳；中年浩气，流成苏海韩潮。贾开宗《壮悔堂集序》云："侯子十年前，尝为整丽之作，近乃大毁其向文，求所为韩柳欧苏以几于司马迁者而肆力焉。"本文"早岁中年"四句指此。人邻耀华之宫，偏宜赋酒；家近洛阳之县，不愿栽花。自去年壬午，南闱下第，启超案，崇祯十五年壬午五月，李自成陷睢州。六月，诏起侯恂以兵部侍郎督左良玉军援开封。时方域随父在南，代草流贼形势疏，（见本集）又劝恂勿救开封而督左军距河以掎贼，恂曰："若此，则我先反矣。"不听，遣方域还吴，道出永城，为叛将刘超所劫，谕以祸福，俾勤王自赎，超不听，然亦释之。计八月秋闱，正方域被劫时，必无应试之事。本文"下第侨寓"云云皆崇祯十二年事，为行文便利计颠倒时日借用耳，说详本出注十三、第二出注七及第五出注一。便侨寓这莫愁湖畔。烽烟未靖，家信难通，不觉又是仲春时候；你看碧草粘天，谁是还乡之伴；黄尘匝地，独为避乱之人。（叹介）莫愁，莫愁！教俺怎生不愁也！幸喜社友陈定生、吴次尾，寓在蔡益所书坊，时常往来，颇不寂寞。今日约到冶城道院，同看梅花，须索早去。

【懒画眉】乍暖风烟满江乡，花里行厨携着玉缸；笛声吹乱客中肠，莫过乌衣巷，是别姓人家新画梁。

侯（下）（末、小生儒扮上）

布景二　南京冶城道院门前

【前腔】王气金陵渐凋伤，鼙鼓旌旗何处忙？怕随梅柳渡春江。（末）小生宜兴陈贞慧是也。陈贞慧，字定生，江南宜爨人。父于廷，官左都御史，以忤魏忠贤削籍。魏党作"东林点将录"，指杨涟左光斗及于廷为党魁；贞慧继兴复社，阮大铖作"蝗蝻录"，指贞慧为党魁，称四公子。明亡后，埋身土室不入城市者十余年，生万历甲辰，卒顺治丙申，年五十三，著有《皇明语林》、《山阳录》、《云岑集》等，事迹详黄宗羲所撰墓志铭，汪琬所撰墓表。子维崧字其年，以警为骈体文及填词有名于清初。（小生）小生贵池吴应箕是也。吴应箕，字次尾，号楼山，江南贵池人，善古今文辞，意气横属一世，复社领袖也，以留都防乱公揭事最有名于时。（详后注"黄梨洲有言"）南都亡，金正希（声）起义于歙，应箕亦起池州应之，清兵逼，战败，被擒，不屈死。生万历二十二年甲午，卒弘光元年（即顺治二年）甲戌，年五十二，著有《楼山堂集》，事迹详《明史》本传，温睿临《南疆绎史》本传，汪有典《史外》本传，刘世珩《吴次尾光生年谱》。（末问介）次兄可知流寇消息么？（小生）昨见邸抄，流寇连败官兵，渐逼京师。那宁南侯左良玉，还军襄阳。中原无人，大事已不可问，左良玉与李自成战，大败于朱仙镇，走襄阳，此崇祯十五年壬午七月间事。癸未二月，襄阳已陷，良玉走武昌。此文年月颇有错误。我辈且看春光。（合）无主春飘荡，风雨梨花摧晓妆。

（生上相见介）请了，两位社兄，果然早到。（小生）岂敢爽约！（末）小弟已着人打扫道院，沽酒相待。（副净扮家僮忙上）节寒嫌酒冷，花好引人多。禀相公，来迟了，请回罢！（末）怎么来迟了？（副净）魏府徐公子徐青君事详末出注。要请客看花，一座大大道院，早已占满了。（生）既是这等，且到秦淮水榭，一访佳丽，倒也有趣！（小生）依我说，不必远去，兄可知道泰州柳敬亭，说书最妙，柳敬亭以江湖说书技有盛名于明清间。其人在左良玉幕中最久，诙谐而任侠，故士大夫乐与之游。诸家集中题赠诗词极多，最著者如吴梅村之《楚两生行》，龚芝麓之《沁园春赠说书柳叟》，钱牧斋之《左宁南画像为柳敬亭题》，阎古古之《柳麻子说书行》，汪蛟门之《柳敬亭说书行》，陈其年之《左宁南与柳敬亭军中说剑图歌》等。皆能写出其人与其技，其表章最力者，则吴梅村之柳敬亭传。黄梨洲亦为作一传，则颇蔑斥之。而张岱《陶庵梦忆》、余怀《板桥杂记》，所述较简净有风趣。今录之，梅村之传，则分引于每出。

"柳敬亭泰州人，本姓曹，避仇流落江湖，休于树下，乃姓柳。善说书，游于金陵，吴称范司马桐城何相国引为上客，常往来南曲与张燕筑沈公宪俱。张沈以歌曲，敬亭以谈辞，酒酣以往，击节悲吟，倾靡四座，盖优孟东方曼倩之流也。后入左宁南幕，出入兵间，宁南亡败，又游松江马提督军中，郁郁不得志，年已八十余矣。间过余，侨寓宜睡轩中，犹说'秦叔宝见姑娘'也。"《陶庵梦忆》

"南京柳麻子黧黑，满面疤瘤悠悠忽忽。土木形骸，善说书，一日说书一回，定价一两，十日前先送书帕下定，常不得空。南京一时有两行情人，王月生柳麻子是也。余听其说'景阳冈武松打虎'，白文与本传大异，其描写刻划，微入毫发，然又找截干净，并不唠叨哱夬，声如巨钟，说至筋节处，叱咤叫喊，汹汹崩屋。武松到店沽酒，店内无人，破地一吼，店中空缸空甓皆瓮瓮有声。闲中著色，细微至此，主人必屏息静坐，倾耳听之，彼方掉舌，稍见下人呫嗫耳语，听者欠伸有倦色，辄不言，故不得强。每至丙夜，拭桌剪灯，素瓷静递，款款言之，其疾徐轻重，吞吐抑扬，入情入理，入筋入骨，摘世上说书之耳而使之谛听，不怕其不齰舌死也。柳麻子貌奇丑，然其口角波俏，眼目流利，衣服恬净，直与王月生同其婉娈，故其行情正等。"曾见赏于吴桥范大司马、桐城何老相国。吴伟业《柳敬亭传》云："当时士大夫被寇南下侨金陵者万家，大司马吴桥范公、相国何文端皆引生为上客。"案，范名景文，甲申三月以东阁大学士殉难，何名如宠，崇祯十四年卒，福王时补谥文端。闻他在此作寓，何不同往一听，消遣春愁？（末）这也好！（生怒介）那柳麻子新做了阉儿阮胡子阮胡子即阮大铖，其小传别见第四出。的门客，这样人说书，不听也罢了！（小生）兄还不知，阮胡子漏网馀生，不肯退藏；还在这里蓄养声伎，结纳朝绅。小弟做了一篇留都防乱的揭帖，黄梨洲有言："弘光南渡，止结得留都防乱揭一案。”则其事在当时关系重大可知。《桃花扇》一书亦以此为最要线索，故第一出补述以托始焉。今录陈定生所著防乱公揭本末之前半以资参考。（留都防乱公杨有云“某等读圣贤之书，明讨贼之义，事出公论，言与愤俱，但知为国除奸，不惜以身贾祸……”见吴翌凤《镫窗丛录》）

“崇祯戊寅，吴次尾有留都防乱一揭公讨阮大铖。大铖以党崔魏论城旦罪暴于天下，其时气魄尚能奔走四方士，南中当事多与游，实上下其手，阴持其恫喝焉。次尾愤其附逆也，而鸣驺坐舆，偃蹇如故，士大夫缱绻争寄腹，以为良心道丧，一日言于顾子方（杲），子方曰：杲也不惜斧锧，为南都除此大憝。两人先后过余言所以，余曰铖罪无籍揭，士大夫与交通者，虽未尽不肖，特未有逆案二字提醒之，使一点破，如赘痈粪溷，争思决之为快，未必于人心无补。次尾灯下随削一稿，子方毅然首唱，飞驰数函，毗陵为张二无，金沙为周仲驭，云间为陈卧子，吴门为杨维斗，浙则二冯司马魏子一，上江左氏兄弟方密之尔止仲驭卧子极叹此举为仁者之勇，独维斗报书，以铖不燃之灰，无俟众溺，如吾乡逐顾秉谦吕纯如故事，在乡攻一乡，此辈窘无所托足矣。子方因与反复辨论，有书，书不载。时上江有以此举达之御史成公勇，成公曰：吾职掌事也，将据揭上闻，会杨与顾之辨未已。同室之内，起而相牙，揭迟留不发，事稍稍露矣。阮心知此事仲驭主之，然始谋也绝不有仲驭者，而铖以书来，书且哀，仲驭不启视，就使者焚之。铖衔之刻骨，揭发而南中始鳃鳃知有逆案二字，争嗫嚅出恚语曰：逆某逆某，士大夫之素鲜廉者，亦裹足与绝。铖气愈沮，心愈恨，未几，成御史以论杨武陵嗣昌逮，遂不果上。铖遂有酬诬琐言一揭，语虽鹘起，中实狼惊。至己卯窜迹荆溪相君幕中，酒阑歌遏，襟解缨绝，辄絮语贞慧何人何状，必欲杀某，何怨，语絮且泣，向相君泣：大铖身虽在阳羡山中乎，而所以窥伺吾辈者益急无有间，青溪道上察子往来如织。时予寓宋宪副园中，同人枉顾，铖多为相国也。且悖且恚，铖归潜迹南门之牛首，不敢入城，向之裘马驰突，庐儿崽子，焜耀通衢，至此奄奄气尽矣。然铖腐心咋齿，日夜思所以螫吾辈，谋翻局特未有路耳，居无何，荆溪再召，窃心喜铖得间矣。奉天子明圣，坚持其局不变，议随起随灭，无何甲申宏光事起，铖曰：此奇货可居也。夤缘官兵部尚书，以迎立首谋福邸旧案，将尽杀天下，酬所不快，下周公镳雷公演祚于狱。发其端时，语所亲曰：吾五六年来，三尺童子见阮大铖名姓，辄詈而唾，非若若耶。若知有今日，以揭中最切齿者十人列之上曰，此拥戴潞藩以图不逞者，又造为十八罗汉七十二金刚之目曰，此其羽翼者，如王绍徽点将录故事。一纲杀之……”

启超案，吴次尾有与友人论防乱公揭书云：“防乱公揭，乃顾子方倡之，质之于弟，谓可必行无疑者，遂刻之以传。”盖是揭领术者为顾子方（杲），次尾不自以为功而归美于子方，故《楼山堂集》不录此揭焉。然据定生及同时诸家所记述，则此稿实出次尾手，本书“小弟做了一篇揭帖”云云，盖实录也。当时署名者百四十余人，除子方次尾定生外，其姓名可考者有桐城左国栋、国柱、国林、国材，江阴缪虚白，吴县周茂藻、茂兰、廷祚，常熟顾麟生，无锡高永清，余姚黄宗羲，嘉善魏学濂，吴县杨廷枢，鄞县万泰、金沙周镳、华亭夏允彝、陈子龙，宣城沈寿民，海盐陈梁，嘉定侯岐曾，桐城方以智，芜湖沈士柱等。（饯饮光似亦署名。）

又案，公揭作于崇祯十一年戊寅秋间，十二年己卯正月始刊播，侯朝宗与定生次尾定交，亦即在是年夏间。（见汪有典《外史》，侯吴两年谱皆同。）则此出所隶者实为己卯年事，原题云“癸未二月”者，挪动年月使行文局劳紧凑耳。公讨其罪。那班门客才晓得他是崔魏逆党，不待曲终，拂衣散尽。柳敬亭曾否入阮家，无可考，当是云亭点缀。这柳麻子也在其内，岂不可敬！（生惊介）阿呀！竟不知此辈中也有豪杰，该去物色的！（同行介）

布景三　柳敬亭寓所

备用物　桌椅、说书鼓、板、醒木

【前腔】仙院参差弄笙簧，人住深深丹洞旁，闲将双眼阅沧桑。（副净）此间是了，待我叫门。（叫介）柳麻子在家么？（末喝介）哇！他是江湖名士，称他柳相公才是。（副净又叫介）柳相公开门。（丑小帽、海青、白髯，扮柳敬亭上）门掩青苔长，话旧樵渔来道房。

（见介）原来是陈、吴二位相公，老汉失迎了！（问生介）此位何人？（末）这是敝友河南侯朝宗，当今名士，久慕清谈，特来领教。（丑）不敢不敢！请坐献茶。（坐介）（丑）相公都是读书君子，甚么《史记》、《通鉴》，不曾看熟，倒来听老汉的俗谈。（指介）你看：

【前腔】废苑枯松靠着颓墙，春雨如丝宫草香，六朝兴废怕思量。鼓板轻轻放，沾泪说书儿女肠。

（生）不必过谦，就求赐教。（丑）既蒙光降，老汉也不敢推辞；只怕演义盲词，难入尊耳。没奈何，且把相公们读的《论语》说一章罢！（生）这也奇了，《论语》如何说的？（丑笑介）相公说得，老汉就说不得？今日偏要假斯文，说他一回。（上坐敲鼓板说书介）问余何事栖碧山，笑而不答心自闲；桃花流水杳然去，别有天地非人间。（拍醒木说介）敢告列位，今日所说不是别的，是申鲁三家欺君之罪，表孔圣人正乐之功。当时鲁道衰微，人心僭窃，我夫子自卫反鲁，然后乐正。那些乐官恍然大悟，愧悔交集，一

个个东奔西走，把那权臣势家闹烘烘的戏场，顷刻冰冷。你说圣人的手段利害呀不利害？神妙呀不神妙？（敲鼓板唱介）

[**鼓词一**]自古圣人手段能，他会呼风唤雨，撒豆成兵。见一伙乱臣无礼教歌舞，使了个些小方法，弄的他精打精。正排着低品走狗奴才队，都做了高节清风大英雄！

（拍醒木说介）那太师名挚，他第一个先适了齐。他为何适齐？听俺道来！（敲鼓板唱介）

[**鼓词二**]好一个为头为领的太师挚，他说："咳，俺为甚的替撞三家景阳钟？往常时瞎了眼睛在泥窝里混，到如今抖起身子去个清。大撒脚步正往东北走，合伙了个敬仲老先才显俺的名。管喜的孔子三月忘肉味，景公擦泪侧着耳听；那贼臣就吃了豹子心肝熊的胆，也不敢到姜太公家里去拿乐工。"

（拍醒木说介）管亚饭的名干，适了楚；管三饭的名缭，适了蔡；管四饭的名缺，适了秦。这三人为何也去了？听我道来！（敲鼓板唱介）

[**鼓词三**]这一班劝膳的乐官不见了领队长，一个个各寻门路奔前程。亚饭说："乱臣堂上掇着碗，俺倒去吹吹打打伏侍着他听；你看咱长官此去齐邦谁敢去找？我也投那熊绎大王，倚仗他的威风。"三饭说："河南蔡国虽然小，那堂堂的中原紧靠着京城。"四饭说："远望西秦有天子气，那强兵营里我去抓响筝。"一齐说："你每日倚着塞门桩子使唤俺，今以后叫你闻着俺的风声脑子疼。"

（拍醒木说介）击鼓的名方叔，入于河；播鼗的名武，入于汉；少师名阳，击磬的名襄，入于海。这四人另有个去法，听俺道来！（敲鼓板唱介）

[**鼓词四**]这击磬擂鼓的三四位，他说："你丢下这乱纷纷的排场俺也干不成。您嫌这里乱鬼当家别处寻主，只怕到那里低三下

四还干旧营生。俺们一叶扁舟桃源路，这才是江湖满地，几个渔翁。”

（拍醒木说介）这四个人，去的好，去的妙，去的有意思。听他说些甚的？（敲鼓板唱介）

［**鼓词五**］他说：“十丈珊瑚映日红，珍珠捧着水晶宫，龙王留俺宫中宴，那金童玉女不比凡同。凤箫象管龙吟细，可教人家吹打着俺们才听。那贼臣就溜着河边来赶俺，这万里烟波路也不明。莫道山高水远无知己，你看海角天涯都有俺旧弟兄。全要打破纸窗看世界，亏了那位神灵提出俺火坑；凭世上沧海变田田变海，俺那老师父只管矇瞪着两眼定六经。”

（说完起介）献丑，献丑！（末）妙极，妙极！如今应制讲义，那能如此痛快，真绝技也！（小生）敬亭才出阮家，不肯别投主人，故此现身说法。（生）俺看敬亭人品高绝，胸襟洒脱，是我辈中人，说书乃其馀技耳。

【解三醒】（生、末、小生）暗红尘霎时雪亮，热春光一阵冰凉，清白人会算糊涂帐。（同笑介）这笑骂风流跌宕，一声拍板温而厉，三下渔阳慨以慷！（丑）重来访，但是桃花误处，问俺渔郎。

（生问介）昨日同出阮衙，是那几位朋友？（丑）都已散去，只有善讴的苏昆生，还寓比邻。（生）也要奉访，尚望同来赐教。（丑）自然奉拜的。

（丑）歌声歇处已斜阳，（末）剩有残花隔院香；
（小生）无数楼台无数草，（生）清谈霸业两茫茫。

犹忆秦淮赛竹枝，青楼沈水易相思。眼看到处生离别，何苦多弹子夜词。——方密之诗

时间 明崇祯十六年癸未二月

地点 南京秦淮河旧院媚香楼

人物 李贞丽——小旦

杨龙友——末

李香君——旦

苏昆生——净

布景 媚香楼楼上，李香君妆阁，壁挂名人字画

备用物 桌椅、笔、砚、曲本、歌板

【秋夜月】（小旦倩妆扮鸨妓李贞丽上）深画眉，不把红楼闭；长板桥头垂杨细，丝丝牵惹游人骑。将筝弦紧系，把笙囊巧制。

梨花似雪草如烟，春在秦淮两岸边；一带妆楼临水盖，家家分影照婵娟。妾身姓李，表字贞丽，缪荃荪《秦淮广记》云："李贞丽，字淡如，桃叶妓，有侠气，一夜博输千金略尽。所交接皆需世豪杰，尤与阳羡陈贞慧善，李香之假母也。王宗评其《秦淮社集》云：出风入雅，有何女郎能之。足压倒江南矣。"案，缪书本皆注明出处，此条偶阙，不知所据何书。《板桥杂记》亦记贞丽事，视此较略。《明诗综录》有贞丽诗一首。烟花妙部，风月名班；生长旧院之中，余怀《板桥杂记》云："旧院人称曲中前门对武定桥，后门在钞库街，妓家鳞次，比屋而居。屋宇精洁，花木萧疏，迥非尘境。到门则铜环半启，珠箔低垂；升阶则猧儿吠客，鹦哥唤茶；登堂则假母肃迎，分宾抗体；进轩则丫鬟毕妆，捧艳而出；坐久则水陆备至，丝竹竞陈；定情则目眺心挑，绸缪婉转……"又云"旧院与贡院遥对，仅隔一河"。迎送长桥之上，《板桥杂记》云："长板桥在院墙外数十步，旷远芊绵。水烟凝碧，迥光鹫峰两寺夹之。中山东花园亘其前，秦淮朱雀桁绕其后，洵可娱目赏心，漱涤尘俗。每当夜凉人定，风清月朗，名士隅城，簪花约鬓，携手闲行，凭栏徙倚。忽遇彼姝，笑言宴宴，此吹洞箫，彼度妙曲，万籁皆寂，游鱼出听。洵太平盛事也。"铅华未谢，丰韵犹存。养成一个假女，温柔纤小，才陪

玳瑁之筵；宛转娇羞，未入芙蓉之帐。这里有位罢职县令，叫做杨龙友，乃凤阳督抚马士英的妹夫，原做光禄阮大铖的盟弟，常到院中夸俺孩儿，要替他招客梳栊。今日春光明媚，敢待好来也。（叫介）丫鬟，卷帘扫地，伺候客来。（内应介）晓得！（末扮杨文骢上）三山景色供图画，六代风流入品题。下官杨文骢，杨文骢，字龙友，贵州贵筑人，弘光二年五月，分苏常镇为二巡抚，以文骢巡抚常镇二府。清师渡江，文骢走苏州，旋死。表字龙友，乙榜县令，罢职闲居。这秦淮名妓李贞丽，是俺旧好，趁此春光，访他闲话。来此已是，不免竟入。（入介）贞娘那里？（见介）好呀！你看梅钱已落，柳线才黄，软软浓浓，一院春色，叫俺如何消遣也。（小旦）正是。请到小楼焚香煮茗，赏鉴诗篇罢。（末）极妙了。（登楼介）帘纹笼架鸟，花影护盆鱼。（看介）这是令爱妆楼，他往那里去了？（小旦）晓妆未竟，尚在卧房。（末）请他出来。（小旦唤介）孩儿出来，杨老爷在此。（末看四壁上诗篇介）都是些名公题赠，却也难得。（背手吟哦介）

【前腔】（旦艳妆上）香梦回，才褪红鸳被。重点檀唇胭脂腻，匆匆挽个抛家髻。这春愁怎替，那新词且记。

（见介）老爷万福！（末）几日不见，益发标致了。这些诗篇赞的不差。（又看惊介）呀呀！张天如、夏彝仲张溥，字天如，太仓人。夏允彝，字彝仲，华亭人。皆复社领袖。这班大名公，都有题赠，下官也少不的和韵一首。（小旦送笔砚介）（末把笔久吟介）做他不过，索性藏拙，聊写墨兰数笔，点缀素壁罢。（小旦）更妙。（末看壁介）这是蓝田叔蓝田叔小传见第二十八出。画的拳石。呀！就写兰于石旁，借他的衬贴也好。（画介）

【梧桐树】绫纹素壁辉，写出骚人致。嫩叶香苞，雨困烟痕醉。一拳宣石墨花碎，几点苍苔乱染砌。（远看介）也还将就得去；怎比元人潇洒墨兰意，名姬恰好湘兰佩。

（小旦）真真名笔，替俺妆楼生色多矣。（末）见笑。（向旦介）请教尊号，就此落款。（旦）年幼无号。（小旦）就求老爷赏他二字罢。（末思介）左传云："兰有国香，人服媚之"，就叫他香君李香君为本书主人，所隶事迹，以侯朝宗所作传为基本资料。今全录如下，其他书有涉及香君事者，则于每出下分注焉。

侯朝宗《壮悔堂集·李姬传》：

李姬者名香，母曰贞丽，贞丽有侠气，尝一夜博输千金立尽，所交接皆当世豪杰，尤与阳羡陈贞慧善也。姬为其养女，亦侠而慧，略知书，能辨别士大夫贤否。张学士溥夏吏部允彝称之，少风调，皎爽不群。十三岁从吴人周如松受歌，《玉茗堂四传奇》皆能尽其音节，尤工琵琶词，然不轻发也。雪苑侯生己卯来金陵与相识。姬尝邀侯生为诗，而自歌以偿之。初皖人阮大铖者，以阿附魏忠贤论城旦，屏居金陵，为清议所斥。阳羡陈贞慧贵池吴应箕实首其事，持之力，大铖不得已，欲侯生为解之，乃假所善王将军日载酒食与侯生游。姬曰："王将军贫非结客者，公子盍叩之。"侯生三问，将军乃屏人述大铖意。姬私语侯生曰："妾少从假母识阳羡君，其人有高义，闻吴君尤铮铮，今皆与公子善，奈何以阮公负至交乎，且以公子之世望安事阮公。公子读万卷书，所见岂后于贱妾耶。"侯生大呼称善，醉而卧。王将军者殊怏怏，因辞去不复通。未几，侯生下第，姬置酒桃叶渡，歌《琵琶词》以送之曰："公子才名文藻雅不减中郎，中郎学不补行，今琵琶所传词固妄，然尝昵董卓不可掩也。公子豪迈不羁，又失意，此去相见未可期，愿终自爱，无忘妾所歌《琵琶词》也。妾亦不复歌矣。"侯生去后，而故开府田仰者以金三百锾邀姬一见，姬固却之。开府惭且怒，且有以中伤姬，姬叹曰："田公宁异于阮公乎，吾向之所赞于侯公子者谓何今乃利其金而赴之，是妾卖公子矣，卒不往。"

启超案，传中言"雪苑侯生己卯来金陵与相识"。己卯为崇祯十二年，时朝宗二十二岁，朝宗交定生次尾正以是年，防乱公揭之刊播亦以是年，可见自听稗至却奁诸出，所隶皆己卯年事。题"癸未二月"者，小说家言耳。何如。（小旦）甚妙！香君过来谢了。（旦拜介）多谢老爷。（末笑介）连楼名都有了。（落款介）"崇祯癸未仲春，偶写墨兰于媚香楼，博香君一笑。贵筑杨文骢。"《板桥杂记》云："李香身躯短小，肤理玉色，慧俊婉转，调笑无双，人题之为香扇坠。余有诗赠之云：'生小倾城是李香，怀中婀娜袖中藏。何缘十二巫峰女，梦里偏来见楚王。'武塘魏子一为书于粉壁，贵筑杨龙友写崇兰石于左偏，时人称为三绝，由是香之名盛于南曲。四方才士，争一议面以为荣。"案，本书言杨龙友画阑，即缀点此事。（小旦）写画俱佳，可称双绝。多谢了！（俱坐介）（末）我看香君国色第一，只不知技艺若何？（小旦）一向娇养惯了，不曾学习。前日才请一位清客，传他词曲。（末）是那个？（小旦）就叫甚么苏昆生。《李姬传》中所云周如松者，即苏昆生也。柳苏同为《桃花扇》中主要脚色，而苏之事迹见于清初人笔记文集者，远不如柳之多，惟吴梅村有《赠苏昆生绝句》四首，自注云："苏生，固始人。"又有《楚两生行》一首，虽合歌柳苏，而所重在苏，其自序如下：

"蔡州苏昆生维扬柳敬亭其地皆楚分也，而又客于楚。左宁南壮武昌，柳以谈苏以歌为幸舍重客。宁南没于九江，舟中百万众皆奔溃，柳已先期东下，苏生痛哭削发，入九华山，久之，出从武林汪然明。然明亡，之吴中，吴中以善歌名海内，然不过啴缓柔曼为新声。苏生则于阴阳抗坠分刌比度，如昆刀之切玉，叩之栗然，非时世所为工也。尝遇虎丘广场大集，生睨其旁笑曰：某郎以某字不合律。有识之者曰：彼伧楚乃窃言是非。思有以挫之，间请一发声，不觉屈服。顾少年耳剽日久，终不肯轻自贬下就苏生问所长，生亦落落难合，到海滨寓吾里萧寺，风雪中以余与柳生有雅，故为立小传。援之以请曰：吾浪迹三十年，为通侯所知，今失路憔悴而来过此，惟愿公一言与柳生并传足矣。柳生近客于云间帅，识其必败，苦无以自脱，浮湛敖弄，在军政一无所关，其祸也幸以免。苏生将渡江，余作《楚两生行》送之，以之寓柳生，俾知余与苏生游，且为柳生危之也。”(末)苏昆生，本姓周，是河南人，寄居无锡。一向相熟的，果然是个名手。(问介)传的那套词曲？(小旦)就是玉茗堂四梦。《玉茗堂四梦》，明临川汤显祖(若士)所撰曲本，一《牡丹亭》，二《邯郸梦》，三《南柯记》，四《紫钗记》。(末)学会多少了？(小旦)才将《牡丹亭》学了半本。(唤介)孩儿，杨老爷不是外人，取出曲本快快温习。待你师父对过，好上新腔。(旦皱眉介)有客在坐，只是学歌怎的。(小旦)好傻话，我们门户人家，舞袖歌裙，吃饭庄屯。你不肯学歌，闲着做甚。(旦看曲本介)

【前腔】(小旦)生来粉黛围，跳入莺花队，一串歌喉，是俺金钱地。莫将红豆轻抛弃，学就晓风残月坠；缓拍红牙，夺了宜春翠，门前系住王孙辔。

(净扁巾、褶子，扮苏昆生上)闲来翠馆调鹦鹉，懒去朱门看牡丹。在下固始苏昆生是也，自出阮衙，便投妓院，做这美人的教习，不强似做那义子的帮闲么。(竟入见介)杨老爷在此，久违了。(末)昆老恭喜，收了一个绝代的门生。(小旦)苏师父来了，孩儿见礼。(旦拜介)(净)免劳罢。(问介)昨日学的曲子，可曾记熟了？(旦)记熟了。(净)趁着杨老爷在坐，随我对来，好求指示。(末)正要领教。(净、旦对坐唱介)

[**皂罗袍**]原来姹紫嫣红开遍，似这般都付与断井颓垣。良辰美景奈何天，(净)错了错了，“美”字一板，“奈”字一板，不可连下去。另来另来！良辰美景奈何天，赏心乐事谁家院。朝飞暮卷，云霞翠轩；雨丝风片，(净)又不是了，丝字是务头，焦里堂(循)剧说云：“务顾者，南

北同法，苟遇紧要字句，须揭起其音而宛转其调，如俗所谓做腔处。”要在嗓子内唱。雨丝风片，烟波画船，锦屏人忒看得这韶光贱。（净）妙妙！是的狠了，往下来。

[好姐姐]遍青山啼红了杜鹃，荼蘼外烟丝醉软。牡丹虽好，他春归怎占得先。（净）这句略生些，再来一遍。牡丹虽好，他春归怎占得先。闲凝盼，生生燕语明如翦，呖呖莺声溜的圆。《牡丹亭·惊梦》原文。

（净）好好！又完一折了。（末对小旦介）可喜令爱聪明的紧，不愁不是一个名妓哩。（向净介）昨日会着侯司徒的公子侯朝宗，客囊颇富，又有才名，正在这里物色名姝。昆老知道么？（净）他是敝乡世家，果然大才。（末）这段姻缘，不可错过的。

【琐窗寒】破瓜碧玉佳期，唱娇歌，细马骑。缠头掷锦，携手倾杯；催妆艳句，迎婚油壁。配他公子千金体，年年不放阮郎归，买宅桃叶春水。

（小旦）这样公子肯来梳栊，好的紧了。只求杨老爷极力帮衬，成此好事。（末）自然在心的。

【尾声】（小旦）掌中女好珠难比，学得新莺恰恰啼，春锁重门人未知。

如此春光，不可虚度，我们楼下小酌罢。（末）有趣。（同行介）

（末）苏小帘前花满畦，（小旦）莺酣燕懒隔春堤；
（旦）红绡裹下樱桃颗，（净）好待潘车过巷西。

此出并无本事可考，自当是云亭山人渲染之笔。然当时之清流少年，排斥阮大铖实极嚣张且轻薄，黄梨洲所撰《陈定生墓志》中有云："昆山张尔公，归德侯朝宗，宛上梅朗三，芜湖沈昆铜，如皋冒辟疆及余，数人无日不连与接席，酒酣耳热，多咀嚼大铖以为笑乐。"观此可见当时复社诸子骄憨之状。"哄丁"一类事，未始不可有也。

第三出 哄丁

当年势焰掀天转，如今奔逃亦可怜。——本词

时间　明崇祯十六年癸未三月

地点　南京国子监

人物　坛户——副净丑

老赞礼——副末

祭酒——外

司业——末

吴应箕——小生

监生四人——杂

阮大铖(原任光禄卿，以阉党革职)——副净

布景　国子监文庙大成殿

备用物　祭案、香炉、烛台

(副净、丑扮二坛户上)(副净)俎豆传家铺排户，(丑)祖父。(副净)各坛祭器有号簿，(丑)查数。(副净)朔望开门点蜡炬，(丑)扫路。(副净)跪迎祭酒早进署，(丑)休误。(丑)怎么只说这样没体面的话。(副净)你会说，让你说来。(丑)四季关粮进户部，(副净)夸富。(丑)红墙绿瓦阖家住，(副净)娶妇。(丑)干柴只靠一把锯，(副净)偷树。(丑)一年到头不吃素，(副净)腌胙。(丑)啐！你接得不好，倒底露出脚色来。(同笑介)咱们南京国子监铺排户，苦熬六个月，今日又是仲春丁期。太常寺早已送到祭品，待俺摆设起来。(排桌介)(副净)栗、枣、芡、菱、榛。(丑)牛、羊、猪、兔、鹿。(副净)鱼、芹、菁、笋、韭。(丑)盐、酒、香、帛、烛。(副净)一件也不少，仔细看着，不要叫赞礼们偷吃，寻我们的悔气呀。(副末扮老赞礼暗上)啐！你坛户不偷就够了，倒赖我们。(副净拱介)得罪得罪！我说的是

那没体面的相公们，老先生是正人君子，岂有偷嘴之理。（副末）闲话少说，天已发亮，是时候了，各处快点香烛。（丑）是。（同混下）

【粉蝶儿】（外冠带执笏，扮祭酒上）松柏笼烟，两阶蜡红初翦。排笙歌，堂上宫悬。捧爵帛，供牲醴，香芹早荐。（末冠带执笏，扮司业上）列班联，敬陪南雍释奠。

（外）下官南京国子监祭酒是也。（末）下官司业是也。今值文庙丁期，礼当释奠。（分立介）

【四园春】（小生衣巾，扮吴应箕上）楹鼓逢逢将曙天，诸生接武杏坛前。（杂扮监生四人上）济济礼乐绕三千，万仞门墙瞻圣贤。（副净满髯冠带，扮阮大铖上）净洗含羞面，混入几筵边。

（小生）小生吴应箕，约同杨维斗、刘伯宗、沈昆铜、沈眉生众社兄，同来与祭。杨廷枢，字维斗，吴县人。刘城，字伯宗，贵池人。沈士柱，字昆铜，芜湖人。沈寿民，字眉生，宣城人。与吴次尾同称复社五秀才。（杂四人）次尾社兄到的久了，大家依次排起班来。（副净掩面介）下官阮大铖，闲住南京，来观盛典。（立前列介）（副末上，唱礼介）排班，班齐。鞠躬，俯伏、兴，俯伏、兴，俯伏、兴，俯伏、兴。（众依礼各四拜介）

【泣颜回】（合）百尺翠云巅，仰见宸题金匾，素王端拱，颜曾四座冠冕。迎神乐奏，拜彤墀齐把袍笏展。读诗书不愧胶庠，畏先圣洋洋灵显。

（拜完立介）（唱礼介）焚帛，礼毕。（众相见揖介）

【前腔】（外、末）北面并臣肩，共事春丁荣典；趋跄环佩，鹓班鹭序旋转。（小生等）司笾执豆，鲁诸生尽是瑚琏选。（副净）喜留都、散职逍遥，叹投闲、名流谪贬。

（外、末下）（副净拱介）（小生惊看，问介）你是阮胡子，如何也来与祭？唐突先师，玷辱斯文。（喝介）快快出去！（副净气介）我乃堂堂进士，表表名家，有何罪过，不容与祭。（小生）你的罪过，朝野俱知，蒙面丧心，还敢入庙。难道前日防乱揭帖，不曾说着你病根么！(副净)我正为暴白心迹，故来与祭。(小生)你的心迹，待我替你说来：

【千秋岁】魏家干，又是客家干，天启朝，宦官魏忠贤，保母客氏，朋比擅权，趋炎者向两家称干儿，阮大铖即其一。一处处儿字难免。同气崔田，同气崔田，崔呈秀，田尔耕，皆阉党之凶悍者。热兄弟粪争尝，痈同吮。东林里丢飞箭，西厂里牵长线，怎掩旁人眼。(合)笑冰山消化，铁柱翻掀。

(副净)诸兄不谅苦衷，横加辱骂，那知俺阮圆海原是赵忠毅赵南星，字梦白，高邑人，以忤魏阉谪戍代州，卒于戍所。崇祯初，追谥忠毅。先生的门人。魏党暴横之时，我丁艰未起，何曾伤害一人，这些话都从何处说起。

【前腔】飞霜冤，不比黑盆冤，一件件风影敷衍。初识忠贤，初识忠贤，救周魏，周朝瑞，字思永，临清人。魏大中，字孔时，嘉善人，皆天启初谏官，以劾客魏杖毙。把好身名，甘心贬。前辈康对山，为救李空同，曾入刘瑾之门。李梦阳，字献吉，又号空同子，以诗名。康海，字德函，号对山。梦阳尝以罪下狱，片纸招海曰："对山救我。"时刘瑾欲纳交于海，不可得，至是海谒瑾为请，梦阳得释。踰年瑾败，海坐瑾党落职禁锢，梦阳不救。时人为作《中山狼》一剧讥之。(廷灿谨案：《中山狼》马中锡撰)我前日屈节，也只为着东林诸君子，怎么倒责起我来。春灯谜《春灯谜》为阮大铖《石巢传奇四种》之一。末出有一段平话，名曰《十错认》，或谓此为阮胡子失意时悔过之作。谁不见，十错认无人辩，个个将咱谴。(指介)恨轻薄新进，也放屁狂言！

(小生)好骂好骂！(众)你这等人，敢在文庙之中公然骂人，真是反了。(副末亦喊介)反了反了！让我老赞礼，打这个奸党。(打介)(小生)掌他的嘴，挦他的毛。(众乱采须，指骂介)

【越恁好】阉儿珰子，阉儿珰子，那许你拜文宣。辱人贱行，玷庠序，愧班联。急将吾党鸣鼓传，攻之必远；屏荒服不与同州县，投豺虎只当闲猪犬。

(副净)好打好打！(指副末介)连你这老赞礼，都打起我来了。(副末)我这老赞礼，才打你个知和而和的。(副净看须介)把胡须都采落了，

如何见人，可恼之极。（急跑介）

【红绣鞋】难当鸡肋拳揎，拳揎。无端臂折腰攧，腰攧。忙躲去，莫流连。（下）（小生）（众）分邪正，辨奸贤，党人逆案铁同坚。

【尾声】当年势焰掀天转，今日奔逃亦可怜。儒冠打扁，归家应自焚笔砚。

（小生）今日此举，替东林雪愤，为南监生光，好不爽快。以后大家努力，莫容此辈再出头来。（众）是是！

（众）堂堂义举圣门前，（小生）黑白须争一着先；

（众）只恐输赢无定局，（小生）治由人事乱由天。

第四出 侦戏

满盘错事如天样，今来兼古往，饶他算将来，到底是个糊涂账。——《春灯谜》结尾词

酒旆时遮看竹路，画船多系种花门。——孔云亭诗

时间　明崇祯十六年癸未三月。

地点　南京裤子裆阮大铖住宅。

人物　阮大铖——副净

家人——丑

四杂

杨龙友——末

布景　书斋，外有山石花木

备用物　拜帖、戏箱、把子、燕子笺曲本、酒壶、酒杯

【双劝酒】（副净扮阮大铖忧容上）前局尽翻，旧人皆散，飘零鬓斑，牢骚歌懒。又遭时流欺谩，怎能得高卧加餐。

下官阮大铖，别号圆海。阮大铖，字图海，又自号百子山樵，（廷灿谨案：阮大铖字集之）安徽怀宁人。初依附东林名士同邑左光斗得官，既而投魏忠贤。魏败，废斥。南都建，与马士英拥立福王。福王逃，投方国安军。国安败，偕谢三宾等降清军，从攻仙霞岭，触石死。事迹具《明史·奸臣传》。词章才子，科第名家；正做着光禄吟诗，恰合着步兵爱酒。黄金肝胆，指顾中原；白雪声名，驱驰上国。可恨身家念重，势利情多；偶投客魏之门，便入儿孙之列。那时权飞烈焰，用着他当道豺狼；今日势败寒灰，剩了俺枯林鸮鸟。人人唾骂，处处击攻。细想起来，俺阮大铖也是读破万卷之人，什么忠佞贤奸，不能辨别？彼时既无失心之疯，又非汗邪之病，怎的主意一错，竟做了一个魏党？（跌足介）才题旧事，愧悔交加。罢了罢了！幸这京城宽广，容的杂人，新在这裤子裆里买了一所大宅，巧盖园亭，精教歌舞，但有当事朝绅，肯来纳交的，不惜物力，加倍趋迎。倘遇正人君子，怜而收之，也还不失为改过之鬼。（悄语介）若是天道好还，死灰有复燃之日。我阮胡子呵！也顾不得名节，索性要倒行逆施了。这都不在话下。昨日文庙丁祭，受了复社少年一场痛辱，虽是他们孟

浪，也是我自己多事。但不知有何法儿，可以结识这般轻薄。（搔首寻思介）

【步步娇】小子翩翩皆狂简，结党欺名宦，风波动几番。捋落吟须，捶折书腕。无计雪深怨，叫俺闭户空羞赧。

（丑扮家人持帖上）地僻疏冠盖，门深隔燕莺。禀老爷，有帖借戏。（副净看帖介）通家教弟陈贞慧拜。（惊介）呵呀！这是宜兴陈定生，陈贞慧《防乱公揭本末》叙公揭刊播后情状云："大铖窜迹荆溪相君幕中，酒阑歌过，襟解缨绝，辄絮语'贞慧何人何状，必欲杀某，何怨'。语絮且凄……潜迹南门之牛首，不敢入城，向之裘马驰突，庐儿崽子，焜燿通衢，至此奄奄气尽矣。"声名赫赫，是个了不得的公子，他怎肯向我借戏？（问介）那来人如何说来？（丑）来人说，还有两位公子，叫什么方密之、冒辟疆，方密之，名以智，桐城人。冒辟疆，名襄。如皋人。与朝宗定生齐名，号四公子。明亡后，密之尝从永历帝于云南，后削发为僧，号药地。辟疆亦弃诸生不仕。都在鸡鸣埭上鸡鸣埭即今之鸡鸣寺，六朝以来游宴胜地。吃酒，要看老爷新编的《燕子笺》，《燕子笺》为《石巢传奇》之一，阮胡子剧本中最美者。据董刻本有崇祯壬午阳月韦佩居士序，知此剧实壬午年所成。侦戏一出，系诸癸未三月，时候恰相当。（廷灿谨案，王士正《带经堂集·秦淮杂诗》云"新歌细字写冰纨，小部君王带笑看。千载秦淮呜咽水，不应仍恨孔都官。"）自注，弘光时，阮司马以吴绫作朱丝阑书《燕子笺》诸剧进宫中。特来相借。（副净吩咐介）速速上楼，发出那一副上好行头；吩咐班里人梳头洗脸，随箱快走。你也拿帖跟去，俱要仔细着。（丑应下）（杂抬箱，众戏子绕场下）（副净唤丑介）转来。（悄语介）你到他席上，听他看戏之时，议论什么，速来报我。（丑）是。（下）（副净笑介）哈哈！竟不知他们目中还有下官，有趣有趣！且坐书斋，静听回话。（虚下）（末巾服扮杨文骢上）周郎扇底听新曲，米老船中访故人。下官杨文骢，与圆海笔砚至交，彼之曲词，我之书画，两家绝技，一代传人。今日无事，来听他燕子新词，不免竟入。（进介）这是石巢园，石巢园，大铖所居，即以名其传奇四种。你看山石花木，位置不俗，一定是华亭张南垣张南垣，名涟，善造庭园，工垒石，吴伟业为之传，见梅村家藏稿。的手笔了。（指介）

【风入松】花林疏落石斑斓，收入倪黄画眼。（仰看，读介）"咏怀堂，

咏怀堂，大铖所居，即以名其诗集。孟津王铎书”。王铎，字觉斯，弘光时大学士，清师渡江，迎降，以工书名明清间。（赞介）写的有力量。（下看介）一片红毹铺地，此乃顾曲之所。草堂图里乌巾岸，好指点银筝红板。（指介）那边是百花深处了，为甚的萧条闭关，敢是新词改，旧稿删。

（立听介）隐隐有吟哦之声，圆老在内读书。（呼介）圆兄，略歇一歇，性命要紧呀！王士禛《池北偶谈》云：“丁继之尝与余游祖堂寺，憩呈剑堂，指示余曰：‘此阮怀宁度曲处也。阮游人于此，每夕与狎客饮，以三鼓为节。客倦罢去，阮挑灯作传奇，达旦不寐以为常。’……”案，祖堂寺在牛首山。（副净出见，大笑介）我道是谁，原来是龙友。请坐，请坐！（坐介）（末）如此春光，为何闭户？（副净）只因传奇四种，《石巢传奇四种》，一《春灯谜》，二《燕子笺》，三《双金榜》，四《狮子赚》也。惟韦佩居士《燕子笺序》有“此石巢先生第六种传奇”语，然则不止四种矣。据董交友所撰《陈定生墓表》，知尚有《牟尼珠》一种，余一种待考。（廷灿谨案，《传奇汇考》有《忠孝环》一种，亦石巢撰《曲海目》同。）目下发刻；恐有错字，在此对阅。（末）正是，闻得《燕子笺》已授梨园，特来领略。（副净）恰好今日全班不在。（末）那里去了？（副净）有几位公子借去游山。（末）且把钞本赐教，权当《汉书》下酒罢。（副净唤介）叫家僮安排酒酌，我要和杨老爷在此小饮。（内）晓得。（杂上排酒果介）（末、副净同饮，看书介）

【前腔】（末）新词细写乌丝阑，都是金淘沙拣。簪花美女心情慢，又逗出烟慵云懒。看到此处，令人一往情深。这燕子衔春未残，怕的杨花白，人鬓斑。

（副净）芜词俚曲，见笑大方。（让介）请干一杯。（同饮介）（丑急上）传将随口话，报与有心人。禀老爷，小人到鸡鸣埭上，看着酒斟十巡，戏演三折，忙来回话。（副净）那公子们怎么样来？（丑）那公子们看老爷新戏，大加称赞。

【急三枪】点头听，击节赏，停杯看。（副净喜介）妙妙！他竟知道赏鉴哩。（问介）可曾说些什么？（丑）他说真才子，笔不凡。（副净惊介）阿呀呀！这样倾倒，却也难得。（问介）再说什么来？（丑）论文采，天仙吏，谪人间。好教执牛耳，主骚坛。

（副净佯恐介）太过誉了，叫我难当，越往后看，还不知怎么样哩。（吩咐介)再去打听,速来回话。(丑急下)(副净大笑介)不料这班公子,倒是知己。(让介)请干一杯。

【风入松】俺呵!南朝看足古江山,翻阅风流旧案,花楼雨榭灯窗晚,呕吐了心血无限。每日价琴对墙弹,知音赏,这一番。

(末)请问借戏的是那班公子?(副净)宜兴陈定生、桐城方密之、如皋冒辟疆,都是了不得学问,他竟服了小弟。(末)他们是不轻许可人的,这本《燕子笺》词曲原好,有什么说处。(丑急上)去如走兔,来似飞乌。禀老爷,小的又到鸡鸣埭,看着戏演半本,酒席将完,忙来回话。(副净)那公子又讲些什么?(丑)他说老爷呵!

【急三枪】是南国秀,东林彦,玉堂班。(副净佯惊介)句句是赞俺,益发惶恐。(问介)还说些什么?(丑)他说为何投崔魏,自摧残。(副净皱眉,拍案恼介)只有这点点不才,如今也不必说了。(问介)还讲些什么?(丑)话多着哩,小人也不敢说了。(副净)但说无妨。(丑)他说老爷呼亲父,称干子,忝羞颜,也不过仗人势,狗一般。

(副净怒介)阿呀呀!了不得,竟骂起来了。气死我也!

【风入松】平章风月有何关,助你看花对盏,新声一部空劳赞。不把俺心情剖辩,偏加些恶谑毒讪,这欺侮受应难。

(末)请问这是为何骂起?(副净)连小弟也不解,前日好好拜庙,受了五个秀才一顿狠打。今日好好借戏,又受这三个公子一顿狠骂。此后若不设个法子,如何出门。董文友《陈定生墓表》云:"诸名士毕集秦淮公宴,呼大铖所教歌儿奏《燕子笺》。先生因与侯方域戟手骂大铖不止,已复掀髯大笑,笑大铖何痴,又谓大铖非痴者,极赞其传奇织丽,为之击节,已而又大骂。歌儿归诉诸大铖,遂决意杀先生。"(愁介)(末)长兄不必吃恼,小弟倒有个法儿,未知肯依否?(副净喜介)这等绝妙了,怎肯不依。(末)兄可知道,吴次尾是秀才领袖,陈定生是公子班头,两将罢兵,千军解甲矣。(副净拍案介)是呀!(问介)但不知谁可解劝?(末)别个没用,只有河南侯朝宗,与两君文酒至交,言无不听。昨闻侯生闲居无聊,欲寻一秦淮佳丽。小弟已替他物色一人,名唤香君，色艺皆精，料中其意。长兄肯为出梳栊之资，结其欢心，然后托他两处分解，包管一举双擒。（副净拍手，笑介）妙妙！好个计策。（想介）这侯朝宗原是敝年侄，《壮悔堂集》癸未去金陵与阮光禄书云："执事，仆之父行也……理当谒，然而不敢者，执事当自追忆其故，不必仆言之也。"应该料理的。（问介）但不知应用若干。（末）妆奁酒席，约费二百馀金，也就丰盛了。（副净）这不难，就送三百金到尊府，凭君区处便了。（末）那消许多。

（末）白门弱柳许谁攀，（副净）文酒笙歌俱等闲；
（末）惟有美人称妙计，（副净）凭君买黛画春山。

第五出 访翠

秦淮桥下水，旧是六朝月。烟雨惜繁华，吹箫夜不歇。——侯方域《金陵题画扇》

时间 明崇祯十六年癸未三月

地点 南京秦淮河畔

人物 侯朝宗——生

柳敬亭——丑

苏昆生——净

杨文骢——末

李贞丽——小旦

李香君——旦

仆役——杂

布景一 媚香楼外

【缑山月】(生丽服上)金粉未消亡，闻得六朝香，满天涯烟草断人肠。怕催花信紧，风风雨雨，误了春光。

小生侯方域，书剑飘零，归家无日。对三月艳阳之节，住六朝佳丽之场，虽是客况不堪，却也春情难按。昨日会着杨龙友，盛夸李香君妙龄绝色，平康第一。现在苏昆生教他吹歌，也来劝俺梳栊；争奈萧索奚囊，难成好事。朝宗初识香君系己卯年事，其时朝宗极豪恣，汪有典《吴副榜传》云："己卯夏，雪苑侯朝宗来南雍，朝宗年甫二十，雄才灏气，挟万金结客。"据此则朝宗梳栊香君。无持他人助奁可知，此出云云，借《李姬传》中王将军事作穿插耳，详第七出注一。今日清明佳节，独坐无聊，不免借步踏青，竟到旧院一访，有何不可。(行介)

【锦缠道】望平康，凤城东、千门绿杨。一路紫丝韁，引游郎，谁家乳燕双双。(丑扮柳敬亭上)黄莺惊晓梦，白发动春愁。(唤介)侯相公何处闲游？(生回头见介)原来是敬亭，来的好也；俺去城东踏青，正苦无伴哩。(丑)老汉无事，便好奉陪。(同行介)(丑指介)那是秦淮水榭。(生)隔春波，碧烟染窗；倚晴天，红杏窥墙。(丑指介)这是长桥，我们慢慢的走。(生)一带板桥长,闲指点茶寮酒舫。(丑)不觉来到旧院了。(生)听声声卖花忙,穿过了条条深巷。(丑指介)这一条巷里,都是有名姊妹家。(生)果然不同,你看黑漆双门之上,插一枝带露柳娇黄。

(丑指介)这个高门儿,便是李贞丽家。(生)我问你,李香君住在那个门里?(丑)香君就是贞丽的女儿。(生)妙妙!俺正要访他,恰好到此。(丑)待我敲门。(敲介)(内问介)那个?(丑)常来走动的老柳,陪着贵客来拜。(内)贞娘、香姐,都不在家。(丑)那里去了?(内)在卞姨娘家做盒子会哩。(丑)正是,我竟忘了,今日是盛会。(生)为何今日做会?(丑拍腿介)老腿走乏了,且在这石磴上略歇一歇,从容告你。(同坐介)(丑)相公不知,这院中名妓,结为手帕姊妹,就像香火兄弟一般,每遇时节,便做盛会。

【朱奴剔银灯】结罗帕,烟花雁行;逢令节,齐斗新妆。(生)是了,今日清明佳节,故此皆去赴会,但不知怎么叫做盒子会。沈石田(周)有《盒子会歌》,并序,见《板桥杂记》,录其序如下:

"南京旧院有色艺俱优者,或二十三十姓,结为手帕姊妹,每上节以春檠巧具殽核相赛,名盒子会。凡得奇品为胜,输者罚酒酌胜者,中有所私,亦来挟金助会,厌厌夜饮,弥月而止。席间设灯张乐,各出其技能,赋此以识京城乐事也。"(丑)赴会之日,各携一副盒儿,都是鲜物异品,有海错、江瑶、玉液浆。(生)会期做些什么?(丑)大家比较技艺,拨琴阮,笙箫嘹亮。(生)这样有趣,也许子弟入会么?(丑摇手介)不许不许!最怕的是子弟混闹,深深锁住楼门,只许楼下赏鉴。(生)赏鉴中意的如何会面?(丑)若中了意,便把物事抛上楼头,他楼上也便抛下果子来。相当,竟飞来捧觞,密约在芙蓉锦帐。

(生)既然如此,小生也好走走了。(丑)走走何妨。(生)只不知卞家《板桥杂记》云:"卞赛,一曰赛赛,后为女道士,自称玉京道人。知书,工小楷,善画兰,鼓琴,喜作风枝嫋娜,一落笔画十余纸。年十八,游吴门,侨居虎邱,湘帘棐几,地无织尘。见客初不甚酬对,若遇佳宾,则谐谑间作,谈辞如云,一坐倾倒,寻归秦淮。遇乱复游吴,梅村学士作听女道士卞玉京弹琴歌赠之。"案,玉京与梅村雅有情愫,读梅村诗及序可见。梅村集中《琴河感旧四首》亦为玉京而作。住在那厢?(丑)住在暖翠楼，离此不远，即便同行。（行介）（生）扫墓家家柳。（丑）吹饧处处箫。（生）莺花三里巷。（丑）烟水两条桥。（指介）此间便是，相公请进。（同入介）（末扮杨文骢、净扮苏昆生迎上）（末）闲陪簇簇莺花队，（净）同望迢迢粉黛围。（见介）（末）侯世兄怎肯到此，难得难得！（生）闻杨兄今日去看阮胡子，不想这里遇着。（净）特为侯相公喜事而来。（丑）请坐。（俱坐）（生望介）好个暖翠楼！

【雁过声】**端详，窗明院敞，早来到温柔睡乡。**（问介）李香君为何不见？（末）现在楼头。（净指介）你看，楼头奏技了。（内吹笙、笛介）（生听介）**鸾笙凤管云中响，**（内弹琵琶、筝介）（生听介）**弦悠扬，**（内打云锣介）（生听介）**玉玎珰，一声声乱我柔肠。**（内吹箫介）（生听介）**翱翔双凤凰。**（大叫介）这几声箫，吹的我消魂，小生忍不住要打采了。（取扇坠抛上楼介）**海南异品风飘荡，要打着美人心上痒！**

（内将白汗巾包樱桃抛下介）（丑）有趣有趣！掷下果子来了。（净解汗巾，倾樱桃盘内介）好奇怪，如今竟有樱桃了。（生）不知是那个掷来的，若是香君，岂不可喜。（末取汗巾看介）看这一条冰绡汗巾，有九分是他了。（小旦扮李贞丽捧茶壶，领香君捧花瓶上）（小旦）香草偏随蝴蝶扇，美人又下凤凰台。（净惊指介）都看天人下界了。（丑合掌介）阿弥陀佛。（众起介）（末拉生介）世兄认认，这是贞丽，这是香君。（生见小旦介）小生河南侯朝宗，一向渴慕，今才遂愿。（见旦介）果然妙龄绝色，龙老赏鉴，真是法眼。（坐介）（小旦）虎邱新茶，泡来奉敬。（斟茶）（众饮介）（旦）绿杨红杏，点缀新节。（众赞介）有趣有趣！煮茗看花，可称雅集矣。（末）如此雅集，不可无酒。（小旦）酒已备下，玉京主会，不得下楼奉陪，贱妾代东罢。（唤介）保儿烫酒来！（杂提酒上）（小旦）何不行个令儿，大家欢饮？（丑）敬侯主人发挥。（小旦）怎敢僭越。（净）这是院中旧例。（小旦取骰盆介）得罪了。（唤介）香君把盏，待我掷色奉敬。（众）遵令。（小旦宣令介）酒要依次流饮，每一杯干，各献所长，便是酒底。么为樱桃，二为茶，三为柳，四为杏花，五为香扇坠香扇坠为李香君诨名，见第六出注。，六为冰绡汗巾。（唤介）香君敬侯相公酒。（旦斟生饮介）（小旦掷色介）是香扇坠。（让介）侯相公速干此杯，请说酒底。（生告干介）小生做首诗罢。（吟介）南国佳人佩，休教袖里藏；随郎团扇影，摇动一身香。（末）好诗，好诗！

(丑)好个香扇坠，只怕摇摆坏了。(小旦)该奉杨老爷酒了。(旦斟、末饮介)(小旦掷介)是冰绡汗巾。(末)我也做诗了。(小旦)不许雷同。(末)也罢，下官做个破承题罢。(念介)睹拭汗之物而春色撩人矣。夫汗之沾巾，必由于春之生面也。伊何人之面，而以冰绡拭之；红素相著之际，不亦深可爱也耶？(生)绝妙佳章。(丑)这样好文彩，还该中两榜才是。(旦斟丑酒介)柳师父请酒。(小旦掷色介)是茶。(丑饮酒介)我道恁薄。(小旦笑介)非也，你的酒底是茶。(丑)待我说个张三郎吃茶罢。(小旦)说书太长，说个笑话更好。(丑)就说笑话。(说介)苏东坡同黄山谷访佛印禅师，东坡送了一把定瓷壶，山谷送了一斤阳羡茶。三人松下品茶，佛印说："黄秀才茶癖天下闻名，但不知苏胡子的茶量何如；今日何不斗一斗，分个谁大谁小。"东坡说："如何斗来？"佛印说："你问一机锋，叫黄秀才答。他若答不来，吃你一棒，我便记一笔：胡子打了秀才了。你若答不来，也吃黄秀才一棒，我便记一笔：秀才打了胡子了。末后总算，打一下吃一碗。"东坡说："就依你说。"东坡先问："没鼻针如何穿线？"山谷答："把针尖磨去。"佛印说："答的好。"山谷问："没把葫芦怎生拿？"东坡答："抛在水中。"佛印说："答的也不错。"东坡又问："虱在裤中，有见无见？"山谷未及答，东坡持棒就打。山谷正拿壶子斟茶，失手落地，打个粉碎。东坡大叫道："和尚记着，胡子打了秀才了。"佛印笑道："你听哄啷一声，胡子没打着秀才，秀才倒打了壶子了。"(众笑介)(丑)众位休笑，秀才利害多着哩。(弹壶介)这样硬壶子都打坏，何况软壶子。(生)敬老妙人，随口诙谐，都是机锋。(小旦)香君，敬你师父。(旦斟、净饮介)(小旦掷介)是杏花。(净唱介)"晚妆楼上杏花残，犹自怯衣单。"(旦向小旦介)孩儿敬妈妈酒了。(小旦饮干，掷介)是樱桃。(净)让我代唱罢。(唱介)"樱桃红绽，玉粳白露，半晌恰方言。"(丑)昆生该罚了，唱的唇上樱桃，不是盘中樱桃。(净)领罚。(自斟，饮介)(小旦)香君该自斟自饮了。(生)待小生奉敬。(生斟、旦饮介)(小旦掷介)不消猜，是柳了，香君唱来。(旦羞介)(小旦)孩儿腼腆，请个代笔相公罢。(掷介)三点，是柳师父。(净)好好！今日是他当值之日。(丑)我老汉姓柳，飘零半世，最怕的是"柳"字。今日清明佳节，偏把个柳圈儿套住我老狗头。吴梅村《柳敬亭》传云："……过江，休大柳下，生樊条泫然曰：'吾今氏柳矣。'……"此文盖用其意。(众大笑介)(净)算了你的笑话罢。(生)酒已有了，大家别过。(丑)才子佳人，难得聚会。(拉生、旦介)你们一对儿，吃个交心酒何如。(旦羞,遮袖下)(净)香君面嫩,当面不好讲得;前日所订梳栊之事,相公意下允否?(生笑介)秀才中状元,有什么不肯处。(小旦)既蒙不弃,择定吉期,贱妾就要奉攀了。(末)这三月十五日,花月良辰,便好成亲。(生)只是一件,客囊羞涩,恐难备礼。(末)这不须愁,妆奁酒席,待小弟备来。(生)怎好相累。(末)当得效力。(生)多谢了。

【小桃红】误走到巫峰上,添了些行云想,匆匆忘却仙模样。春宵花月休成谎,良缘到手难推让,准备着身赴高唐。

(作辞介)(小旦)也不再留了。择定十五日,请下清客,邀下姊妹,奏乐迎亲罢。(小旦下)(丑向净介)阿呀!忘了,忘了,咱两个不得奉陪了。(末)为何?(净)黄将军船泊水西门,也是十五日祭旗,约下我们吃酒的。(生)这等怎处?(末)还有丁继之、沈公宪、张燕筑,都是大清客,借重他们陪陪罢。

(净)暖翠楼前粉黛香, (末)六朝风致说平康;

(丑)踏青归去春犹浅, (生)明日重来花满床。

第六出 眠香

笙歌画舫月初沉，邂逅才人订赏音。福慧几生修得到，家家夫婿是东林。——秦伯虞《题板桥杂记》

时间　明崇祯十六年癸未三月

地点　南京秦淮河畔媚香楼

人物　李贞丽——小旦

李香君——旦

侯朝宗——生

保儿——杂

杨文骢——末

丁继之——副净

沈公宪——外

张燕筑——净

卞玉京——老旦

寇白门——小旦

郑妥娘——丑

布景　媚香楼上陈设富丽之洞房

备用物　妆奁、镜台、箱笼、银封、吉服、酒壶、酒杯、笔砚、诗扇、诗笺、吹弹乐器、红灯二、铜钱十

【临江仙】（小旦艳妆上）短短春衫双卷袖，调筝花里迷楼。今朝全把绣帘钩，不教金线柳，遮断木兰舟。

妾身李贞丽，只因孩儿香君，年及破瓜，梳栊无人，日夜放心不下。幸亏杨龙友，替俺招了一位世家公子，就是前日饮酒的侯朝宗，家道才名，皆称第一。今乃上头吉日，大排筵席，广列笙歌，清客俱到，姊妹全来，好不费事。（唤介）保儿那里。（杂扮保儿掮扇慢上）席前搀趣话，花里听情声。妈妈唤保儿那处送衾枕么？（小旦怒介）啐！今日香姐上头，贵人将到，你还做梦哩。快快卷帘扫地，安排桌椅。（杂）是了。（小旦指点排席介）

【一枝花】（末新服上）园桃红似绣，艳覆文君酒；屏开金孔雀，围春

昼。涤了金瓯，点着喷香兽。这当垆红袖，谁最温柔，拉与相如消受。

下官杨文骢，受圆海嘱托，来送梳栊之物。（唤介）贞娘那里？（小旦见介）多谢作伐，喜筵俱已齐备。（问介）怎么官人还不见到？（末）想必就来。（笑介）下官备有箱笼数件，为香君助妆，教人搬来。（杂抬箱笼、首饰、衣物上）（末吩咐介）抬入洞房，铺陈齐整着！（杂应下）（小旦喜谢介）如何这般破费，多谢老爷！（末袖出银介）还有备席银三十两，交与厨房；一应酒殽，俱要丰盛。（小旦）益发当不起了。（唤介）香君快来！（旦盛妆上）（小旦）杨老爷赏了许多东西，上前拜谢。（旦拜谢介）（末）些须薄意，何敢当谢，请回，请回。（旦即入介）（杂急上报介）新官人到门了。（生盛服从人上）虽非科第天边客，也是嫦娥月里人。（末、小旦迎见介）（末）恭喜世兄，得了平康佳丽；小弟无以为敬，草办妆奁，粗陈筵席，聊助一宵之乐。（生揖介）过承周旋，何以克当。（小旦）请坐，献茶。（俱坐）（杂捧茶上，饮介）（末）一应喜筵，安排齐备了么？（小旦）托赖老爷，件件完全。（末向生拱介）今日吉席，小弟不敢搀越，竟此告别，明日早来道喜罢。（生）同坐何妨。（末）不便，不便。（别下）（杂）请新官人更衣。（生更衣介）（小旦）妾身不得奉陪，替官人打扮新妇，撺掇喜酒罢。（别下）（副净、外、净扮三清客上）一生花月张三影，钱牧斋赠张燕筑诗云："一生花月张三影，两鬓沧桑郭四朝。"此用其一句。五字宫商李二红。（副净）在下丁继之。（外）在下沈公宪。（净）在下张燕筑。《板桥杂记》云："丁继之扮张驴儿，张燕筑扮宾头卢，朱维章扮武大郎，皆妙绝一世。丁张二老并寿九十余，钱虞山（谦益）《题三老图诗》末句云：'秦淮烟月经游处，华表归来白鹤知。'不胜黄公酒垆之叹。"又云："曲中狎客，则有张卯官笛，张魁官箫，管五官管子，吴章甫弦索，钱仲文打十番鼓，丁继之张燕筑沈元甫王公远朱维章串戏柳敬亭说书。"又云："沈公宪以串戏擅长，当时推为第一。"公宪元甫，是一是二，待考。丁沈张三人中，丁名最烜赫，钱牧斋集中题赠之诗，前后十余首，其《题丁老画像绝句》云："倚杖钟山看落晖，人民城郭总依稀。闲揩老眼临青镜，可是重来丁令威。"尚有寿丁继之七十，丁老行，题丁家河房亭子，留《题丁家水阁绝句》等篇。龚芝麓《定山堂集》有《题丁继之秦淮水阁》，《清河道上丁继之送别》，《九日邀诸君听张燕筑丁继之度曲》等篇。王渔洋曾偕继之游山，见《池北偶谈》，且记其名为丁胤，云亭谱桃花扇，请丁继之之友为度曲，著之本末漫述中，可见其声名倾动一时矣。钱龚集中亦有赠张燕筑诗，惟沈公宪除《板桥杂记》外，他书罕见其名。（副净）今日吃侯公子喜酒，只得早到。（净）不知请那几位贤歌来陪俺哩。(外)说是旧院几个老在行。(净)这等都是我梳栊的了。(副净)你有多大家私,梳栊许多。(净)各人有帮手,你看今日侯公子,何曾费了分文。(外)不要多话,侯公子堂上更衣,大家前去作揖。(众与生揖介)(众)恭喜,恭喜!(生)今日借光。(小旦、老旦、丑扮三妓女上)情如芳草连天醉,身似杨花尽日忙。(见介)(净)唤的那一部歌妓,都报名来。(丑)你是教坊司么,叫俺报名。(生笑介)正要请教大号。(老旦)贱妾卞玉京。卞玉京事见第五出注三。(生)果然玉京仙子。(小旦)贱妾寇白门。《板桥杂记》云:"寇湄字白门,钱虞山诗云:'寇家姊妹总芳菲,十八年来花信违。今日秦淮恐相值,防他红泪一沾衣。'则寇家多佳丽,白门其一也。白门娟娟静美,跌荡风流,能度曲,善画兰,粗知拈韵吟诗。然滑易不能竟学,十八九时,为保国公购之,贮以金屋,如李掌武之谢秋娘也。甲申三月,京师陷,保国生降,家口悉没入宫,白门以千金予保国赎身,跳匹马短衣,从一婢南归。归为女侠筑园亭,结宾客日与文人骚客相往返,酒酣以往,或歌或哭,亦自叹美人之迟暮,嗟红豆之飘零也。既从扬州某孝廉,不得志,复还金陵。老矣,犹日与诸少年伍。卧病时,召所欢韩生来,绸缪悲泣,欲留之偶寝,韩生以他故辞,犹执手不忍别。至夜闻韩生在婢房笑语,奋身起唤婢,自箠数十,咄咄骂韩生负心禽兽行,欲啮其肉,病逾剧,医药罔效,遂以死。虞山《金陵杂题》有云:'丛残红粉念君恩,女侠谁知寇白门。黄土盖棺心未死,香丸一缕是芳魂。'"《妇人集》云:"寇白门南院教坊中女也。朱保国公娶姬时,命甲士五十俱执绛纱灯,照耀如同白昼。国初籍没诸勋卫,朱尽室入燕都,次第卖歌,姬自给,姬度亦在所遣中。一日谓朱曰:'公若卖妾,计所得不过数百金,徒令妾落沙吒利之手。且妾固未暇即死,尚能持我公阴事。不若使妾南归,一月之间,当得万金以报。'公度无可奈何,纵之归越,一月果得万金。"吴梅村有《赠寇白门绝句》四首,其一云:"南内无人吹洞箫,莫愁湖畔马蹄骄。殿前伐尽灵和柳,谁与萧娘斗舞腰。"(生)果然白门柳色。(丑)奴家郑妥娘。况夔笙(周仪)《香东漫笔》云:"郑如英,字无美,小字妥娘,工诗词,与卞赛寇媚相翊翊也。《桃花扇》传奇《眠香》、《选优》等出,以阿丑之诙谐,作无盐之刻画,肆笔打诨,若瓦街陋姝,一丁不识者然,殆未深考。虞山(钱牧斋)《金陵杂题》:'旧曲新诗压教坊,缕衣垂白感湖湘。闲开闺集教孙女,身是前朝郑妥娘。'《板桥杂记》谓:'顿老琵琶,妥娘词曲,只应天上,难得人间。'渔洋《秋柳》诗,唐葆年云为妥娘作,风调可想。妥娘诗载《列朝诗选闺集》,《雨中送期莲生》云:'执手难分处,前车问板桥。愁从风里长,魂向别时销。客路云兼树,妆楼暮与朝。心旌谁复定,幽梦任摇摇。'《春日寄怀》云:'月落西轩夜色兰,孤衾不耐五更寒。君情莫作花梢露,绕对朝曦湿便干。''沈沈无语意如痴,春到窗前竟不知。忽见寒梅香欲褪,一枝犹忆寄相思。'又徐兴公《笔精》云:'冒伯麟选秦淮四美诗曰:马湘兰,赵今燕，朱泰玉，郑无美，各以风情韵态，价重一时。'郑诗《留秋》云：'我欲留秋住，寒衣不忍裁。归期何用速，尚有海棠开。'《答潘景升寄怀》云：'投我以明镜，照妾如蓬首。报以凝桂脂，余膏染君手。遗我屑金墨，报君芙蓉纸。含豪若有怀，应念人千里。'《闺怀》云：'曲曲迴廊十二阑，风飘罗袂怯春寒。桃花带雨如含泪，只恐多情不忍看。''欲拊朱弦韵未调，琴心不奈可怜宵。移来月色帘生白，遮莫邻钟破寂寥。'《春日寄怀》云：'春深镇日雨潇潇，任是无怀也寂寥。最苦与君初别后，孤帏无寐坐通宵。''春到深闺径草迷，柳摇新绿拂墙低。天涯人去归期杳，空立楼头听马嘶。'《酒久述怀》云：'浪说掌书仙，尘心谪九天。喧华良以厌，征逐苦相牵。绿绮音谁赏，红楼月任圆。羞题班女扇，懒擘薛涛笺。度曲翻成倡，钟情岂是禅。皈依元素志，堕落亦前缘。以我方求渡，逢君转自怜。眼中知己在，说己竟徒妍。'又《明词综》郑妥娘《浪淘沙》云：'日午倦梳头，风静帘钩，一窗花影拥香篝。试问别来多少恨，江水悠悠，新燕语春秋。泪湿罗裯，何时重话水边楼，梦到天涯芳草暮，不见归舟。'著有《红豆词》，采入《众香集》。兹并录之，俾读曲者资考证焉。"(生沉吟介)果然妥当不过。(净)不妥，不妥！(外)怎么不妥？(净)好偷汉子。(丑)呸！我不偷汉，你如何吃得恁胖。(众诨笑介)(老旦)官人在此，快请香君出来罢。(小旦、丑扶香君上)(外)我们做乐迎接。(副净、净、外吹打十番介)(生、旦见介)(丑)俺院中规矩，不兴拜堂，就吃喜酒罢。(生、旦上坐)(副净、外、净坐左边介)(小旦、老旦、丑坐右边介)(杂执壶上)(左边奉酒，右边吹弹介)

【梁州序】(生)齐梁词赋，陈隋花柳，日日芳情迤逗。青衫偎倚，今番小杜扬州。寻思描黛，指点吹箫，从此春入手。秀才渴病急须救，偏是斜阳迟下楼，刚饮得一杯酒。

(右边奉酒，左边吹弹介)

【前腔】(旦)楼台花颤，帘栊风抖，倚着雄姿英秀。春情无限，金钗肯与梳头。闲花添艳，野草生香，消得夫人做。今宵灯影纱红透，见惯司空也应羞，破题儿真难就。

(副净)你看红日衔山，乌鸦选树，快送新人回房罢。(外)且不要忙，侯官人当今才子，梳栊了绝代佳人，合欢有酒，岂可定情无诗乎？(净)说的有理，待我磨墨拂笺，伺候挥毫。(生)不消诗笺，小生带有宫扇一柄，就题赠香君，永为订盟之物罢。(丑)妙，妙！我来捧砚。(小旦)看你这嘴脸，只好脱靴罢了。(老旦)这个砚儿，倒该借重香君。(众)是呀！(旦捧

砚,生书扇介)(众念介)夹道朱楼一径斜,王孙初御富平车。青溪尽是辛夷树,不及东风桃李花。此诗见《四忆堂诗集》卷二,题曰赠人。(众)好诗,好诗!香君收了。(旦收扇袖中介)(丑)俺们不及桃李花罢了,怎的便是辛夷树?(净)辛夷树者,枯木逢春也。(丑)如今枯木逢春,也曾鲜花着雨来。(杂持诗笺上)杨老爷送诗来了。(生接读介)生小倾城是李香,怀中婀娜袖中藏;缘何十二巫峰女,梦里偏来见楚王。此诗乃余谈心赠香君之作,魏子一(学濂)为题壁者,见《板桥杂记》。(生笑介)此老多情,送来一首催妆诗,妙绝,妙绝!(净)"怀中婀娜袖中藏",说的香君一搦身材,竟是个香扇坠儿。原批云:"香君身材娇小,评号'香扇坠',旧院人多呼之。"(丑)他那香扇坠,能值几文,怎比得我这琥珀猫儿坠。(众笑介)(副净)大家吹弹起来,劝新人多饮几杯。(丑)正是带些酒兴,好入洞房。(左右吹弹,生、旦交让酒介)

【节节高】(生、旦)金樽佐酒筹,劝不休,沉沉玉倒黄昏后。私携手,眉黛愁,香肌瘦。春宵一刻天长久,人前怎解芙蓉扣。盼到灯昏玳筵收,宫壶滴尽莲花漏。

(副净)你听谯楼二鼓,天气太晚,撤了席罢。(净)这样好席,不曾吃净就撤去了,岂不可惜。(丑)我没吃够哩,众位略等一等儿。(老旦)休得胡缠,大家奏乐,送新人入房罢。(众起吹打十番,送生、旦介)

【前腔】(合)笙箫下画楼,度清讴,迷离灯火如春昼。天台岫,逢阮刘,真佳偶。重重锦帐香薰透,旁人妒得眉头皱。酒态扶人太风流,贪花福分生来有。

(杂执灯,生、旦携手下)(净)我们都配成对儿,也去睡罢。(丑)老张休得妄想,我老妥是要现钱的。(净数与十文钱,拉介)(丑接钱再数,换低钱,诨下)

【尾声】(合)秦淮烟月无新旧,脂香粉腻满东流,夜夜春情散不收。

(副净)江南花发水悠悠,(小旦)人到秦淮解尽愁;
(外)不管烽烟家万里,(老旦)五更怀里啭歌喉。

阮大铖自防乱公揭刊播后，欲纳交于侯朝宗，此事实也。朝宗之不为大铖所买，颇得李香君提醒之力，此亦事实也。大铖因此大恨朝宗以及香君，此亦事实也。但大铖所夤缘以纳交者并非杨龙友，其纳交手段亦非赠香君妆奁，其事又在崇祯十二年而非在十六年，读朝宗所作《李姬传》自悉。传云：

"大铖屏居金陵，为清议所斥。阳羡陈贞慧贵池吴应箕实首其事，持之力。大铖不得已，欲侯生为解之，乃假所善王将军日载酒食与侯生游。姬曰：'王将军贫，非结客者，公子盍叩之。'侯生三问，将军乃屏人述大铖意。姬私语侯生曰：'妾少从假母识阳羡君，其人有高义，闻吴君尤铮铮。今皆与公子善，奈何以阮公负至交乎。'……生大呼称善，醉而卧。王将军者殊怏怏因辞去。"

又朝宗癸未去金陵日与阮光禄书亦云：

"……忽一日，有王将军过仆甚恭，每一至必邀仆为诗歌。既得，必嘉而为仆贳酒奏伎招游舫携山屐，殷殷积旬不倦。仆初不解，既而疑以问将军，将军乃屏人，以告仆曰：'是皆阮光禄所愿纳交于君者也。光禄方为诸君所诟，愿更以道之君之友陈君定生吴君次尾，庶稍湔乎。'仆敛容谢之曰：'光禄身为贵卿，又不少佳宾客足自娱，安用此二三书生为哉。仆道之两君，必重为两君所绝。若仆独私从光禄游，又窃恐无益光禄，辱相款八日，意良厚，然不得不绝矣。'……"

右两段叙述此事始末甚明，然则为阮奔走者实一不知名之王将军，而于龙友无与。其所藉以纳交者，亦不过贳酒招舫等事，与香君妆奁无与。香君亦不过劝朝宗择交，无所谓却奁之事也。其事又当在己卯而非在癸未，何以知之，朝宗之识香君在己卯，明见《李姬传》，朝宗又有《答田中丞书》，言"未几下第去，不复更与李相见"。据年谱，朝宗己卯下第后，庚辰返商丘，主雪苑社，辛巳曾一游建德。壬午则随其父在军中旋为叛将刘超所劫，其间皆无从与香君见面也。揣度当时情形，盖己卯春间，公揭刊播大铖窘甚，正无所为计，适值朝宗南游，声华藉甚，陈吴新与交契。大铖见朝宗齿稚，谓可愚弄，又恃与其家有年谊，故欲利用之。朝宗未始不为所动，而香君侠且慧，能匡朝宗勿使者非义。此其事固有可传者，云亭度曲，惟取其意，而稍易其人其事及其时，既非作史，原不必刻舟求剑也。

时间　明崇祯十六年癸未三月十六日晨
地点　南京秦淮河媚香楼
人物　保儿——杂
杨龙友——末
李贞丽——小旦
侯朝宗——生
李香君——旦
布景一　幕外
备用物　马桶

(杂扮保儿掇马桶上)龟尿龟尿,撒出小龟;鳖血鳖血,变成小鳖。龟尿鳖血,看不分别;鳖血龟尿,说不清白。看不分别,混了亲爹;说不清白,混了亲伯。(笑介)胡闹,胡闹!昨日香姐上头,乱了半夜;今日早起,又要刷马桶,倒溺壶,忙个不了。那些孤老、表子,还不知搂到几时哩。(刷马桶介)

【夜行船】(末)人宿平康深柳巷,惊好梦门外花郎。绣户未开,帘钩才响,春阻十层纱帐。

下官杨文骢,早来与侯兄道喜。你看院门深闭,侍婢无声,想是高眠未起。(唤介)保儿,你到新人窗外,说我早来道喜。(杂)昨夜睡迟了,今日未必起来哩。老爷请回,明日再来罢。(末笑介)胡说!快快去问。(小旦内问介)保儿!来的是那一个?(杂)是杨老爷道喜来了。(小旦忙上)倚枕春宵短,敲门好事多。(见介)多谢老爷,成了孩儿一世姻缘。(末)好说。(问介)新人起来不曾?(小旦)昨晚睡迟,都还未起哩。(让坐介)老爷请坐,待我去催他。(末)不必,不必。(小旦下)

【步步娇】(末)儿女浓情如花酿,美满无他想,黑甜共一乡。可也亏了俺帮衬,珠翠辉煌,罗绮飘荡,件件助新妆,悬出风流榜。

(小旦上)好笑,好笑!两个在那里交扣丁香,并照菱花,梳洗才完,穿戴未毕。请老爷同到洞房,唤他出来,好饮扶头卯酒(末)惊却好梦,得罪不浅。(同下)(生、旦艳妆上)

布景二　李香君洞房

备用物　花翠新衣，诗扇

【沉醉东风】（生、旦）这云情接着雨况，刚搔了心窝奇痒，谁搅起睡鸳鸯。被翻红浪，喜匆匆满怀欢畅。枕上馀香，帕上馀香，消魂滋味，才从梦里尝。

（末、小旦上）（末）果然起来了，恭喜，恭喜！（一揖，坐介）（末）昨晚催妆拙句，可还说的入情么。（生揖介）多谢！（笑介）妙是妙极了，只有一件。（末）那一件？（生）香君虽小，还该藏之金屋。（看袖介）小生衫袖，如何着得下？（俱笑介）（末）夜来定情，必有佳作。（生）草草塞责，不敢请教。（末）诗在那里？（旦）诗在扇头。（旦向袖中取出扇介）（末接看介）是一柄白纱宫扇。（嗅介）香的有趣。（吟诗介）妙，妙！只有香君不愧此诗。（付旦介）还收好了。（旦收扇介）

【园林好】（末）正芬芳桃香李香，都题在宫纱扇上；怕遇着狂风吹荡，须紧紧袖中藏，须紧紧袖中藏。

（末看旦介）你看香君上头之后，更觉艳丽了。（向生介）世兄有福，消此尤物。（生）香君天姿国色，今日插了几朵珠翠，穿了一套绮罗，十分花貌，又添二分，果然可爱。（小旦）这都亏了杨老爷帮衬哩。

【江儿水】送到缠头锦，百宝箱，珠围翠绕流苏帐，银烛笼纱通宵亮，金杯劝酒合席唱。今日又早早来看，恰似亲生自养，赔了妆奁，又早敲门来望。

（旦）俺看杨老爷，虽是马督抚至亲，却也拮据作客，为何轻掷金钱，来填烟花之窟？在奴家受之有愧，在老爷施之无名；今日问个明白，以便图报。（生）香君问得有理，小弟与杨兄萍水相交，昨日承情太厚，也觉不安。（末）既蒙问及，小弟只得实告了。这些妆奁酒席，约费二百馀金，皆出怀宁之手。（生）那个怀宁？（末）曾做过光禄的阮圆海。（生）是那皖人阮大铖么？（末）正是。（生）他为何这样周旋？（末）不过欲纳交足下之意。

【五供养】(末)羡你风流雅望，东洛才名，西汉文章。逢迎随处有，争看坐车郎。秦淮妙处，暂寻个佳人相傍，也要些鸳鸯被、芙蓉妆；你道是谁的，是那南邻大阮嫁衣全忙。

(生)阮圆老原是敝年伯，小弟鄙其为人，绝之已久。他今日无故用情，令人不解。(末)圆老有一段苦衷，欲见白于足下。(生)请教。(末)圆老当日曾游赵梦白之门，原是吾辈。后来结交魏党，只为救护东林，不料魏党一败，东林反与之水火。近日复社诸生，倡论攻击，大肆殴辱，岂非操同室之戈乎？圆老故交虽多，因其形迹可疑，亦无人代为分辩。每日向天大哭，说道："同类相残，伤心惨目，非河南侯君，不能救我。"所以今日谆谆纳交。(生)原来如此，俺看圆海情辞迫切，亦觉可怜。就便真是魏党，悔过来归，亦不可绝之太甚，况罪有可原乎。定生、次尾，皆我至交，明日相见，即为分解。(末)果然如此，吾党之幸也。(旦怒介)官人是何说话，阮大铖趋附权奸，廉耻丧尽；妇人女子，无不唾骂。他人攻之，官人救之，官人自处于何等也？

【川拨棹】不思想，把话儿轻易讲。要与他消释灾殃，要与他消释灾殃，也隄防旁人短长。官人之意，不过因他助俺妆奁，便要徇私废公；那知道这几件钗钏衣裙，原放不到我香君眼里。(拔簪脱衣介)脱裙衫，穷不妨；布荆人，名自香。

(末)阿呀！香君气性，忒也刚烈。香君气性刚烈，当是实情，《妇人集》冒褒注于李香条下引有朝宗与陈处士(当即定生)一小札云：

"昨域归来，有人倚阑小语，谓足下与域至契。既知此举必在河亭，凝望冀月落星隐，少申夙诺，不意足下诱李君虞作薄幸十郎也。然则一夜徬徨，失却十年相知，罗袖拂衣，又谁信此盛遇乎。域即冒受法太过之嫌，然有意外之逢，此即至诚之报也。足下表章，自是不藏善之美。其实天王明圣不介而孚，遭际如此，臣愿毕矣，今日雅集，亟欲过谈，而香姬盛怒。足下谓昨日乘其作主，而私宴十郎，坚不可解，则域虽欲过从，恐与人臣无私交之义，未有当也。"此虽仅写香君憨妒之态，然其风调略可见。(小旦)把好好东西，都丢一地，可惜，可惜！(拾介)(生)好，好，好！这等见识，我倒不如，真乃侯生畏友也。(向末介)老兄休怪，弟非不领教，但恐为女子所笑耳。朝宗《答田中丞书》云："仆虽书生，常恐一有蹉跌，将为此妓所笑。"

【前腔】(生)平康巷,他能将名节讲;偏是咱学校朝堂,偏是咱学校朝堂,混贤奸不问青黄。那些社友平日重俺侯生者,也只为这点义气;我若依附奸邪,那时群起来攻,自救不暇,焉能救人乎。节和名,非泛常;重和轻,须审详。

(末)圆老一段好意,也还不可激烈。(生)我虽至愚,亦不肯从井救人。(末)既然如此,小弟告辞了。(生)这些箱笼,原是阮家之物,香君不用,留之无益,还求取去罢。(末)正是"多情反被无情恼,乘兴而来兴尽还"。(下)(旦恼介)(生看旦介)俺看香君天姿国色,摘了几朵珠翠,脱去一套绮罗,十分容貌,又添十分,更觉可爱。(小旦)虽如此说,舍了许多东西,倒底可惜。

【尾声】金珠到手轻轻放,惯成了娇痴模样,辜负俺辛勤做老娘。

(生)些须东西,何足挂念,小生照样赔来。(小旦)这等才好。

(小旦)花钱粉钞费商量, (旦)裙布钗荆也不妨;

(生)只有湘君能解佩, (旦)风标不学世时妆。

第八出 闹榭

公子豪华尽妙才，秦淮灯舫一时开。千金置酒浑闲事，不许奄儿入社来。——陈于玉《题桃花扇诗》

时间　明崇祯十六年癸未五月

地点　南京秦淮河

人物　陈贞慧——末

吴应箕——小生

侯朝宗——生

李香君——旦

柳敬亭——丑

苏昆生——净

阮大铖——副净

小僮——杂

优人——众杂

布景　场上搭河房一座，悬灯垂帘

备用物　灯笼、酒壶、酒杯、灯船三、乐器、笔砚、笺

【金鸡叫】（末、小生扮陈贞慧、吴应箕上）（末）贡院秦淮近，赛青衿，剩金零粉。（小生）节闹端阳只一瞬，满眼繁华，王谢少人问。

（末唤小生介）次尾兄，我和你旅邸抑郁，特到秦淮赏节，怎的不见同社一人？（小生）想都在灯船之上。（指介）这是丁继之水榭，钱牧斋有《题丁家河房亭子诗》，自注云："在青溪笛步之间。"诗云："花边柳外市朝新，梦里华胥自好春。夹岸麯尘三月柳，疏窗金粉六朝人。小姑溪水为邻并，邀笛风流是后身。白首吴钩仍惜客，看囊一笑是长贫。"牧斋芝麓皆常假寓丁家水榭，题咏甚多。正好登眺。（场上搭河房一座，悬灯垂帘）（同登介）（末唤介）丁继老在家么？（杂扮小僮上）榴花红似火，艾叶碧如烟。（见介）原来是陈、吴二位相公，我家主人赴灯船会去了。家中备下酒席，但有客来，随便留坐的。（末）这样有趣，（小生）可称主人好事矣。（末）我们在此雅集，恐有俗子阑入，不免设法拒绝他。（唤介）童子取个灯笼来。（杂应下）（取灯笼上）（末写介）"复

社会文，闲人免进。”（杂挂灯笼介）（小生）若同社朋友到此，便该请他入会了。（末）正是。（杂指介）你听鼓吹之声，灯船早已来了。（末、小生凭栏望介）（生、旦雅妆同丑扮柳敬亭、净扮苏昆生，吹弹鼓板坐船上）

【八声甘州】（末）丝竹隐隐，载将来一队乌帽红裙。天然风韵，映着柳陌斜曛。名姝也须名士衬，画舫偏宜画阁邻。（小生）消魂，趁晚凉仙侣同群。

（末指介）那灯船上，好似侯朝宗。（小生）侯朝宗是我们同社，该请入会的。（末指介）那个女客便是李香君，也好请他么？（小生）李香君不受阮胡子妆奁，竟是复社的朋友，请来何妨。（末）这等说来，（指介）那两个吹歌的柳敬亭、苏昆生，不肯做阮胡子门客，都是复社朋友了。请上楼来，更是有趣。（小生）待我唤他。（唤介）侯社兄，侯社兄！（生望见介）那水榭之上，高声唤我的，是陈定生、吴次尾。（拱介）请了。（末招手介）这是丁继之水榭，备有酒席，侯兄同香君、敬亭、昆生都上楼来，大家赏节罢。（生）最妙了。（向丑、净、旦介）我们同上楼去。（吹弹上介）

【排歌】（生、旦）龙舟并，画桨分，葵花蒲叶泛金樽。朱楼密，紫障匀，吹箫打鼓入层云。

（见介）（末）四位到来，果然成了个“复社文会”了。（生）如何是“复社文会”？（小生指灯介）请看。（生看灯笼介）不知今日会文，小弟来的恰好。（丑）“闲人免进”，我们未免唐突了。（小生）你们不肯做阮家门客的，那个不是复社朋友？（生）难道香君也是复社朋友么？（小生）香君却奁一事，只怕复社朋友还让一筹哩。（末）已后竟该称他老社嫂了。（旦笑介）岂敢。（末唤介）童子把酒来斟，我们赏节。（末、小生、生坐一边，丑、净、旦坐一边。饮酒介）

【八声甘州】（末、小生）相亲，风流俊品，满座上都是语笑春温。（丑、净）梁愁隋恨，凭他燕恼莺嗔。（生、旦）榴花照楼如火喷，暑汗难沾白玉人。（杂报介）灯船来了，灯船来了。（指介）你看人山人海，围着一条烛龙，快快看来！（众起凭栏看介）（扮出灯船，悬五色角灯，大鼓大吹绕场数回下)(丑)你看这般富丽,都是公侯勋卫之家。(又扮灯船悬五色纱灯,打粗十番,绕场数回下)(净)这是些富商大贾,衙门书办,却也闹热。(又扮灯船悬五色纸灯,打细十番,绕场数回下)(末)你看船上吃酒的,都是些翰林部院老先生们。(小生)我辈的施为,倒底有些"郊寒岛瘦"。(众笑介)(合)纷纭,望金波天汉迷津。

(生)夜阑更深,灯船过尽了,我们做篇诗赋,也不负会文之约。(末)是,是,但不知做何题目?(小生)做一篇哀湘赋,倒有意思的。(生)依小弟愚见,不如即景联句,更觉畅怀。(末)妙,妙!(问介)我三人谁起谁结?(生)自然让定生兄起结了。(丑问介)三位相公联句消夜,我们三个陪着打盹么?(末)也有个借重之处。(净)有何使唤?(末)俺们每成四韵,饮酒一杯,你们便吹弹一回。(生)有趣,有趣!真是文酒笙歌之会。(末拱介)小弟竟僭了。(吟介)赏节秦淮榭,论心剧孟家。(小生)黄开金裹叶,红绽火烧花。(生)蒲剑何须试,葵心未肯差。(末)辟兵逢彩缕,却鬼得丹砂。(末、小生、生饮酒,丑击云锣,净弹月琴,旦吹箫一回介)(小生)蜃市楼缥缈,虹桥洞曲斜。(生)灯疑羲氏驭,舟是豢龙拿。(末)星宿才离海,玻璃更炼娲。(小生)光流银汉水,影动赤城霞。(照前介)(生)玉树难谐拍,渔阳不辨挝。(末)龟年喧笛管,中散闹筝琶。(小生)系缆千条锦,连窗万眼纱。(生)楸枰停斗子,瓷注屡呼茶。(照前介)(末)焰比焚椒列,声同对垒哗。(小生)电雷争此夜,珠翠剩谁家。(生)萤照无人苑,乌啼有树衙。(末)凭栏人散后,作赋吊长沙。(照前介)(众起介)(末)有趣,有趣!竟联成一十六韵,明日可以发刻了。(小生)我们倡和得许多感慨,他们吹弹出无限凄凉,楼下船中,料无解人也。(净向丑介)闲话且休讲,自古道良宵苦短,胜事难逢。我两个一边唱曲,陈、吴二位相公一边劝酒,让他名士、美人,另做一个风流佳会何如。(丑)使得,这是我们帮闲本等也。(末)我与次兄原有主道,正该少申敬意。(小生)就请依次坐来。(生、旦正坐,末、小生坐左,丑、净坐右介)(生向旦介)承众位雅意,让我两个并坐牙床,又吃一回合卺双杯,倒也有趣。(旦微笑介)(末、小生劝酒,净、丑唱介)

【排歌】歌才发,灯未昏,佳人重抖玉精神。诗题壁,酒沾唇,才郎偏会语温存。

（杂报介）灯船又来了。（末）夜已三更，怎的还有灯船？（俱起凭栏看介）（副净扮阮大铖，坐灯船。杂扮优人，细吹细唱缓缓上）（净）这船上像些老白相，大家洗耳，细细领略。（副净立船头自语介）我阮大铖买舟载歌，原要早出游赏；只恐遇着轻薄厮闹，故此半夜才来，好恼人也！（指介）那丁家河房，尚有灯火。（唤介）小厮，看有何人在上？（杂上岸看，回报介）灯笼上写着"复社会文，闲人免进"。（副净惊介）了不得，了不得！（摇袖介）快歇笙歌，快灭灯火。（灭灯、止吹，悄悄撑船下）（末）好好一只灯船，为何歇了笙歌，灭了灯火，悄然而去？（小生）这也奇怪，快着人看来。（丑）不必去看，我老眼虽昏，早已看真了。那个胡子，便是阮圆海。（净）我道吹歌那样不同。（末怒介）好大胆老奴才，这贡院之前，也许他来游耍么！闹榭亦未必实有其事，不过借以写复社少年骄气。（小生）待我走去，采掉他胡子。（欲下介）（生拦介）罢，罢！他既回避，我们也不必为已甚之行。（末）侯兄，不知我不已甚，他便已甚了。（丑）船已去远，丢开手罢。（小生）便益了这胡子，（旦）夜色已深，大家散罢。（丑）香姐想妈妈了，我们送他回去。（末、小生）我二人不回寓，就下榻此间了。（生）两兄既不回寓，我们过船的，就此作别罢。请了。（末、小生）请了。（先下）（生、旦、丑、净下船，杂摇船行介）

【馀文】下楼台，游人尽；小舟留得一家春，只怕花底难敲深夜门。

（生）月落烟浓路不真，（旦）小楼红处是东邻；

（丑）秦淮一里盈盈水，（净）夜半春帆送美人。

慰三军没别法，许就粮喧声才罢。谁知俺一片葵倾向日花。——本词

时间 明崇祯十六年癸未七月

地点 武昌宁南侯营中

人物 二将官——副净末

四小卒——杂

左良玉——小生

布景 宁南侯营中点卯升帐处

备用物 令箭

【点绛唇】（副净、末扮二将官，杂扮四小卒上）旗卷军牙，射潮弩发鲸鲵怕。操弓试马，鼓角斜阳下。

俺们镇守武昌兵马大元帅宁南侯麾下将士是也。今日点卯日期，元帅升帐，只得在此伺候。（吹打开门介）

【粉蝶儿】（小生戎装，扮左良玉上）七尺昂藏，虎头燕颔如画，莽男儿走遍天涯。活骑人，飞食肉，风云叱咤。报国恩，一腔热血挥洒。

建牙吹角不闻喧，三十登坛众所尊；家散万金酬士死，身留一剑答君恩。咱家左良玉，《桃花扇》于左良玉袒护过甚，今据《明史》本传分年记其重要事迹以资参考。

崇祯五年，良玉始以副将将昌平，兵剿河南贼。

六年，春夏间，良玉败贼于涉县，于沁河，于官村，于清化，于万善。冬间，贼乃窜卢氏山中，由此自郧襄入川。贼既渡河去，良玉与诸将分地守。

七年，春夏间，中州无事，六月，李自成自车箱脱出，分三军寇扰，一向庆阳，一趋郧阳，一出关趋河南。良玉当其趋河南者，扼新安渑池，缓迫养寇，多收降者以自重，督抚檄调，不时应命。

八年，与贼相持于河南，前后十余战，互有胜负，而贼益张。

九年，二月，贼败于登封，总兵九州由嵩县深入，约与良玉夹剿。良玉中道遁归，

九州以无援败没，良玉反以捷闻。七月，良玉由开封渡河击贼，斩获颇众。巡抚杨绳武劾其避贼，令戴罪自赎。

十年，安庆告警，诏良玉救之，连战，大破贼。巡抚张国维三檄良玉入山搜剿，不应，放兵掠妇女。已而浙川六合天长盱眙陷，良玉拥兵不救。十月，以熊文灿督师，良玉轻文灿不为用。

十一年，正月，良玉大破贼于郧西，张献忠伪降，良玉请击之，文灿不许。十二月，许州兵变，良玉家在许，歼焉。

十二年，七月，献忠叛去，良玉追之，大败，弃军资千万余，士卒死者万人。

十三年，春，拜良玉平贼将军，受督师杨嗣昌节制，嗣昌令良玉守兴平。良玉自率师入蜀击张献忠。二月，大败之于玛瑙山，以功加太子少保。献忠遣人操重宝陷良玉曰："献忠在故公见重，公所部多杀掠，而阁部猜且专，无献忠，即公灭不久矣。"良玉心动，纵之去。嗣昌召良玉合击，九檄皆不至。

十四年，正月，诸军追贼于开县，良玉兵先溃，献忠遂席卷出川西，以计绐入襄阳城，嗣昌不食卒。五月，献忠陷南阳，良玉追蹑至，贼遁去。既而献忠陷郧西，掠地至信阳，屡胜而骄，良玉从南阳进兵大破之，降其众数万。

十五年，三月，李自成围开封，乃释侯恂于狱，起为督师。良玉会师于朱仙镇，见贼势盛，一夕拔营遁。众军望见皆溃，自成蹑其后猛击之。良玉大败走襄阳，诏恂距河图贼，而令良玉以兵来会，良玉畏自成迁延不至。九月，自成决河灌开封，恂罢职。时良玉壁樊城，自成乘胜攻之，良玉宵遁，引舟师下至武昌，纵兵大掠。

十六年，正月，良玉兵东下，驻安庆。部将王允成倡寄帑南京之议，谋而东，南京诸文武官陈师江上为守御，都御史李邦华檄良玉以危师动之，乃止。久之，徐溯九江上，闻献忠破湖庆，沈楚王于江坐视不救。八月，乃入武昌立军府，时朝命吕大器代侯恂督师，且逮恂下狱，良玉知为己故，益鞅鞅。令献忠从荆河入蜀，荆襄诸贼，因自成入关尽懈，良玉乃犄贼后，收其空虚地以自为功。

十七年，正月，诏封良玉宁南伯，畀其子梦庚平贼将军印。三月，闻京师陷，诸将汹汹以江南自立君请引兵东下，良玉恸哭不许。福王晋良玉爵为侯，时良玉有兵八十万，号百万。

弘光元年（即顺治二年）四月，良玉传檄讨马士英阮大铖，率师东下，至九江病卒。表字昆山，家住辽阳，世为都司，只因得罪罢职，补粮昌平。幸遇军门侯恂，拔于走卒，《壮悔堂集·宁南侯传》云："良玉少起军校，官辽东都司，坐法当斩。同犯者愿独任之，得免死。乃走昌平军门求事司徒公。（案，侯恂也。）司徒公尝役使之，命以行酒……会大凌河围急，昭下昌平军赴救榆林……公且遣将，总兵尤世威荐良玉……良玉方为走卒……即夜遣世威前谕意，漏下四鼓，司徒公竟自诣良玉邸舍请焉……诘且会辕门，大集诸将，送良玉行，赐之卮酒三，令箭一，曰：'三卮酒者，以三军属将军也，令箭如吾自行。'……良玉既出，以首叩辕门墀下曰：'此行倘不建功，当自刎其头。'已而果连战松山杏山下，录捷功第一，遂为总兵官……良玉三过商丘，必令其下曰：'吾恩府家在此，敢有扰及草木者斩。'入城谒太常公。（案，方域祖父，名执蒲。）拜伏如家人，不敢居于客将……"命为战将，不到一年，又拜总兵之官。北讨南征，功加侯伯；强兵劲马，列镇荆襄。（作势介）看俺左良玉，自幼习学武艺，能挽五石之弓，善为左右之射；那李自成、张献忠几个毛贼，何难剿灭。只可恨督师无人，机宜错过，熊文灿、杨嗣昌既以偏私而败绩，丁启睿、吕大器又因怠玩而无功。《宁南侯传》云："熊文灿者，继为督府，常受贼金而脱其围，良玉尤轻之。以至杨嗣昌以阁部出视师，倚良玉不啻左右手，九调而九不至，嗣昌怏怏死。丁启睿代督师，则往来依违于其间，为良玉调遣文书，未始自出一令，时人谓之'左府幕宾'……"只有俺恩帅侯公，智勇兼全，尽能经理中原；不意奸人忌功，才用即休，《宁南侯传》云："朝廷以司徒公代丁启睿督师，良玉大喜踊跃，遣其将金声桓率兵五千迎司徒公。司徒公既受命，而朝廷中变，乃命距河援汴，无赴良玉军……未几有媒孽之者，司徒公遂得罪，以吕大器代，良玉愠曰：'朝廷若早用司徒公，良玉敢不尽死，今又罪司徒，而以吕公代，是疑我而欲图之也。'自此意益离。……"叫俺一腔热血，报主无期，好不恨也！（顿足介）罢，罢，罢！这湖南、湖北，也还可战可守，且观成败，再定行藏。（坐介）（内作众兵喊叫，小生惊问介）辕门之外，何人喧哗？（副净、末禀介）禀上元帅，辕门肃静，谁敢喧哗。（小生怒介）现在喧哗，怎报没有！（副净、末）那是饥兵讨饷，并非喧哗。（小生）哇！前自湖南借粮三十船，不到一月，难道支完了。（副净、末）禀元帅，本镇人马已足三十万了，些须粮草，那够支销。（小生拍案介）呵呀！这等却也难处哩。（立起，唱介）

【北石榴花】你看中原豺虎乱如麻，都窥伺龙楼凤阙帝王家；有何人勤王报主，肯把义旗拿。那督师无老将，选士皆娇娃；却教俺自撑达，却教俺自撑达。正腾腾杀气，这军粮又早缺乏。一阵阵拍手喧哗，一阵阵拍手喧哗，百忙中教我如何答话，好一似薨薨白昼闹蜂衙。

（坐介）（内又喊介）（小生）你听外边将士，益发鼓噪，好像要反的光景，左右听俺吩咐。（立起，唱介）

【上小楼】您不要错怨咱家，您不要错怨咱家。谁不是天朝犬马，他三百年养士不差，三百年养士不差。都要把良心拍打，为甚么击鼓敲门闹转加，敢则要劫库抢官衙。俺这里望眼巴巴，俺这里望眼巴巴，候江州军粮飞下。

(坐介)(抽令箭掷地介)(副净、末拾箭，向内吩咐介)元帅有令，三军听者：目下军饷缺乏，乃人马归附之多，非粮草屯积之少。朝廷深恩，不可不报；将军严令，不可不遵。况江西助饷，指日到辕，各宜静听，勿得喧哗。(副净、末回话介)奉元帅军令，俱已晓谕三军了。(内又喊叫介)(小生)怎么鼓噪之声，渐入辕门，你再去吩咐。(立起，唱介)

【黄龙犯】您且忍枵腹这一宵，盼江西那几艖。俺待要飞檄金陵，俺待要飞檄金陵，告兵曹转达车驾，许咱们迁镇移家，许咱们迁镇移家。就粮东去，安营歇马，驾楼船到燕子矶边耍。

(副净、末持令箭向内吩咐介)元帅有令，三军听者：粮船一到，即便支发。仍恐转运维艰，枵腹难待；不日撤兵汉口，就食南京；详第十出注一。永无缺乏之虞，同享饱腾之乐。各宜静听，勿再喧哗！(内欢呼介)好，好，好！大家收拾行装，豫备东去呀。(副净、末回生介)禀上元帅，三军闻令，俱各欢呼散去了。(小生)事已如此，无可奈何，只得择期移镇，暂慰军心。(想介)且住，未奉明旨，辄自前行，虽圣恩宽大，未必加诛；只恐形迹之间，难免天下之议。事非小可，再作商量。

【尾声】慰三军没别法，许就粮喧声才罢，谁知俺一片葵倾向日花。

(下)(内作吹打掩门、四卒下)(副净向末)老哥，咱弟兄们商量，天下强兵勇将，让俺武昌。明日顺流东下，料知没人抵当。大家拥着元帅爷，一直抢了南京，就扯起黄旗，往北京进取，有何不可。(末摇手介)我们左爷爷忠义之人，这样风话，且不要题。依着我说，还是移家就粮，且吃饱饭为妙。(副净)你还不知，一移南京，人心惊慌，就不取北京，这个恶名也免不得了。

(末)纷纷将士愿移家，(副净)细柳营中起暮笳；
(末)千古英雄须打筭，(副净)楼船东下一生差。

第十出 修札

东来处仲无他志，北去深源负盛名。——吴伟业

则问他防贼自作贼，该也不该。——本词

时间　明崇祯十六年癸未八月

地点　南京柳敬亭住宅

人物　柳敬亭——丑

　　　侯朝宗——生

　　　杨龙友——末

布景　柳敬亭宅内

备用物　说书鼓、板、笔、砚、书函

（丑扮柳敬亭上）老子江湖漫自夸，收今贩古是生涯。年来怕作朱门客，闲坐街坊吃冷茶。（笑介）在下柳敬亭，自幼无藉，流落江湖，虽则为谈词之辈，却不是饮食之人。（拱介）列位看我像个甚的，好像一位阎罗王，掌着这本大帐簿，点了没数的鬼魂名姓；又像一尊弥勒佛，腆着这副大肚皮，装了无限的世态炎凉。鼓板轻敲，便有风雷雨露；舌唇才动，也成月旦春秋。这些含冤的孝子忠臣，少不得还他个扬眉吐气；那班得意的奸雄邪党，免不了加他些人祸天诛；此乃补救之微权，亦是褒讥之妙用。（笑介）俺柳麻子信口胡谈，却也燥脾。昨日河南侯公子，送到茶资，约定今日午后来听平话，且把鼓板取出，打个招客的利市。（取出鼓板敲唱介）无事消闲扯淡，就中滋味酸甜；古来十万八千年，一霎飞鸿去远。几阵狂风暴雨，各家虎帐龙船，争名夺利片时喧，让他陈抟睡扁。（生上）芳草烟中寻粉黛，斜阳影里说英雄。今日来听老柳平话，里面鼓板铿锵，早已有人领教。（相见大笑介）看官俱未到，独自在此，说与谁听。（丑）这说书是老汉的本业，譬如相公闲坐书斋，弹琴吟诗，都要人听么？（生笑介）讲的有理。（丑）请问今日要听那一朝故事？（生）不拘何朝，你只拣着热闹爽快的说一回罢。（丑）相公不知，那热闹局就是冷淡的根芽，爽快事就是牵缠的枝叶；倒不如把些剩水残山，孤臣孽子，讲他几句，大家滴些眼泪罢。（生叹介）咳！不料敬老你也看到这个田地，真可虑也！（末扮杨文骢

急上)休教铁锁沈江底,怕有降旗出石头。下官杨文骢,有紧急大事,要寻侯兄计议;一路问来,知在此处,不免竟入。(见介)(生)来的正好,大家听敬老平话。(末急介)目下何等时候,还听平话。(生)龙老为何这样惊慌。(末)兄还不知么,左良玉领兵东下,要抢南京,且有窥伺北京之意。侯朝宗《宁南侯传》云:"……良玉遂往来江楚为自竖计,尽取诸盐船之在江者而掠其财,贼师惠登相等皆附之,军益强。又尝称军饥,又近南京就食,移兵九江。(参看第九出注一崇祯十六年条下)兵部尚书熊明遇大恐,请于司徒公以书谕之而止。"本兵熊明遇束手无策,故此托弟前来,恳求妙计。(生)小弟有何计策。(末)久闻尊翁老先生乃宁南之恩帅,若肯发一手谕,必能退却。不知足下主意若何?(生)这样好事,怎肯不做;但家父罢政林居,纵肯发书,未必有济。且往返三千里,何以解目前之危?(末)吾兄素称豪侠,当此国家大事,岂忍坐视。何不代写一书,且救目前;另日禀明尊翁,料不见责也。(生)应急权变,倒也可行;待我回寓起稿,大家商量。(末)事不宜迟,即刻发书,还恐无及,那里等的商量。(生)既是如此,就此修书便了。阻止左军东下事,《明史·左良玉传》谓出李邦华,《南疆绎史·袁继咸传》谓出继咸,而朝宗《宁南侯传》则谓出其父侯恂一书,大抵三者皆是。但事却与杨文骢无涉,《桃花扇》牵入文骢,渲染之笔耳。(写书介)

【一封书】朝宗为司徒公与宁南侯书,见《壮悔堂集》卷三,略云:"……乡土丧乱,已无宁宇,阖门百日,将寄白下,喘息未苏,风鹤频警。相传谓将军驻节江州,且扬帆而前。老夫以为必不然,即陪京卿大夫,亦共信之,而无如市井仓皇,讹以滋讹,几于三人成虎。夫江州三楚要害,麾下泛防之冲也。郧襄不戒,贼势鸱张,时有未利,或需左次以骄之。储灭夙饱,殚图收复,在将军必有确画。过此一步,便非分壤,冒嫌涉疑,义何居焉。若云部曲就粮,非出本愿,则尤不可。朝廷所以重将军者,以能节制经纬,危不异于安也。荆土千里,自可具食,岂谓小饥动至同诸军士仓皇耶。甚则无识之人,料麾下自率前驱,伴送室帑,匈奴未灭,何以家为,生平审处,岂后嫖姚,或者以垂白在堂,此自纲纪。奉移内郡,何必双旌聿来相宅,况陪京高皇帝弓剑所藏,禁地肃清。将军疆场师武,未取进止,讵宜展觐……功名愈盛,责备益深,善处形迹,昭白宜早,惟三思留意焉。"老夫愚不揣,劝将军自忖裁,旌旗且慢来,兵出无名道路猜。高帝留都陵树在,谁敢轻将马足踹;乏粮柴,善安排,一片忠心穷莫改。

(写完,末看介)妙妙!写的激切婉转,有情有理,叫他不好不依,又不敢不依，足见世兄经济。(生)虽如此说，还该送与熊大司马，细加改正，方为万妥。(末)不必烦扰，待小弟说与他便了。(愁介)只是一件，书虽有了，须差一的当家人早寄为妙。(生)小弟轻装薄游，只带两个童子，那能下的书来。(末)这样密书，岂是生人可以去得。(生)这却没法了。(丑)不必着忙，让我老柳走一遭何如。(末)敬老肯去，妙的狠了；只是一路盘诘，也不是当要的。(丑)不瞒老爷说，我柳麻子本姓曹，看第一出注十《板桥杂记》条。虽则身长九尺，却不肯食粟而已。那些随机应变的口头，左冲右挡的膂力，都还有些儿。(生)闻得左良玉军门严肃，山人游客，一概不容擅入。你这般老态，如何去的？(丑)相公又来激俺了，这是俺说书的熟套子。我老汉要去就行，不去就止，那在乎一激之力。(起问介)

【北斗鹌鹑】你那里笔下谄文，我这里胸中画策。舌战群雄，让俺不才；柳毅传书，何妨下海。丢却俺的痴呆，用着俺的诙谐，悄去明来，万人喝采。

(末)果然好个本领，只是书中意思，还要你明白解说，才能有济。

【紫花儿序】(丑)书中意不须细解，何用明白，费俺唇腮。一双空手，也去当差，也会掂乖。凭着俺舌尖儿把他的人马骂开，仍倒回八百里外。(生)你怎的骂他？(丑)则问他防贼自作贼，该也不该。

(生)好，好，好！比俺的书字还说得明白。(末)你快进去收拾行李，俺替你送盘缠来，今夜务必出城才好。(丑)晓得，晓得！(拱手介)不得奉陪了。(竟下)(末)竟不知柳敬亭是个有用之才。(生)我常夸他是我辈中人，说书乃其馀技耳。

【尾声】一封书信权宜代，仗柳生舌尖口快，阻回那莽元帅万马晨霜，保住这好江城三山暮霭。

(末)一纸贤于汗马才，　(生)荆州无复战船开；

(末)从来名士夸江左，　(生)挥麈今登拜将台。

吴梅村《柳敬亭传》云:"……宁南伯左良玉军操而南,寻奉诏守楚,驻皖城,待发。守皖者杜将军弘域,于生(敬亭)为故人,宁南尝奏酒,思得一异客。杜既已泄之矣,会两人用军事不相中,念非生莫可解者。乃檄生至,进之左,以为此天下辩士,欲以观其能。帐下用长刀遮客,引就席,坐客咸振慑失次。生拜讫,索酒,谈啁谐笑,旁若无人者。左大惊,自以为得生晚也。……"案,据此,则敬亭之入良玉幕,乃由杜弘域,并无为朝宗传书事。但时日恰相值,故云亭借用之,且即以"长刀遮客"一段故事作点缀,亦妙笔矣。

第十一出 投辕

军中文武如蜂聚,排难须寻柳敬亭。——陈于玉《桃花扇题诗》

时间　明崇祯十六年癸未九月

地点　武昌宁南侯军营

人物　二卒——净副净

柳敬亭——丑

中军官——末

六军卒——杂

左良玉——小生

布景一　宁南侯营外

备用物　包裹、帽、靴、绳索

(净、副净扮二卒上)(净)杀贼拾贼囊,救民占民房,当官领官仓,一兵吃三粮。(副净)如今不是这样唱了。(净)你唱来!(副净)贼凶少弃囊,民逃剩空房,官穷不开仓,千兵无一粮。(净)这等说,我们这穷兵当真要饿死了。(副净)也差不多哩。(净)前日鼓噪之时,元帅着忙,许俺们就粮南京,这几日不见动静,想又变卦了。(副净)他变了卦,俺们依旧鼓噪,有何难哉。(净)闲话少说,且到辕门点卯,再作商量。正是"不怕饿杀,谁肯犯法"。(俱下)

【北新水令】(丑扮柳敬亭,背包裹上)走出了空林落叶响萧萧,一丛从芦花红蓼。倒戴着接䍦帽，横跨着湛卢刀，白髯儿飘飘，谁认的诙谐玩世东方老。

俺柳敬亭冲风冒雨，沿江行来，并不见乱兵抢粮，想是讹传了。且喜已到武昌城外，据《南疆释史·袁继咸传》，左军索饷东下时，良玉在芜湖。据梅村《柳敬亭传》，柳初见左在皖城，此文“武昌城外”云云，误也。良玉克复武昌，在中止东下之后，侯恂致书时，武昌仍为张献忠所踞。不免在这草地下打开包裹，换了靴帽，好去投书。（坐地换靴帽介）

【南步步娇】（副净、净上）晓雨城边饥乌叫，来往荒烟道，军营半里遥。（指介）风卷旌旗，鼓角缥缈，前面是辕门了，大家趱行几步。饿腹好难熬，还点三八卯。

（丑起拱介）两位将爷，借问一声，那是将军辕门？（净向副净私语介）这个老儿是江北语音，不是逃兵，就是流贼。（副净）何不收拾起来，诈他几文，且买饭吃。（净）妙！（副净问介）你寻将军衙门么？（丑）正是。（净）待我送你去。（丢绳套住丑介）（丑）呵呀！怎么拿起我来了？（副净）俺们是武昌营专管巡逻的弓兵，不拿你，拿谁呀。（丑推二净倒地，指笑介）两个没眼色的花子，怪不得饿的东倒西歪的。（净）你怎晓得我们捱饿。（丑）不为你们捱饿，我为何到此？（副净）这等说来，你敢是解粮来的么？（丑）不是解粮的，是做甚的。（净）啐！我们瞎眼了，快搬行李，送老哥辕门去。（副净、净同丑行介）

【北折桂令】（丑）你看城枕着江水滔滔，鹦鹉洲阔，黄鹤楼高。鸡犬寂寥，人烟惨淡，市井萧条。都只把豺狼喂饱，好江城画破图抛。满耳呼号，鼙鼓声雄，铁马嘶骄。

（副净指介）这是帅府辕门了。（唤介）老哥在此等候，待我传鼓。（击鼓介）（末扮中军官上）封拜惟知元帅大，征诛不让帝王尊。（问介）门外击鼓，有何军情，速速报来。（净）适在汛地捉了一个面生可疑之人，口称解粮到此，未知真假，拿赴辕门，听候发落。（末问丑介）你称解粮到此，有何公文？（丑）没有公文，止有书函。（末）这就可疑了。

【南江儿水】你的北来意费推敲，一封书信无名号，荒唐言语多虚冒，凭空何处军粮到。无端左支右调，看他神情，大抵非逃即盗。

（丑）此话差矣，若是逃、盗，为何自寻辕门。（末）说的也是。既有书函，待我替你传进。（丑）这是一封密书，要当面交与元帅的。（末）这话益发可疑了。你且外边伺候，待我禀过元帅，传你进见。（净、副净、丑俱下）

布景二　左良玉军营内

备用物　书函、茶钟

（内吹打开门，杂扮军卒六人各执械对立介）（小生扮左良玉戎服上）荆襄雄镇大江滨，四海安危七尺身。日日军储劳计画，那能谈笑净烟尘。（升坐，吩咐介）昨因饥兵鼓噪，本帅诈他就粮南京；后来细想：兵去就粮，何如粮来就兵。闻得九江助饷，不日就到，今日暂免点卯，各回汛地，静候关粮。（末）得令。（虚下，即上）奉元帅军令，挂牌免卯，三军各回汛地了。（小生）有甚军情，早早报来。（末）别无军情，只有差役一名，口称解粮到此，要见元帅。（小生喜介）果然粮船到了，可喜，可喜！（问介）所赍文书，系何衙门？（末）并无文书，止有私书，要当堂投递。（小生）这话就奇了，或是流贼细作，亦未可定。（吩咐介）左右军牢，小心防备，着他膝行而进。（众）是！（末唤丑进介）（左右交执器械，丑钻入见介）（揖介）元帅在上，晚生拜揖了。（小生）唗！你是何等样人，敢到此处放肆。（丑）晚生一介平民，怎敢放肆。

【北雁儿落带得胜令】俺是个不出山老渔樵，那晓得王侯大宾客小。看这长枪大剑列门旗，只当深林密树穿荒草。尽着狐狸纵横虎咆哮，这威风何须要。偏吓俺孤身客无门跑，便作个长揖儿不是骄。（拱介）求饶，军中礼原不晓。（笑介）气也么消，有书函将军仔细瞧。

（小生问介）有谁的书函？（丑）归德侯老先生寄来奉候的。（小生）侯司徒是俺的恩帅，你如何认得？（丑）晚生现在侯府。（小生拱介）这等失敬了。（问介）书在那里？（丑送上书介）（小生）吩咐掩门。（内吹打掩门，众下）（小生）尊客请坐。（丑傍坐介）（小生看书介）

帥

【南侥侥令】看他谆谆情意好，不啻教儿曹。这书中文理，一时也看不透彻，无非劝俺镇守边方，不可移兵内地。（叹介）恩帅，恩帅！那知俺左良玉，一片忠心天可告，怎肯背深恩，辱荐保。

（问丑介）足下尊姓大号？（丑）不敢，晚生姓柳，草号敬亭。（杂捧茶上）（小生）敬亭请茶。（丑接茶介）（小生）你可知这座武昌城，自经张献忠一番焚掠，十室九空。俺虽镇守在此，缺草乏粮，日日鼓噪，连俺也做不得主了。（丑气介）元帅说那里话，自古道"兵随将转"，再没个将逐兵移的。

【北收江南】你坐在细柳营，手握着虎龙韬，管千军山可动，令不摇。饥兵鼓噪犯天朝，将军无计，从他去自逍遥。这恶名怎逃，这恶名怎逃。说不起三军权柄帅难操。

（摔茶钟于地下介）（小生怒介）呵呀！这等无礼，竟把茶杯掷地。（丑笑介）晚生怎敢无礼，一时说的高兴，顺手摔去了。（小生）顺手摔去，难道你的心做不得主么。（丑）心若做得主呵，也不叫手下乱动了。（小生笑介）敬亭讲的有理。只因兵丁饿的急了，许他就粮内里。亦是无可奈何之一着。（丑）晚生远来，也饿急了，元帅竟不问一声儿。（小生）我倒忘了，叫左右快摆饭来。（丑摩腹介）好饿，好饿！（小生催介）可恶奴才，还不快摆！（丑起介）等不得了，竟往内里吃去罢。（向内行介）（小生怒介）如何进我内里？（丑回顾介）饿的急了。（小生）饿的急了，就许你进内里么？（丑笑介）饿的急了，也不许进内里，元帅竟也晓得哩。（小生大笑介）句句讥诮俺的错处，好个舌辩之士。俺这帐下倒少不得你这个人哩。

【南园林好】俺虽是江湖泛交，认得出滑稽曼老；这胸次包罗不少，能直谏，会旁嘲。

（丑）那里，那里！只不过游戏江湖，图铺啜耳。（小生问介）俺看敬亭，既与缙绅往来，必有绝技，正要请教。（丑）晚生自幼失学，有何技艺。偶读几句野史，信口演说，曾蒙吴桥范大司马、桐城何老相国，谬加赏赞，因而得交缙绅，实堪惭愧。

【北沽美酒带太平令】俺读些稗官词，寄牢骚，稗官词，寄牢骚，对江山吃一斗苦松醪。小鼓儿颤杖轻敲，寸板儿软手频摇；一字字臣忠子孝，一声声龙吟虎啸；快舌尖钢刀出鞘，响喉咙轰雷烈炮。呀！似这般冷嘲、热挑，用不着笔抄，墨描。劝英豪，一盘错帐速勾了。

（小生）说的爽快，竟不知敬亭有此绝技，就留下榻衙斋，早晚领教罢。

【清江引】从此谈今论古日倾倒，风雨开怀抱。你那苏张舌辩高，我的巧射惊羿奡，只愁那匝地烟尘何日扫。

（丑）闲话多时，到底不知元帅向内移兵，有何主见？（小生）耿耿臣心，惟天可表，不须口劝，何用书责。

（小生）臣心如水照清霄，（丑）咫尺天颜路不遥；

（小生）要与西南撑半壁，（丑）不须东看海门潮。

第十二出 辞 院

吴纨衫子越罗裳，白雪新词旧擅场。
共向西陵台上望，天风吹落泪千行。——《赠校书》侯方域

时间 明崇祯十六年癸未十月

地点 一南京清议堂
二南京秦淮河媚香楼

人物 杨龙友——末
阮大铖——副净
长班——丑
史可法——外
马士英——净
苏昆生——丑
侯方域——生
李香君——旦
李贞丽——小旦
丑

布景 清议堂内

【西地锦】（末扮杨文骢冠带上）锦绣东南列郡，英雄割据纷纷；而今还起周郎恨，江水向东奔。

下官杨文骢，昨奉熊司马之命，托侯兄发书宁南，阻其北上，已遣柳敬亭连夜寄去。还怕投书未稳，一面奏闻朝廷，加他官爵，荫他子侄；又一面知会各处督抚，及在城大小文武，齐集清议堂，公同计议，助他粮饷，这也是不得已调停之法。下官与阮圆海虽罢闲流寓，都有传单，只得早到。（副净扮阮大铖冠带上）黑白看成棋里事，须眉扮作戏中人。（见介）龙友请了，今日会议军情，既传我们到此，也不可默默无言。（末）事体重大，我们废员闲官，立不得主意，身到就是了。（副净）说那里话。

【啄木儿】朝廷事，须认真，太祖神京今未稳，莫漫愁铁锁船开，只怕有萧墙人引。角声鼓音城楼震，帆扬帜飞江风顺，明取金陵，

有人私启门。

（末）这话未确，且莫轻言。（副净）小弟实有所闻，岂可不说。（丑扮长班上）处处军情紧，朝朝会议多。禀老爷，淮安漕抚史可法老爷，凤阳督抚马士英老爷俱到了。（末、副净出候介）（外白须扮史可法，净秃须扮马士英，各冠带上）（外）天下军储一线漕，无能空佩吕虔刀。（净）长陵抔土关龙脉，愁绝烽烟搔二毛。（末、副净见各揖介）（外问介）本兵熊老先生为何不到？（丑禀介）今日有旨，往江上点兵去了。（净）这等又会议不成，如何是好？

【前腔】（外）黄尘起，王气昏，羽扇难挥建业军；幕府山蜡檄星驰，五马渡楼船飞滚。江东应须夷吾镇，清谈怎消南朝恨，少不得努力同捐衰病身。

（末）老先生不必深忧，左良玉系侯司徒旧卒，昨已发书劝止，料无不从者。（外）学生亦闻此举虽出熊司马之意，实皆年兄之功也。（副净）这倒不知；只闻左兵之来，实有暗里勾之者。（外）是那个？（副净）就是敝同年侯恂之子侯方域。侯朝宗有《癸未去金陵日与阮光禄书》，即为此事，文曰："……昨夜方寝，而杨令文骢叩门过仆曰：'左将军兵且来，都人汹汹，阮光禄飏言于清议堂云：'子与有旧，且应之於内——子盍行乎。'仆乃知执事不独见怒，而且恨之，欲置之族灭而后快也。仆与左诚有旧，亦已奉熊尚书之教，驰书止之。其心事尚不可知，若其犯顺，则贼也，仆诚应之于内，亦贼也。士君子稍知礼义，何至甘心作贼。万一有焉，此必日暮途穷，倒行而道施，若昔日干儿义孙之徒，计无复之，容出于此，而仆岂其人耶……"本出隶事全本此。（外）他也是敝世兄，在复社中铮铮有声，岂肯为此？（副净）老公祖不知，他与左良玉相交最密，常有私书往来；若不早除此人，将来必为内应。（净）说的有理，何惜一人，致陷满城之命乎？（外）这也是莫须有之事，况阮老先生罢闲之人，国家大事也不可乱讲。（别介）请了，正是"邪人无正论，公议总私情"。（下）（副净指恨介）（向净介）怎么史道邻就拂衣而去，小弟之言凿凿有据；闻得前日还托柳麻子去下私书的。（末）这太屈他了，敬亭之去，小弟所使，写书之时，小弟在傍；倒亏他写的恳切，怎反疑起他来？（副净）龙友不知，那书中都有字眼暗号，人那里晓得？（净点头介）是呀，这样人该杀的，小弟回去，即着人访拿。（向末介）老妹丈，就此同行罢。（末）请舅翁先行一步，小弟随后就来。(副净向净介)小弟与令妹丈不啻同胞,常道及老公祖垂念,难得今日会着。小弟有许多心事,要为竟夕之谈。不知可否?(净)久荷高雅,正要请教。(同下)(末)这是那里说起!侯兄之素行虽未深知,只论写书一事呵,

【三段子】这冤怎伸,硬叠成曾参杀人;这恨怎吞,强书为陈恒弑君。不免报他一信,叫他趁早躲避。(行介)眠香占花风流阵,今宵正倚薰笼困,那知打散鸳鸯金弹狠。

布景二　媚香楼下

备用物　行装

来此是李家别院,不免叫门。(敲门介)(内吹唱介)(净扮苏昆生上)是那个?(末)快快开门!(净开门见介)原来是杨老爷,天色已晚,还来闲游。(末认介)你是苏昆老。(问介)侯兄在那里?(净)今日香君学完一套新曲,都在楼上听他演腔。(末)快请下楼!(净入唤介)(小旦、生、旦出介)(生)浓情人带酒,寒夜帐笼花。杨兄高兴,也来消夜。(末)兄还不知,有天大祸事来寻你了。(生)有何祸事,如此相吓?(末)今日清议堂议事,阮圆海对着大众,说你与宁南有旧,常通私书,将为内应。那些当事诸公,俱有拿你之意。(生惊介)我与阮圆海素无深仇,为何下这毒手。(末)想因却奁一事,太激烈了,故此老羞变怒耳。阮之恨侯,正因纳交被拒,与阮光禄书详述其事,见第七出注一。(小旦)事不宜迟,趁早高飞远遁,不要连累别人。(生)说的有理。(愁介)只是燕尔新婚,如何舍得。据朝宗《与田中丞书》,言"下第归后便不复与香君相见"。彼书不知作于何年。癸未年朝宗既在金陵,则重寻旧好,亦意中事,但非"燕尔新婚"耳。(旦正色介)官人素以豪杰自命,为何学儿女子态。(生)是,是,但不知那里去好?

【滴溜子】双亲在,双亲在,信音未准;烽烟起,烽烟起,梓桑半损。欲归,归途难问。天涯到处迷,将身怎隐。歧路穷途,天暗地昏。

(末)不必着慌,小弟倒有个算计。(生)请教!(末)会议之时,漕抚史可法、凤抚马舍舅俱在坐。舍舅语言甚不相为,全亏史公一力分豁,且说与尊府原有世谊的。(生想介)是,是,史道邻是家父门生。(末)这等何不

随他到淮，再候家信。据年谱朝宗当时避地宜兴，其依史公则明年事也。（生）妙，妙！多谢指引了。（旦）待奴家收拾行装。（旦束装介）

【前腔】欢娱事，欢娱事，两心自忖；生离苦，生离苦，且将恨忍，结成眉峰一寸。香沾翠被池，重重束紧。药裹巾箱，都带泪痕。

（丑上挑行李介）（生别旦介）暂此分别，后会不远。（旦弹泪介）满地烟尘，重来亦未可必也。

【哭相思】离合悲欢分一瞬，后会期无凭准。（小旦）怕有巡兵踪迹，快行一步罢。（生）吹散俺西风太紧，停一刻无人肯。

（生）但不知史漕抚寓在那厢。（净）闻他来京公干，常寓市隐园，待我送官人去。（生）这等多谢。（生、净、丑急下）（小旦）这桩祸事，都从杨老爷起的，也还求杨老爷归结。明日果来拿人，作何计较？（末）贞娘放心，侯郎既去，都与你无干了。

（末）人生聚散事难论，（旦）酒尽歌终被尚温，
（小旦）独照花枝眠不稳，（末）来朝风雨掩重门。

第十三出 哭 主

燕山自峨峨，沙河自汤汤。皇天自高高，后土自茫茫。下痛万赤子，上呼十四皇。哭帝帝不闻，吁天灭无常。——《亭林谒十三陵》

时间 明崇祯十七年甲申三月

地点 黄鹤楼

人物 旗牌官——副净

左良玉——小生

军校——杂

柳敬亭——丑

黄澍（字仲霖，湖北巡按）——外

袁继咸（字临侯，九江巡抚）——末

塘报人——净

布景 长江畔，黄鹤楼上

备用物 黄鹤楼扁、桌席、床枕、镜镊、旗仗、鼓吹、说书鼓、板、塘报、鞭、铃、素衣、裹布

（副净扮旗牌官上）汉阳烟树隔江滨，影里青山画里人，可惜城西佳绝处，朝朝遮断马头尘。在下宁南帅府一个旗牌官的便是，俺元帅收复武昌，功封侯爵。甲申正月，良玉始封伯爵，弘光叙拥立功，乃进封侯。此文微误。昨日又奉新恩，加了太傅之衔；小爷左梦庚，亦挂总兵之印，特差巡按御史黄澍黄澍，字仲霖，徽州人。以御史巡按湖广监左良玉军，后此良玉兴晋阳之甲，半由澍怂恿而成。清兵渡江，澍与左梦庚迎降。其人非端士，不应与袁临侯并论。“黄澍，徽州人，丁丑进士。授河南开封推官，以固守功擢御史，巡抚湖广鉴左良玉军。（见《明季南略》四）”老爷到府宣旨。今日九江督抚袁继咸袁继咸，字临侯，宜春人，崇祯十六年。以兵部侍郎总督江楚赣皖，至芜湖遇左良玉索饷东下，继咸激以忠义，挽良玉西行。时张献忠方蹂躏楚地，至安庆，指江中浮尸示良玉曰，“大将军忍见此乎。”左变色，因责之曰，“君侯功虽多，过亦不少，朝廷不遣责，岁遣中使宣谕，奈何不图报称。”良玉大感动，遂旋师复武昌，继咸旋代吕大器督师，与良玉极相得。后良玉兴晋阳甲，继咸阻之不及。（详第三十四出注一）左梦庚劫以降，不屈死。老爷，又解粮三十船，亲来给发。元帅大喜，命俺设宴黄鹤楼，请两位老爷饮酒看江。（望介）遥见晴川树

底，芳草洲边，万姓欢歌，三军嬉笑，好一段太平景象也。远远喝道之声，元帅将到，不免设起席来。（台上挂黄鹤楼匾）（副净设席安座介）（杂扮军校旗仗鼓吹引导）（小生扮左良玉戎装上）

【声声慢】逐人春色，入眼晴光，连江芳草青青。百尺楼高，吹笛落梅风景。领着花间小乘，载行厨，带缓衣轻；便笑咱将军好武，也爱儒生。

咱家左良玉，今日设宴黄鹤楼，请袁、黄两公饮酒看江，只得早候。（吩咐介）大小军卒楼下伺候。（众应下）（作登楼介）三春云物归胸次，万里风烟到眼中。（望介）你看浩浩洞庭，苍苍云梦，控西南之险，当江汉之冲；俺左良玉镇此名邦，好不壮哉！（坐呼介）旗牌官何在？（副净跪介）有。（小生）酒席齐备不曾？（副净）齐备多时了。（小生）怎么两位老爷还不见到？（副净）连请数次，袁老爷正在江岸盘粮，黄老爷又往龙华寺拜客，大约傍晚才来。（小生）在此久候，岂不困倦。叫左右速接柳相公上楼，闲谈拨闷。（杂跪禀介）柳相公现在楼下。（小生）快请。（杂请介）（丑扮柳敬亭上）气吞云梦泽，声撼岳阳楼。（见介）（小生）敬亭为何早来了。（丑）晚生知道元帅闷坐，特来奉陪的。（小生）这也奇了，你如何晓得。（丑）常言"秀才会课，点灯告坐"。天生文官，再不能爽快的。（小生笑介）说的有理。（指介）你看天才午转，几时等到点灯也。（丑）若不嫌聒噪呵，把昨晚说的"秦叔宝见姑娘"，柳敬亭说"秦叔宝见姑娘"，乃生平最得意之技，见《板桥杂记》。再接上一回罢。（小生）极妙了。（问介）带有鼓板么？（丑）自古"官不离印，货不离身"，老汉管着做甚的。（取出鼓板介）（小生）叫左右泡开岕片，安下胡床。咱要纱帽隐囊，清谈消遣哩。（杂设床、泡茶，小生更衣坐，杂捶背搔痒介）（丑旁坐敲鼓板说书介）大江滚滚浪东流，淘尽兴亡古渡头；屈指英雄无半个，从来遗恨是荆州。按下新诗，还提旧话。且说人生最难得的是乱离之后，骨肉重逢。总是地北天南，时移物换，经几番凶荒战斗，怎免得梗泛萍漂。可喜秦叔宝解到罗公帅府，枷锁连身，正在候审；遇着嫡亲姑娘，卷帘下阶，抱头大哭。当时换了新衣，设席款待，一个候死的囚徒，登时上了青天。这叫做"运去黄金减价，时来顽铁生光"。（拍醒木介）（小生掩泪介）咱家也都经过了。（丑）再说那罗公问及叔宝的武艺，满心欢喜，特地要夸其本领，即日放炮传操。下了教场，雄兵十万，雁翅排开。罗公独坐当中，一呼百诺，掌着生杀之权。秦叔宝站在旁边，点头赞叹，口里不言，心中暗道：大丈夫定当如此！（拍醒木介）（小生作骄态，笑介）俺左良玉也不枉为人一世矣。（丑）那罗公眼看叔宝，高声问道："秦琼，看你身材高大，可曾学些武艺么？"叔宝慌忙跪下，应答如流："小人会使双锏。"罗公即命家人，将自己用的两条银锏，抬将下来。那两条银锏，共重六十八斤，比叔宝所用铁锏，轻了一半。叔宝是用过重锏的人，接在手中，如同无物。跳下阶来，使尽身法，左轮右舞，恰似玉蟒缠身，银龙护体。玉蟒缠身，万道毫光台下落；银龙护体，一轮月影面前悬。罗公在中军帐里，大声喝采道："好呀！"那十万雄兵，一齐答应。（作喊介）如同山崩雷响，十里皆闻。（拍醒木介）（小生照镜镊鬓介）俺左良玉立功边塞，万夫不当，也是天下一个好健儿。如今白发渐生，杀贼未尽，好不恨也。（副净上）禀元帅爷，两位老爷俱到楼了。（丑暗下）（小生换冠带、杂撤床排席介）（外扮袁继咸，末扮黄澍，冠带喝道上）（外）长湖落日气苍茫，黄鹤楼高望故乡。（末）吹笛仙人称地主，临风把酒喜洋洋。（小生迎揖介）二位老先生俯临敝镇，曷胜光荣；聊设杯酒，同看春江。（外、末）久钦威望，喜近节麾，高楼盛设，大快生平。（安席坐，斟酒欲饮介）（净扮塘报人急上）忙将覆地翻天事，报与勤王救主人。禀元帅爷，不好了，不好了！（众惊起介）有甚么紧急军情，这等喊叫？（净急白介）禀元帅爷：大伙流贼北犯，层层围住神京；三天不见救援兵，暗把城门开禁。放火焚烧宫阙，持刀杀害生灵。（拍地介）可怜圣主好崇祯，（哭说介）缢死煤山树顶。（众惊问介）有这等事，是那一日来？（净喘介）就是这、这、这三月十九日。（众望北叩头，大哭介）（小生起，搓手跳哭介）我的圣上呀！我的崇祯主子呀！我的大行皇帝呀！孤臣左良玉，远在边方，不能一旅勤王，罪该万死了。

【胜如花】高皇帝在九京，不管亡家破鼎，那知他圣子神孙，反不如飘蓬断梗。十七年忧国如病，呼不应天灵祖灵，调不来亲兵救兵；白练无情，送君王一命。伤心煞煤山私幸，独殉了社稷苍生，独殉了社稷苍生！

（众又大哭介）（外摇手喊介）且莫举哀，还有大事相商。（小生）有何大事？（外）既失北京，江山无主，将军若不早建义旗，顷刻乱生，如何安抚。（末）正是。（指介）这江汉荆襄，亦是西南半壁，万一失守，恢复无及矣。(小生)小弟滥握兵权,实难辞责,也须两公努力,共保边疆。(外、末)敢不从事。(小生)既然如此,大家换了白衣,对着大行皇帝在天之灵,恸哭拜盟一番。(唤介)左右可曾备下缞衣么?(副净)一时不能备及,暂借附近民家素衣三领,白布三条。(小生)也罢,且穿戴起来。(吩咐介)大小三军,亦各随拜。(小生、外、末穿衣裹布介)(领众齐拜,举哀介)我那先帝呀,

【前腔】(合)宫车出,庙社倾,破碎中原费整。养文臣帷幄无谋,豢武夫疆场不猛;到今日山残水剩,对大江月明浪明,满楼头呼声哭声。(又哭介)这恨怎平,有皇天作证:从今后戮力奔命,报国仇早复神京,报国仇早复神京。

(小生)我等拜盟之后,义同兄弟;临侯督师,仲霖监军,袁任督师,黄监左军,皆甲申三月十九日前奉朝命,非私相署。我左昆山操兵练马,死守边方。倘有太子诸王,中兴定鼎,那时勤王北上,恢复中原,也不负今日一番义举。(外、末)领教了。(副净禀介)禀元帅,满城喧哗,似有变动之意,快请下楼,安抚民心。(俱下楼介)(小生)二位要向那里去?(外)小弟还回九江。(末)小弟要到襄阳。(小生)这等且各分手,请了。(别介)(小生呼介)转来,若有国家要事,还望到此公议。(外、末)但寄片纸,无不奔赴。请了。(外、末下)(小生)呵呀呀!不料今日天翻地覆,吓死俺也!

飞花送酒不曾擎, 片语传来满座惊,
黄鹤楼中人哭罢, 江昏月暗夜三更。

第十四出 阻奸

堪嗟。

军国大事非轻举，俺纵有庙谟难说。这来书谋逆议立，邀功情切。——本词

时间　明崇祯十七年甲申四月

地点　南京兵部署内

人物　侯朝宗——生

史可法——外

长班——丑

差役——小生

阮大铖——副净

家僮——杂

布景　兵部尚书署内燕居之室

备用物　书函、烛台、笔砚、柬镫宠

【绕地游】（生上）飘飖家舍，怎把平安写，哭苍天满喉新血。国仇未雪，乡心难说，把闲情丢开后些。

小生侯方域，自去冬仓皇避祸，夜投史公，随到淮安漕署，朝宗是时是否在史公幕，无可考，以阻奸事归朝宗，云亭点染耳。不觉半载。昨因南大司马熊公内召，史公即补其缺，小生又随渡江。亏他重俺才学，待同骨肉。正思移家金陵，不料南北隔绝。目今议立纷纷，尚无定局，好生愁闷。且候史公回衙，一问消息。（暂下）

【三台令】（外扮史可法忧容，丑扮长班随上）山河今日崩竭，白面谈兵掉舌；弈局事堪嗟，望长安谁家传舍。

下官史可法，史可法，字宪之，号道邻，大兴籍详符人。崇祯元年进士，授西安府推官，稍迁户部主事，历员外郎郎中。八年，迁太参议，分守韶州太平，旋监江北诸军数年，与贼角。十二年丁尤去，服阕起兵部右侍郎总督漕运。十六年，拜南京兵部尚书参赞机务。（后事在每出下分注）表字道邻，本贯河南，寄籍燕京。自崇祯辛未，叨中进士，便值中原多故，内为曹郎，外作监司，扬历十年，不曾一日

安枕。今由淮安漕抚升补南京兵部尚书。那知到任一月,遭此大变;万死无裨,一筹莫展。幸亏长江天险,护此留都。但一月无君,人心皇皇,每日议立议迎,全无成说。今早操兵江上,探得北信,不免请出侯兄,大家快谈。(丑)侯爷,有请。(生上见介)请问老先生,北信若何?(外)今日得一喜信,说北京虽失,圣上无恙,早已航海而南;太子亦间道东奔,未知果否?(生)果然如此,苍生之福也。(小生扮差役上)朝廷无诏旨,将相有传闻。(到门介)门上有人么?(丑问介)那里来的?(小生)是凤抚衙门来的,有马老爷候札,即讨回书。(丑)待我传上去。(入见介)禀老爷,凤抚马老爷差人投书。(外拆看,皱眉介)这个马瑶草,又讲甚么迎立之事了。

【高阳台】清议堂中,三番公会,攒眉仰屋蹴靴;相对长吁,低头不语如呆。堪嗟!军国大事非轻举,俺纵有庙谟难说。这来书谋迎议立,邀功情切。

(向生介)看他书中意思,属意福王。又说圣上确确缢死煤山,太子奔逃无踪。若果如此,俺纵不依,他也竟自举行了。况且昭穆伦次,立福王亦无大差。罢,罢,罢!答他回书,明日会稿,一同列名便了。(生)老先生所言差矣。福王分藩敝乡,晚生知之最详,断断立不得。(外)如何立不得?《南疆绎史·史可法传》云,"十七年四月朔,知贼犯宫阙,可法大会群僚,誓师勤王,勒诸镇兵并进,身即渡江,抵浦口。及闻庄烈帝崩,可法北向恸哭,以首触柱,血流至踵,遂发丧提兵,欲长驱决战,群僚诸将皆曰,'社稷无主,盍先择君以定南都。'是时潞王已过江,泊舟无锡。初议所立,谓以亲则桂而远,以贤则潞而近,而不知福王已在淮上也。诸大臣之在南京者,都御史张慎言,侍郎吕大器,詹事姜曰广等,首福王有七不可立,惟潞王贤明可定大计,移牒可法。凤阳总督马士英先迎款于福王,欲挟之以居拥戴功,亦书咨可法,言以伦以序,无如福王。可法即答以'七不可'之说,而身还南京。诸大臣议未定,士英已拥福王至仪征,可法不得已,乃与诸大臣具启往迎。"又《吕大器传》云,"……时潞王常淓已渡江,在吴中,前侍郎钱谦益与雷缜祚等议立之,乃入说大器曰,'潞王穆宗之孙,神宗犹子,昭穆不远,贤明可立。福恭王昔者觊觎天位,几酿大祸。若立其子,势必翻三案以报私仇,视吾辈俎上肉矣。公今掌礼兵二部事,公若倡言,谁敢异议。'大器然之,慎言曰广等亦附焉,贻书可法,言福王有七不可立……"案,据此则七不可立之说主之者吕大器等。史可法不过附和,并非首倡。其暗中主持者则钱谦益雷缜祚,而侯方域则未闻。《桃花扇》以归诸史侯,取剧场排演方便耳。(生)他有三大罪,人人俱知。(外)那三大罪?

（生）待晚生数来：

【前腔】福邸藩王，神宗骄子，母妃郑氏淫邪。当日谋害太子，欲行自立，若无调护良臣，几将神器夺窃。福王名由崧，福恭王常洵子也，常洵为神宗（万历）子。母曰郑贵妃，恃宠谋夺嫡，万历末及天启初"挺击""红丸""移宫"三大案，皆因此而起。东林杨左诸人攻之，奄徒崔魏辈党之，倾轧报复，至明亡而后已。南渡之初，东林派不欲立福王，实恐其翻三案以报私仇也。后此福王昏淫颠覆，诚足令东林振振有词，但以当时情势论，伦序之正，实无出福王右，而东林所欲立之潞王。清师入浙时迎降恐后，即立之亦未必有以愈于福王也。（外）此一罪却也不小。（问介）还有哪一罪？（生）骄奢，盈装满载分封去，把内府金钱偷竭。《明史·福王传》云，"万历二十九年，封常洵为福王，婚费至三十万，营洛阳邸第至二十八万，十倍常制。廷臣请王之藩者，数十百奏，不报，至四十二年，始令就藩。先是海内全盛，帝所遣税使矿使，遍天下，月有进奉，明珠异宝，文毳锦绮山积。他搜括羸羡亿万计，至是多以资常洵，临行出宫门，召还数四期以三岁一入朝，下诏赐庄田园万顷，所司力争，常洵亦奏辞，得减半。中州腴土不足取，山东湖广用益之，又奏乞故大学士张居正所没产，及江都至太平沿江荻洲杂税，并四川盐井榷茶钥以自益。伴读承奉诸官假履亩为名，乘传出入河南北齐楚间，所至骚动。又请淮监千三百引，设店洛阳与民市中，使至淮扬支监干没，要求辄数倍。而中州旧食河东盐，以改食淮盐故禁非王肆所出，不得鬻，河东引遏不行，边饷由此绌。廷臣请改给王盐于河东，且无与民市，弗听。帝深居久群臣章奏率不省，独福藩使通籍中左门，一日数请，朝上夕报可，四方奸人亡命探风旨，走利如骛。如是者终万历之世。及崇祯时，常洵地近属尊朝廷尊礼之，常洵日闭阁饮醇酒，所好惟妇女倡乐。秦中流贼起，河南大旱蝗，人相食，民间藉藉，谓先帝耗天下以肥王。洛阳富於大内，援兵过洛者喧言王府金钱百万，而令吾辈枵腹死贼手……"昨日寇逼河南，竟不舍一文助饷；以致国破身亡，满宫财宝，徒饱贼囊。（外）这也算的一大罪。（问介）那第三大罪呢？（生）这一大罪，就是现今世子德昌王，崇祯十四年正月，李自成陷洛阳，常洵遇害，自成醢其肉杂以鹿脯，名曰'福禄酒'。由崧初封德昌王，进封世子，至是出走怀庆，七月嗣封福王。父死贼手，暴尸未葬，竟忍心远避。还乘离乱之时，纳民妻女。这君德全亏尽丧，怎图皇业。

（外）说的一些不差，果然是三大罪。（生）不特此也，还有五不可立。（外）怎么又有五不可立？

【前腔】（生）第一件，车驾存亡，传闻不一，天无二日同协。第二件，圣上果殉社稷，尚有太子监国，为何明弃储君，翻寻枝叶旁牒。第三件，这中兴之主，原不必拘定伦次的分别，中兴定霸如光武，要访取出群英杰。第四件，怕强藩乘机保立。第五件，又恐小人呵，将拥戴功挟。

（外）是，是，世兄高见，虑的深远。前日见副使雷缜祚、礼部周镳，《明史·奸臣传》言立路王之议"阴主之者钱谦益，力持者吕大器，而前山东按察使佥事雷演祚礼部员外郎周镳往来游说。"演祚字介立，太湖人，镳字仲驭，号鹿溪，金坛人，皆东林健将，后为马阮构杀。都有此论，但不及这番透彻耳。就烦世兄把这三大罪、五不可立之论，写书回他便了。（生）遵命。（点烛写书介）（副净扮阮大铖，杂扮家僮提灯上）须将奇货归吾手，莫把新功让别人。下官阮大铖，潜往江浦，寻着福王，连夜回来，与马士英倡议迎立。只怕兵部史可法临时掣肘。今日修书相商，还恐不妥，故此昏夜叩门，与他细讲。（见小生介）你早来下书，如何还不回去？（小生）等候回书，不见发出。（喜介）阮老爷来的正好，替小人催一催。（杂）门上大叔那里？（丑）是那个？（副净见，作足恭介）烦位下通报一声，说裤子裆里阮，求见老爷。（丑诨介）裤子裆里软，这可未必。常言"十个胡子九个骚"，待我摸一摸，果然软不软。（副净）休得取笑，快些方便罢。（丑）天色已晚，老爷安歇了，怎敢乱传。（副净）有要话商议，定求一见的。（丑）待我传上去。（进禀介）禀老爷，有裤子裆里阮，到门求见。（外）是那个姓阮的？（生）在裤子裆里住，自然是阮胡子了。（外）如此昏夜，他来何干？（生）不消说，又是讲迎立之事了。（外）去年在清议堂诬害世兄的便是他。这人原是魏党，真正小人，不必理他，叫长班回他罢了。（丑出，怒介）我说夜晚了，不便相会，果然惹个没趣。请回罢！（副净拍丑肩介）位下是极在行的，怎不晓得。夜晚来会，才说的是极有趣的话哩；那青天白日，都是些扫帐儿。（丑）你老说的有理，事成之后，随封都要双分的。（副净）不消说，还要加厚些。（丑）既是这等，待我再传。（进禀介）禀老爷，姓阮的定求一见，要说极有趣的话。（外）哇，放屁！国破家亡之时，还有甚么趣话说！快快赶出，闭上宅门。（丑）凤抚回书尚未打发哩。（生）书已写就，求老先生过目。（外读介）

【前腔】二祖列宗，经营垂创，吾皇辛苦力竭。一旦倾移，谁能重续灭绝。详列：福藩罪案三桩大，五不可、势局当歇。再寻求贤宗雅望，去留先决。

(外)写的明白，料他也不敢妄动了。(吩咐介)就交与凤抚家人，早闭宅门，不许再来啰唣。(起介)正是江上孤臣生白发，(生)灯前旅客罢冰弦。(外、生下)(丑出呼介)马老爷差人呢？(小生)有。(丑)领了回书，快快出去，我要闭门哩。(小生接书介)还有阮老爷要见，怎么就闭门？(副净向丑介)正是，我方才央过求见老爷的，难道忘了。(丑佯问介)你是谁呀？(副净)我便是裤子裆里阮哪。(丑)啐！半夜三更，只管软里硬里，奈何的人不得睡。(推介)好好的去罢。(竟闭门入介)(小生)得了回书，我先去了。(下)(副净恼介)好可恶也，竟自闭门不纳了。(呆介)罢了！俺老阮十年之前，这样气儿也不知受过多少，且自耐他。(搓手介)只是当前机会，不可错过。这史可法现掌着本兵之印，如此执拗起来，目下迎立之事，便行不去了，这怎么处？(想介)呸！我到呆气了，如今皇帝玉玺且无下落，你那一颗部印有何用处。(指介)老史，老史，一盘好肉包掇上门来，你不会吃，反去让了别人，日后不要见怪。正是：

穷途才解阮生嗟， 无主江山信手拿；
奇货居来随处赠， 不知福分在谁家。

第十五出 迎驾

走两路功名的是单身词客，同一副印板的是二位云娘。——《燕子笺》开吊场，阮大铖

时间　明崇祯十七年甲申四月念八日

地点　凤阳府督抚衙门

人物　马士英——净

阮大铖——副净

书办——外

长班——丑

布景　马士英书房

备用物　缙绅便览、眼镜、笔、砚、表章、差吏衣服、箱包、马鞭

【番卜算】（净扮马士英冠带上）一旦神京失守，看中原逐鹿交走。捷足争先，拜相与封侯，凭着这拥立功大权归手。

下官马士英，马士英事迹在《明史·奸臣传》，其与本书有关者附注每出中。别字瑶草，贵州贵阳卫人也，起家万历己未进士，现任凤阳督抚。幸遇国家多故，正我辈得意之秋。前日发书约会史可法，同迎福王。他回书中有“三大罪、五不可立”之言。阮大铖走去面商，他又闭门不纳。看来是不肯行的了。但他现握着兵权，一倡此论，那九卿班里，如高弘图、姜曰广、吕大器、张国维等，谁敢竟行。这迎立之事，便有几分不妥了。没奈何，又托阮大铖约会四镇武臣，及勋戚内侍，未知如何，好生焦躁。（副净扮阮大铖急上）胸有已成之竹，山无难劈之柴。此是马公书房，不免竟入。（净见问介）圆老回来了，大事如何？（副净）四镇武臣见了书函，欣然许诺，约定四月念八，全备仪仗，齐赴江浦矣。南都立君议起，时士英为凤阳总督，握兵，内结操江提督诚意伯刘孔昭，南京守备魏国公徐弘基，外结靖南伯黄得功，总兵官刘泽清、刘良佐、高杰——即所谓四镇者，连营江北，以四月廿八日拥福王至浦口。当时刘孔昭为最热中拥戴之一人，《桃花扇》不举其名，不知何故。（净）妙，妙！那高黄二刘，如何说来？（坐介）

【催拍】(副净)他说受君恩爵封列侯,镇江淮千里借筹;神京未收,神京未收,似我辈滥功縻饷,建牙堪羞。江浦迎銮,愿领貔貅,扶新主持节复仇。临大事,敢夷犹。

(净)此外还有何人肯去?(副净)还有魏国公徐鸿基,司礼监韩赞周,吏科给事李沾,当议迎立福王时,吕大器方兼署礼兵二部印,顿笔不肯署。吏科给事中李沾承士英指,厉声言,"今日有异议者死之",议遂定。监察御史朱国昌。(净)勋、卫、科、道,都有个把,也就好了。他们都怎么说来?

【前腔】(副净)他说马中丞当先出头,众公卿谁肯逗留。职名早投,职名早投,大家去上书陈表,拥入皇州。新主中兴,拜舞龙楼,将今日劳苦功酬,迁旧秩,壮新猷。

(净)果然如此,妙的狠了。只是一件,我是一个外吏,那几个武臣勋卫,也算不得部院卿僚,目下写表如何列名?(副净)这有甚么考证,取本缙绅便览来,从头抄写便了。(净)虽如此说,万一驾到,没有百官迎接,我们三五个官,如何引进朝去?(副净)我看满朝诸公,那个是有定见的。乘舆一到,只怕递职名的还挨挤不上哩。(净)是,是!表已写就,只空衔名,取本缙绅来,快快开列。(外扮书办取缙绅上)西河沿洪家高头便览在此。(下)(副净)待我抄起来。(偏头远视介)表上字体,俱要细楷的,目昏难写,这怎么处?(想介)有了。(腰内取出眼镜戴,抄介)"吏部尚书臣高弘图"。(作手颤介)这手又颤起来了,目下等着起身。一时写不出,急杀人也。(净)还叫书办写去罢。(副净)这姓名里面都有去取,他如何写得。(净)你指示明白,自然不错了。(叫介)书办快来。(外上)(副净照缙绅指点向外介)(外下)(净)自古道:"中原逐鹿,捷足先得",我们不可落他人之后。快整衣冠,收拾箱包,今日务要出城。(丑扮长班收拾介)(副净问介)请问老公祖,小弟怎生打扮?(净)迎驾大典,比不得寻常私谒,俱要冠带才是。(副净)小弟原是废员,如何冠带?(净)正是。(想介)没奈何,你且权充个赍表官罢,只是屈尊些儿。(副净)说那里话,大丈夫要立功业,何所不可,到这时候还讲刚方么。(净笑介)妙,妙,才是个软圆老。(副净换差吏服色介)

【前腔】拚馀生寒灰已休,喜今朝涸海更流;金鳌上钩,金鳌上钩,好似太公一钓，享国千秋。牛马风尘，暂屈何忧，刀笔吏丞相根由；人笑骂，我不羞。

(外上)表已列名，老爷过目。(副净看介)果然一些不差，就包裹好了，装入箱中。(外包裹装箱内介)(副净)下官只得背起来了。(外、丑与副净绑箱背上介)(净看，笑介)圆老这件功劳却也不小哩。(副净正色介)不要取笑，日后画在凌烟阁上，倒有些神气的。(丑牵马介)天色将晚，请老爷上马。(净吩咐介)这迎驾大事，带不的多人，只你两个跟去罢。(副净)便益你们，后日都要议叙的。(俱上马，急走绕场介)

【前腔】(合)趁斜阳南山雨收，控青骢烟驿水邮，金鞭急抽，金鞭急抽，早见浦江云气，楚尾吴头。应运英雄，虎赴龙投，恨不的双翅飕飕，银烛下，拜冕旒。

(净)叫左右早去寻下店房。(副净)阿呀！我们做的何事，今日还想安歇，快跑快跑！(加鞭跑介)

(净)江云山气晚悠悠，　(副净)马走平川似水流，
(净)莫学防风随后到，　(副净)涂山明日会诸侯。

南都初建大事日表如下：

崇祯十七年四月廿八日，以迎立福王告于庙。

四月廿九日，徐弘基等迎王于江浦。

五月初一日，王谒孝陵毕，驻驿内守备府。

初二日，群臣劝进，王辞让，称监国。

初五日，以史可法高弘图为大学士，入阁办事。马士英为大学士，仍总督凤阳等处军务。

初七日，以姜曰广王铎为大学士，入阁办事。曰广辞，以吕大器为吏部左侍郎，召前都察院左都御史刘宗周复官。

初八日，分江北为四镇，以黄得功、刘泽清、刘良佐、高杰分统之。杰驻徐州，良佐驻寿州，泽清驻淮安，得功驻庐州，设督师于扬州，节制诸镇。

初九日，马士英率兵入朝。

十一日，群臣劝进，笺三上，王许之。

十二日，史可法自请督师江北，许之。

十五日，王即位，以明年为弘光元年。

十六日，马士英入阁办事，仍掌兵部尚书事。

十七日，封黄得功靖南侯，左良玉宁南侯，高杰兴平伯，刘泽清东平伯，刘良佐广昌伯，加马士英太子太师。

十九日，史可法陛辞出京，督师扬州。

六月初五日，马士英荐阮大铖知兵，命予冠带来京陛见。

八月三十日，中旨以阮大铖为兵部右侍郎巡阅江防。

江山南国尚依然，独见衣冠倍去年。日日除书拜新命，何人曾说旧幽燕。——吴次尾甲申至南京作

时间　明崇祯十七年甲申五月一日

地点　南京偏殿

人物　弘光帝（神宗之孙，福邸亲王之子，封为德昌郡王）——小生

二监——老旦，小旦

史可法——外

马士英——净

黄得功——末

刘泽清——丑

布景　偏殿内

备用物　仪仗、袍、笏、表文、本章、谕旨

【念奴娇】（小生扮弘光衮冕，小旦、老旦扮二监引上）高皇旧宇，看宫门殿阁，重重初敞。满目飞腾新紫气，倚着钟山千丈。祖德重光，民心合仰，迎俺青天上。云消帘卷，东南烟景雄壮。

一朵黄云捧御床，醒来魂梦自徬徨；中兴不用亲征战，才洗尘颜着衮裳。寡人乃神宗皇帝之孙，福邸亲王之子，自幼封为德昌郡王。去年贼陷河南，父王殉国，寡人逃避江浦，九死馀生；不料北京失守，先帝升遐，南京臣民推俺为监国之主。今乃甲申年五月初一日，早谒孝陵回宫，暂御偏殿，看百官有何章奏。（外扮史可法，净扮马士英，末扮黄得功，丑扮刘泽清，文武袍笏上）再见冠裳盛，重瞻殿阁高；金瓯仍未缺，玉烛又新调。我等文武百官，昨日迎銮江浦，今早陪位孝陵；虽投职名，未称朝贺，礼当恭上表文，请登大宝。（众前跪上表介）南京吏部尚书臣高弘图等，恭请陛下早正大位，改元听政，以慰臣民之望。恭惟陛下呵，

【本序】潜龙福邸，望扬扬，貌似神宗，嫡派天潢。久著仁贤声誉重，中外推戴陶唐。瞻仰，牒出金枝，系连花萼，宜承大统诸宗长。臣伏愿登庸御宇，早继高皇。

（四拜介）（小生）寡人外藩衰宗，才德凉薄，俯顺臣民之请，来守高帝之宫。君父含冤，大仇未报，有何面颜，忝然正位。今暂以藩王监国，仍称崇祯十七年，一切政务，照常办理。诸卿勿得谆请，以重寡人之罪。

【前腔】休强，中原板荡，叹王孙乞食江头，栖止榛莽。回首尘沙何处去，洛下名园花放。盼望，兵燹难消，松楸多恙，鼎湖弓剑无人葬；吾怎忍垂旒正冕，受贺当阳。

（众跪呼介）万岁，万万岁！真仁君圣主之言，臣等敢不遵旨。但大仇不当迟报，中原不可久失，将相不宜缓设，谨具题本，伏候裁决。（上本介）

【前腔】开朗，中兴气象，见罘罳瑞霭祥云，王业重创。不共天仇，从此后尝胆眠薪休忘。参想，收复中原，调燮黄阁，急须封拜卜忠亮；还缺少百官庶士，乞选才良。

（小生）览卿题本，汲汲以报仇复国为请，俱见忠悃。至于设立将相，寡人已有成议，众卿听着：

【前腔】职掌，先设将相，论麒麟画阁功劳，迎立为上。捧表江头，星夜去拥着乘舆仪仗。寻访，加体黄袍，嵩呼拜舞，百忙难把玺符让。今日里论功叙赏，文武谁当。

众卿且退，午门候旨。（小生、内官随下）（外、净、末、丑退班立介）（外）若论迎立之功，今日大拜，自然让马老先生了。（净）下官风尘外吏，焉能越次而升。若论国家用武之际，史老先生现居本兵，理当大拜。（向末、丑介）四镇实有护驾之劳，加封公侯，只在目下。（末、丑）皆赖恩帅提拔。（老旦扮内监捧旨上）圣旨下：凤阳督抚马士英，倡议迎立，功居第一，即升补内阁大学士，兼兵部尚书，入阁办事。吏部尚书高弘图、礼部尚书姜曰广、高弘图，字研文，胶州人。其年十月，因忤马士英致仕。南都亡，绝食殉于会稽之竹园寺。姜曰广，字居之，新建人。其年九月，因中旨起用阮大铖，抗疏乞休。顺治六年，金声桓败后赴水死。兵部尚书史可法，亦皆升补大学士，各兼本衔。高弘图、姜曰广入阁办事，史可法着督师江北。其馀部院大小官员，现任者，各加三级；缺员者，将迎驾人员，论功选补。又四镇武臣，靖南伯黄得功，兴平伯高杰，东平伯刘泽清，广昌伯刘良佐，俱进封侯爵，各归汛地。谢恩！（众谢恩介）万岁，万万岁！（起介）（外向末、丑介）老夫职居本兵，每以不能克复中原为耻，圣上命俺督师江北，正好戮力报效。今与列侯约定，于五月初十日，齐集扬州，共商复仇之事。各须努力，勿得迟延。（末，丑）是。（外）老夫走马到任去也。正是：重兴东汉逢明主，收复中原任老臣。（别众下）（末、丑欲下介）（净唤介）将军转来。（拉手话介）圣上录咱迎立之功，拜相封侯。我等皆系勋旧大臣，比不得别个。此后内外消息，须要两相照应，千秋富贵，可以常保矣。（末、丑）蒙恩携带，得有今日，敢不遵谕。（末、丑急下）（净笑介）不料今日做了堂堂首相，好快活也。（副净扮阮大铖探头瞧介）（净欲下介）且住，立国之初，诸事未定，不要叫高、姜二相夺了俺的大权。且慢回家，竟自入阁办事便了。（欲入介）（副净悄上作揖介)恭喜老公祖,果然大拜了。(净惊问介)你从那里来?(副净)晚生在朝房藏着,打听新闻来。(净)此系禁地,今日立法之始,你青衣小帽,在此不便,请出去罢。(副净)晚生有要紧话说。(附耳介)老师相叙迎立之功,获此大位;晚生赍表前往,亦有微劳,如何不见提起?(净)方才宣旨,各部院缺员,许将迎驾之人叙功选补矣。(副净喜介)好,好!还求老师相荐拔。(净)你的事何待谆嘱。(欲入介)(副净)事不宜迟,晚生权当班役,跟进内阁,看看机会何如。(净)学生初入内阁,未谙机务;你来帮一帮,也不妨事,只要小心着。(副净)晓得。(替净拿笏板随行介)

【赛观音】(净)旧黄扉,新丞相,喜一旦趾高气扬,廿四考中书模样。(副净)莫忘辛勤老陪堂。

(净)殿阁东偏晓雾黄, (副净)新参知政气昂昂;
(净)过江同是从龙彦, (副净)也步金阶抱笏囊。

田仰以三百金聘香君，香君却之，事见朝宗所为《李姬传》。朝宗复有《答田中丞书》云：“承示省讼，惭恧无所自容，执事与仆，齿不啻倍蓰，位不啻悬隔，顾猥与仆道及少年之游，谓执事往日曾以兼金三百，招致金陵伎，为伎所却，仆实教之，而因以爬垢索瘢，甚指议执事者。仆诚不自修饬，然窃恐重为执事累也。使执事无可议，则昔贤如白太傅、欧阳公、东坡居士，皆与鸣珂不废酬答，未闻后世之议之也，何独至执事，而苛求之。执事果有可议，即不征伎，庸但已乎。仆之来金陵也，太仓张西铭偶语仆曰，‘金陵有女伎李姓，能歌《玉茗堂词》，尤落落有风调。’仆因与相识，间作小诗赠之。未几，下第去，不复更与相见。后半岁，乃闻其却执事金。尝窃叹异，自谓知此伎不尽，而又安从教之。且执事之邀之，在仆去金陵之后，今天下如执事者，不止一人，岂仆居常独时时标举执事之姓名，预告此伎，谓异日或邀，若必不得逞乎。此伎而无知也者，以执事三百金之厚赀，中丞之贵，方且奔命恐后，岂犹记忆一落拓书生之言。倘其有知，则以三百金之赀，中丞之贵，曾不能一动之，此其胸中必自有说，而何待乎仆之告之也。士君子立身行己，自有本末，反覆来示，益复汗下。仆虽书生，常恐一有蹉跌，将为此伎所笑，而又能以生平读数卷书赋数首诗之伎俩，遂颐指而使之耶。惟执事垂察不宣。”

案，此事诚有之，但恐非在甲申年，或是庚辰辛巳间耳。

名士倾城气味投，何来豪贵起戈矛。却奁更避田家聘，仿佛徐州燕子楼。——吴陈琰《桃花扇题诗》

时间　明崇祯十七年甲申五月

地点　南京

人物　杨文骢——末

长班——杂

丁继之——副净

沈公宪——外

张燕筑——净

卞玉京——老旦

寇白门——小旦

郑妥娘——丑

李香君——旦

布景一　南京杨文骢私第内

【燕归梁】(末扮杨文骢冠带上)南朝领略风流尽,新立个妙龄君;清江隔断浊烟尘,兰署里买香薰。

下官杨文骢,因叙迎驾之功,补了礼部主事。盟兄阮大铖,仍以光禄起用。又有同乡越其杰、田仰吕大器劾马士英疏云:"……姻娅若越其杰田仰杨文骢等,皆先朝罪人,尽登朊仕,名器僭越,莫此为甚。"等,亦皆补官,同日命下,可称一时之盛。目下漕抚缺人,该推升田仰。马士英入阁办事之次日,以田仰巡抚淮扬提督军务兼理海防,非任漕抚也;漕抚乃仰在天启时旧官耳。适才送到聘金三百,托俺寻一美妓,要带往任所。我想青楼色艺之精,无过香君,不免替他去问。(唤介)长班走来。(杂扮长班上)胸中一部缙绅,脚下千条胡同。(见介)老爷有何使唤?(末)你快请清客丁继之,女客卞玉京,到我书房说话。(杂)禀老爷,小人是长班,只认的各位官府,那些串客、表子,没处寻觅。(末)听我吩咐:

【渔灯儿】闹端阳,正纷纭,水阁含春,便有那乌衣子弟伴红裙,难道是织女牵牛天汉津。(杂)就在那秦淮河房么,小人晓得了。(末指介)你望着枣花帘影杏纱纹,那壁厢款问殷勤。

(副净扮丁继之,外扮沈公宪,净扮张燕筑上)院里常留老白相,朝中新聘大陪堂。(副净)来此是杨老爷私宅,待我叫门。(叫介)位下那里?(杂出见介)众位何来?(副净)老汉是丁继之,同这沈、张两敞友,求见杨老爷;烦位下通报一声。(杂喜介)正要去请,来的凑巧,待我通报。(欲入介)(老旦扮卞玉京,小旦扮寇白门,丑扮郑妥娘上)紫燕来何早,黄莺到已迟。(小旦叫介)三位略等一等,同进去罢。(副净)原来是你姊妹们。(净)你们来此何干?(丑)大家是一样病根,你们怕做师父,我们怕做徒弟的。(俱入介)(末喜介)如何来的恰好。(众)无事不敢轻造,今日特来恳恩,尚容拜见。(俱叩介)(末拉起介)请坐,有何见教?(副净问介)新补光禄阮老爷是杨老爷至交么?(末)正是。(副净)闻得新主登极,阮老爷献了四种传奇,圣心大悦,把《燕子笺》钞发总纲,要选我们入内教演,有这话么?(末)果然有此盛举。(净)不瞒老爷说,我们两片唇,养着八张嘴。这一入内庭，岂不“灭门绝户了一家儿”？（丑）我们也是八张嘴，靠着两片皮哩。（末笑介）不必着忙，当差承应，自有一班教坊男女；你们都算名士数里的，谁好拿你。（众）只求老爷护庇则个。（末）明日开列姓名，送与阮圆海，叫他一概免拿便了。（众）多谢老爷。

【前腔】看一片秣陵春，烟水消魂，借着些笙歌裙屐醉斜曛。若把俺尽数选入呵，**从此后江潮暮雨掩柴门，再休想白舫青帘载酒樽。**老爷果肯见怜，这功德不小，**保秦淮水软山温。**

（末）下官也有一事借重。（副净）老爷有何见教？（末）舍亲田仰，不日就升漕抚，适才送到聘金三百，托俺寻一小宠。（丑）让我去罢。（净）你去不得，你去了，这院中便散了板儿了。（丑）怎的便散了板儿？（净）没人和我打钉了。（丑）啐！（副净）老爷意中可有一个人儿么？（末）人是有一个在这里，只要你去作伐。（老旦）是那个？（末）便是李家的香君。（副净摇头介）这使不得。（末）如何使不得？（副净）他是侯公子梳栊过的。

【锦渔灯】现有个秦楼上吹箫旧人，何处去觅封侯柳老三春，留着他燕子楼中昼闭门，怎教学改嫁的卓文君。

（末）侯公子一时高兴，如今避祸远去，那里还想着香君哩。但去无妨。（老旦）香君自侯郎去后，立志守节，不肯下楼，岂有嫁人之理，去也无益。

【锦上花】似一只雁失群，单宿水，独叫云，每夜里月明楼上度黄昏。洗粉黛，抛扇裙，罢笛管，歇喉唇，竟是长斋绣佛女尼身，怕落了风尘。

（末）虽如此说，但有强如侯郎的，他自然肯嫁。（副净）香君之母，原是老爷厚人，倒是老爷面讲更好。（末）你是知道的，侯郎梳栊香君，原是下官作伐。今日觌面，如何讲说，还烦二位走走，自有重谢。（净、外）这等我们也去走走。（小旦、丑）呸！皮肉行里经纪，只许你们做么，俺也同去。（末）不必争闹，待他二位说不来时，你们再去。（众）是，是！辞过老爷罢。（末）也不远送了。狎客满堂消我闷，嫁衣终日与人忙。（下）（副净、老旦）

杨老爷免了咱们差事，莫大的恩典哩。（外、净）正是。（副净）你四位先回，俺要到香君那边，替杨老爷说事去了。（丑）赚了钱不可偏背，大家八刀才好。（众诨下）（副净、老旦同行介）（副净）记得侯公子梳栊香君，也是我们帮衬来。

【锦中拍】想当初华筵盛陈，配才子佳人，排列着花林粉阵，逐趁着筝声笛韵。如今又去帮衬别家，好不赧颜，似邮亭马厮，迎官送宾。（老旦）我们不去何如。（副净）俺若不去呵，又怕他新铮铮春官匣印，硬选入秋宫院门。（老旦）这等如之奈何？（副净）俺自有个两全之法，到那边款语商量，柔情索问，做一个闲蜂蝶花里混。

（老旦）妙，妙！（副净）来此已是，不免竟进。（唤介）贞娘出来。（旦上）空楼寂寂含愁坐，长日恹恹带病眠。（问介）楼下那个？（老旦）丁相公来了。（旦望介）原来是卞姨娘同丁大爷光降，请上楼来。（副净、老旦见介）令堂怎的不见？（旦）往盒子会里去了。（让介）请坐，献茶。（同坐介）（老旦）香君闲坐楼窗，和那个顽耍？（旦）姨娘不知：

【锦后拍】俺独自守空楼，望残春，白头吟罢泪沾巾。（老旦）何不招一新婿？（旦）奴家已嫁侯郎，岂肯改志。（副净）我们晓你苦心。今日礼部杨老爷说，有一位大老田仰，肯输三百金，娶你作妾，托俺来问一声。（旦）这题目错认，这题目错认，可知定情诗红丝拴紧，抵过他万两雪花银。（老旦）这事凭你裁酌，你既不肯，另问别家。（旦）卖笑哂，有勾栏艳品。奴是薄福人，不愿入朱门。

（老旦）既如此说，回他便了。（副净）令堂回家，不要见钱眼开。（旦）妈妈疼奴，亦不肯相强的。（副净）如此甚好，可敬，可敬！（起介）别过了。（外、净、小旦、丑急上）两处红丝千里系，一条黑路六人忙。（净）快去，快去！他二人说成，便偏背我们了。（丑）我就不依他，饶他吃到口里，还倒出脏来。（进介）（净）香君恭喜了。（旦）喜从何来？（小旦）双双媒人来你家，还不喜哩。（旦）敢也说田仰的事么？（净）便是。（旦）方才奴已拒绝了。（外）杨老爷的好意，如何拒得。

【北骂玉郎带上小楼】他为你生小绿珠花月身，寻一个金谷绮罗里石季伦。(旦)奴家不图富贵，这话休和我讲。(副净、老旦)我二人在此劝了半日，他决不肯嫁人的。(小旦)他不嫁人，明日拿去学戏，要见个男子的面，也不能够哩。歌残舞罢锁长门，卧氍毹夜夜伤神。(旦)奴便终身守寡，有何难哉，只不嫁人。(丑)难道三百两花银，买不去你这黄毛丫头么？(旦)你要银子，你便嫁他，不要管人家闲事。(丑怒介)好丫头，抢白起姨娘来了，我就死在你家。(撒泼介)小私窠贱根，小私窠贱根，掉巧舌讪谤尊亲。(净发威介)好大胆奴才！杨老爷新做了礼部，连你们官儿都管的着，明日拿去拶掉你指头。管烟花要津，管烟花要津；触恼他风狂雨迅，准备着桃伤柳损。(旦)尽你吓唬，奴的主意已定了。(老旦)看他小小年纪，倒有志气。(副净)吓他不动，走罢，走罢。(丑)我这里撒泼，没个人来拉拉，气死我也。他不嫁人，我扭也扭他下楼。硬推来门外双轮，硬推来门外双轮；兜折宝钏，扯断湘裙。(副净)自古有钱难买不卖货，撒了赖当不的，大家散罢。(外、小旦)我两个原要不来，吃亏老燕、老妥强拉到此，惹了这场没趣。走，走，走！快出门，掩羞面，气忍声吞。(净、丑)我们也走罢，干发虚，没钞分，遗臊撒粪。

(外、净、小旦、丑俱诨下)(副净、老旦)香君放心，我们回绝杨老爷，再不来缠你便了。(旦拜介)这等多谢二位。(作别介)

(副净)蜂媒蝶使闹纷纷，　(旦)阑入红窗搅梦魂，
(老旦)一点芳心采不去，　(旦)朝朝楼上望夫君。

第十八出　争位

呻吟转侧今何地，跋扈飞扬各一时。——《杜于皇变雅堂诗》

时间　明崇祯十七年甲申五月

地点　扬州

人物　侯朝宗——生

书童——小生

史可法——外

高杰——副净

黄得功——末

刘泽清——丑

刘良佐——净

众杂

布景　史阁部书房

备用物　仪卫、笔、砚、告示、刀

(生上)无定输赢似弈棋，书空殷浩欲何为？长江不限天南北，击楫中流看誓师。小生侯方域，前日替史公修书，一时激烈，有"三大罪、五不可立"之议。不料福王今已登极，马士英竟入阁办事，把那些迎驾之臣，皆录功补用。史公虽亦入阁，又令督师江北，这分明有外之之意了。史公却全不介意，反以操兵剿贼为喜，如此忠肝义胆，人所难能也。现在开府扬州，命俺参其军事；朝宗曾参史公军事，盖属事实，然《桃花扇》系其事于甲申五月，恐太早。考《朝宗年谱》甲申年条下云："阮大铖修东林之怨，逮复社诸子，公依苏松抚军张凤翔。"又云："阮复檄捕公，公渡江依史可法于扬州。"又练贞吉《四忆堂诗集序》云："甲申，朝宗罹皖江党人之狱，避先司马公(案，贞吉之父练国事也，朝宗《九哀诗》国事居其一。)邸中，始与余定交。"大铖起用在是年八月，其兴党狱在冬间。大抵难初作时，朝宗暂匿练国事家，既乃走苏州依张凤翔，檄捕益急，乃更依史公。使五月前久在史幕，何以难作后忽练忽张，转徙无定。但侯史本属世谊，朝宗或常往来史公幕中参谋议，亦属意中事。故史公九月十五日《答清睿王多尔衮书》，相传为朝宗手笔。《桃花扇》将史公许多事迹穿插入朝宗，亦非无因也。约定今日齐集四镇，共商防河之计，不免上前一问。(作至书房介)管家那里？(小生扮书童上)侯爷来了，待我

通报。(小生请外介)

【北点绛唇】(外上)持节江皋,龙骧虎啸,忧国事,不顾残躯,双鬓苍白了。

(见生介)世兄可知今日四镇齐集,共商大事;不日整师誓旅,雪君父之仇了。(生)如此甚妙。只有一件,高杰镇守扬、通,兵骄将傲,那黄、刘三镇,每发不平之恨。今日相见,大费调停,万一兄弟不和,岂不为敌人之利乎。(外)所说极是。今日相见,俺自有一番劝慰之言。(小生报介)辕门传鼓,说四镇到齐,伺候参谒。(生下)(外升帐吹打开门,杂排左右仪卫介)(副净扮高杰,末扮黄得功,丑扮刘泽清,净扮刘良佐,俱介胄上)黄得功,字虎山,开原卫人。崇祯初以入援山东功,官总兵。十七年封靖南伯。南都立进封侯,驻庐州,与高杰二刘并称四镇。

高杰,字英吾,米脂人,与李自成同县,同起事,盗自成妻邢氏,归降洊升总兵官。孙傅庭败于潼关时,杰有众四十万,渡河南下,大掠邳泗之间。南都立,封兴平伯,驻扬州。

刘泽清,字鹤洲,曹县人。崇祯末官至总兵,久镇山东,骚掠无已,好赂权贵,集宾客弄文墨。京师陷,走南京,以拥立功封东平伯,驻庐州。

刘良佐,故淮抚朱大典部将,福王封广昌伯,驻寿州。刘良佐,字明辅,大同左卫人,故淮抚朱大典部将,福王封广昌伯,初与高杰同居李自成麾下。杰护内营,良佐护外营,后杰降,未几良佐亦降。(见《南略》三)只恨燕京无乐毅,谁知江左有夷吾。(入见,禀介)四镇小将,叩谒阁部大元帅。(拜介)(外拱手立介)列侯请起。(副净等俱排立介)听候元帅将令。(外)本帅以阁部督师,君命隆重,大小将士俱在指挥之下。(众)是。(外)四镇乃堂堂列侯,不比寻常武弁。(举手介)屈尊侍坐,共议军情。(众)岂敢。(外)本帅命坐,便如军令一般,不可推辞。(众)是。(揖介)告坐了。(副净首坐,末、丑、净依次坐介)(末怒视副净介)

【混江龙】(外)淮南险要,江河保障势滔滔,一带奇云结阵,满目细柳垂条。铁马嘶风先突塞,犀军放弩早惊潮。说甚么徐、常、沐、邓,比得上绛、灌、萧、曹。同心共把乾坤造,看古来功臣阁丹青图画,似今日列侯会剑佩弓刀。

（末怒介）元帅在上，小将本不该争论。四镇争哄事详第十九出注一。（指介）这高杰乃投诚草寇，有何战功，今日公然坐俺三镇之上。（副净）我投诚最早，年齿又尊，岂肯居尔等之下。（丑）此处是你汛地，我们都是客兵，连一个宾主之礼不晓得，还要统兵。（净）他在扬州享受繁华，尊大惯了；今日也该让咱们来享享。（副净）你们敢来，我就奉让。（末）那个是不敢来的。（起介）两位刘兄同我出来，即该见个强弱。（怒下）（外向副净介）他讲的有理，你还该谦逊才是。（副净）小将宁死不在他们之下。（外）你这就大错了。

【油葫芦】四镇堂堂气象豪，倚仗着恢复北朝。看您挨肩雁序，恰似好同胞，为甚的争坐位失了同心好，斗齿牙变了协恭貌。一个眼睁睁同室操戈盾，一个怒冲冲平地起波涛。没见阵上逞威风，早已窝里相争闹，笑中兴封了一伙（指介）小儿曹。

不料四镇英雄，可笑如此；老夫一天高兴，欲早灰冷一半也。没奈何，且出张告示，晓谕三镇，叫他各回汛地，听候调遣。（向副净介）你既驻札本境，就在本帅标下做个先锋，各有执掌，他们也不敢来争闹了。（副净）多谢元帅。（外）待老夫写起告示来。（写介）（内呐喊介）（副净不辞，出介）（末、丑、净持刀上）高杰快快出来！（副净出见介）你青天白日，持刀呐喊，竟是反了。（末）我们为甚么反，只要杀你这个无礼贼子。（副净）你们敢在帅府门前如此放肆，难道不是无礼贼子么？（末、丑、净赶杀副净介）（副净入辕门叫介）阁部大老爷救命呀，黄、刘三贼杀入帅府来了。（末、丑、净门外喊骂介）（外惊立介）

【天下乐】俺只道塞马南来把战挑，杀声渐高，却是咱兵自鏖。这时候协力同雠还愁少，怎当的阋墙鼓噪，起了个离间根苗。这才是将难调，北贼易讨。

（吩咐介）快请侯相公出来。（杂向内介）侯爷有请。（生急上）晚生已听的明白了。（外）借重高才，传俺帅令，安抚乱军。（生）如何安抚？（外）老夫有告示一纸，快去晓谕他们便了。（生）遵命。（接告示出见介）列侯请了！小弟乃本府参谋，奉阁部大元帅之命，晓谕三镇知悉：恭逢新主中兴，闯贼未讨，正我辈枕戈待旦、立功报效之时；不宜怀挟小忿，致乱大谋。

侯收复中原,太平赐宴,论功叙坐,自有朝仪。目下军容匆遽,凡事权宜,皆当相谅,无失旧好。兴平侯高,原镇扬、通,今即留在本帅标下,委作先锋。靖南侯黄,仍回庐、和。东平侯刘,仍回淮、徐。广昌侯刘,仍回凤、泗。静听调遣,勿得抗违。军法懔然,本帅不能容情也。特谕。(末)我们只要杀无礼贼子,怎敢犯元帅军法。(生)目今辕门截杀,这就是军法难容的了。(丑)既是这等,不要惊着元帅,大家且散。(净)明日杀到高杰家里去罢。正是"国仇犹可恕,私恨最难消"。(下)(生入见介)三镇闻令,暂且散去,明日还要厮杀哩。(外)这却怎处?(指副净介)

【后庭花】高将军,你横将仇衅招,为甚的不谦恭,妄自骄;坐了个首席乡三老,惹动他诸侯五路刀。凭仪秦一番舌战巧,也不过息兵半晌饶。费调停,干焦躁;难消释,空懊恼。这情形何待瞧,那事业全去了。

(副净)元帅不必着急,明日和他见个输赢,把三镇人马并俺一处,随着元帅恢复中原,却亦不难也。(外)你说的是那里话。现今流寇北来,将渡黄河,总兵许定国不能阻当,连夜告急;正要与四镇商议,发兵防河。今日一动争端,偾俺大事,岂不可忧!(副净)他三镇也不为别的,只因扬州繁华,要来夺取,俺怎肯让他。(外)这话益发可笑了。

【煞尾】领着一枝兵,和他三家傲,似垒卵泰山压倒。你占住繁华廿四桥,竹西明月夜吹箫;他也想隋堤柳下安营巢,不教你蕃釐观独夸琼花少。谁不羡扬州鹤背飘,妬杀你腰缠十万好,怕明日杀声咽断广陵涛。

罢,罢,罢!老夫已拼一死,更无他法;侯兄长才,只索凭你筹画了。(生)且看局势,再做商量。(外、生下)(吹打掩门,杂俱下)(副净吊场介)俺高杰也是一条好汉,难道坐以待毙不成。明早黄金坝上,点齐人马,排下阵势,等他来时,迎敌便了。正是:

龙争虎斗逞雄豪,　杯酒筵边动剑刀;
刘项何须成败论,　将军头断不降曹。

四镇初建，使刘泽清辖淮海，驻淮安，经略山东一路。高杰辖徐泗，驻徐州，经略开归一路。刘良佐辖凤寿，驻寿州，经略陈杞一路。黄得功辖滁和，驻庐州，经略光固一路。而史可法以阁部督师驻扬州节制调遣之，此五月初八日史公奏请十五日得旨俞允者也。然杰兵时已抵扬州，扬民畏其剽掠，相率城守，杰攻城逾月，剽夺村厢妇女，屠脍日以百数。及可法渡江誓师，杰橐鞬来迎。可法抚之有恩礼，许杰驻瓜州。杰稍戢。杰最忌黄得功，得功尝送其同姓一总兵赴任登莱，率轻骑三百出高邮。杰疑其图己，伏精骑中道邀击之于土桥，得功三百骑尽没，仅以身免，又亡其爱马。得功怒，诉于朝，誓与杰决一死战，可法命监军万元吉解之，不可。会得功有母丧，可法来吊，亲劝得功。又使监纪应廷吉说杰偿其马，且以千金为黄母赗。事乃解。后杰感可法义，遂听调遣，规取中原。

案，前出所隶者为土桥事，在甲申九月初一日，此出叙和解事，更在其后，本书悉归诸五月，似误。又案，前次执和解之役者为万元吉，后次为应廷吉，本书归功侯方域，皆借用耳。

恨山河半倾，恨山河半倾。怎能重构，人心瓦解忘恩旧。——本词

时间　明崇祯十七年五月

地点　扬州黄金坝

人物　黄得功——末

刘良佐——净

刘泽清——丑

高杰——副净

军校——杂

侯朝宗——生

小军——

探卒——杂

布景　郊野

备用物　旗帜、兵仗、大刀、长枪、双鞭、双刀、令箭、传锣

（末、净、丑扮黄得功、刘良佐、刘泽清戎装，杂扮军校执旗帜器械呐喊上）（末）兄弟们俱要小心着，闻得高杰点齐人马，在黄金坝上伺候迎敌。

我们分作三队，依次而进。（净）我带的人马原少，让我挑战，两兄迎敌便了。（末）我的田雄不曾来，我作第二队，总叫河洲哥哥压哨罢。（丑）就是如此，大家杀向前去。（摇旗呐喊急下）（副净扮高杰戎装，军校执械随上）大小三军排开阵势，伺候迎敌。（杂扮探卒上）报，报，报！三家贼兵摇旗呐喊，将次到营了。（净持大刀上）老高快快出马，今日和你争个谁大谁小。（副净持枪骂上）你花马刘，是咱家小兄弟，那个怕你！（内击鼓，净、副净厮杀介）（副净叫介）三军齐上，活捉了这个刘贼。（杂上乱战介）（净败下）（末持双鞭上）我黄闯子的本领你是晓得的，快快磕头，饶你一死。（副净）我高老爷不稀罕你这活头，要取你那颗死头的。（内击鼓，末、副净厮杀介）（副净叫介）三军再来。（杂上乱战介）（末急介）从来将对将，兵对兵，如何这样混战。到底是个无礼贼子，今日且输与你。（败下）（丑持双刀领众喊上介）高杰，你不要逞强，我刘河洲也带着些人马哩，咱就混战一场，有何不可。（副净）我翻天鹞子不怕人的，凭你竖战也可，横战也可。杀，杀，杀！（两队领众混战介）（生持令箭立高台，小兵持锣敲介）（众止杀，仰看介）（生摇令箭介）阁部大元帅有令：四镇作反，皆督师之过。请先到帅府，杀了元帅，次到南京，抢了宫阙；不必在此混战，骚害平民。（丑）我们并不曾作反，只因高杰无礼，混乱坐次，我们争个明白，日后好参谒元帅。（副净）我高杰乃本标先锋，怎敢作反；他们领兵来杀，只得迎敌。（生）不奉军令，妄行厮杀，都是反贼。明日奏闻朝廷，你们自去分辩罢。（丑）朝廷是我们迎立的，元帅是朝廷差来的，我们违了军令，便是叛了朝廷，如何使得。情愿束身待罪，只求元帅饶恕。（生）高将军，你如何说？（副净）我高杰是元帅犬马，犯了军法，只听元帅处分。（生）既如此说，速传黄、刘二镇，同赴辕门，央求元帅。（丑）二镇败走，各回汛地去了。（生）你淮、扬两镇，唇齿之邦，又无宿嫌，为何听人指使。快快前去，候元帅发落。（众兵下）（生下台）（丑、副净同行，到介）（生）已到辕门了，两位将军在外等候，待俺传进去。（稍迟即出介）元帅有令：四镇擅相争夺，皆当军法从事；但高将军不知礼体，挑嫌起衅，罪有所归，着与三镇服礼。俟解和之日，再行处分。

【香柳娘】劝将军自思，劝将军自思，祸来难救，负荆早向辕门叩。

（副净恼介）我高杰乃元帅标下先锋，元帅不加护庇，倒叫与三镇服礼，可

不羞死人也。罢,罢,罢!看来元帅也不能用俺了,不免领兵渡江,另做事业去。这屈辱怎当,这屈辱怎当,渡过大江头,事业从新做。(唤介)三军快来,随俺前去。(众兵上,呐喊摇旗随下)(丑望介)呀,呀,呀!高杰竟要过江了,想江南有他的党与,不日要领来与俺厮闹;俺也早去约会黄、刘二镇,多带人马,到此迎敌。笑力穷远走,笑力穷远走,长江洗羞,防他重来作寇。

(丑下)(生呆介)不料局势如此,叫俺怎生收救。

【前腔】恨山河半倾,恨山河半倾,怎能重构;人心瓦解忘恩旧。(南望介)那高杰竟是反了。看扬扬渡江,看扬扬渡江,旗帜乱中流,直入南徐口。(北望介)那刘泽清也急忙北去,要约会三镇人马,同来迎敌。这烟尘遍有,这烟尘遍有,好叫俺元帅搔头,参谋搓手。

(行介)且去回覆了阁部,再作计较。正是:

堂堂开府辖通侯, 江北淮南数上游;
只恐楼船与铁马, 一时都羡好扬州。

第二十出　移　防

局已变，势难支。踌躇中夜少眠时，自叹经纶空满纸。——本词

时间　明崇祯十七年甲申六月

地点　扬州

人物　高杰

众杂

报卒——杂

史可法

从人——杂

侯朝宗

中军——丑

布景　幕外

【锦上花】（副净扮高杰领众执械上）策马欲何之？策马欲何之？江锁坚城，弩射雄师。且收兵，且收兵，占住这扬州市。

俺高杰领兵渡江，要抢苏、杭，不料巡抚郑瑄，操舟架炮，堵住江口，没奈何又回扬州；但不知黄、刘三镇，此时何往。（杂扮报卒上）报上将军，黄、刘三镇会齐人马，南来迎敌，前哨已到高邮了。（副净）阿呀！不好了！南下不得，北上又不能，好叫俺进退两难。（想介）罢，罢！还到史阁部辕门，央他的老体面，替俺解救罢。（行介）

【前腔】速去乞恩慈，速去乞恩慈，空忝羞颜，答对何辞。这才是，这才是，自作孽，天教死。

（内喊介）（副净领众走下）

【捣练子】（外扮史可法从人上）局已变，势难支，踌躇中夜少眠时。（生上）自叹经纶空满纸。

（外向生介）世兄，你看高杰不辞而去，三镇又不遵军法；俺本标人马，为数无几，怎能守得住江北。眼看大事已去，奈何，奈何！（生）闻得巡抚郑瑄，堵住江口，高杰不能南下，又回扬州来了。（外）那三镇如何？（生）三镇知他退回，会齐人马，又来迎敌，前哨已到高邮了。（外愁介）目前局势更难处矣。

【玉抱肚】三百年事，是何人掀翻到此；只手儿怎擎青天，却莱兵总仗虚词。（合）烟尘满眼野横尸，只倚扬州兵一枝。

（丑扮中军官传鼓介）（杂问介）门外击鼓，有何军情？（丑）将军高杰，领兵到辕，求见元帅。（外）他果然来了。传他进来，看他有何话说。（外升帐，开门，左右排列介）（副净急跑上介）小将高杰，擅离汛地，罪该万死。求元帅开恩饶恕！（外）你原是一介乱民，朝廷许你投诚，加封侯爵，不曾薄待了你。为何一言不合，竟自反去；及至渡江不得，又投辕门。忽而作反，忽而投诚，把个作反投诚，当做儿戏，岂不可恨！本该军法从事，姑念你悔罪之速，暂且饶恕。（副净叩头起介）（外问介）你还有何说？（副净又跪介）前日擅离汛地，只为不肯服礼。今三镇知俺回来，又要交战，小将虽强，独力怎支，还望元帅解救。（向生央介）侯先生替俺美言一句。（生）你不肯服礼，叫元帅如何处断？（外）正是，事到今日，本帅也不能偏护了。

【前腔】争论坐次，动干戈不知进止。他三家鼎足称雄，你孤军危命如丝。（合前）

（副净）元帅不肯解救，小将宁可碎首辕门，断不拜他下风。（生）你那黄金坝上威风那里去了？（副净）那时他没带人马，俺用全军混战，因而取胜。今日三家卷土齐来，小将不得不临事而惧矣。（生）小生倒有个妙计，只怕你不肯依从。（副净）除了服礼，都依都依。（生）目今流贼南下，将渡黄河，许定国不能阻当，连夜告急。元帅正要发兵防河，你何不奉命前往，坐镇开、洛；既解目前之围，又立将来之功。他三镇知你远去，也不能兴无名之师了。将军以为何如？（副净低头思介）待我商量。（内呐喊介）（外）城外杀声震天，是何处兵马？（丑报介）黄、刘三镇，领兵到城，要与高将军厮杀哩。（副净惧介）这怎么处，只得听元帅调遣了。（外）既然肯去，速传军令，晓谕三镇。（拔令箭丢地介）（丑拾令箭跪介）（外）高杰无礼，本当军法从事，但时值用人之际，又念迎驾之功，暂且饶恕，罚往开、洛防河，将功赎罪，今日已离扬州。三镇各释小嫌，共图大事，速速回汛，听候调遣。(丑)得令。(下)(外指高杰介)高将军，高将军，只怕你的性气，到处不能相安哩。

【前腔】黄河难恃，劝将军谋终虑始。那许定国也不是个安静的。须提防酒前茶后，软刀枪怎斗雄雌。(合前)

(向生介)防河一事，乃国家要着，我看高将军勇多谋少，倘有疏虞，罪坐老夫。仔细想来，河南原是贵乡，吾兄日图归计，路阻难行，何不随营前往；既遂还乡之愿，又好监军防河，且为桑梓造福，岂非一举而三得乎。(生)多谢美意，就此辞过元帅，收拾行装，即刻起程便了。侯方域依高杰防河事，见贾开宗、胡介祉所为传，《四忆堂诗集》有《赠高开府二首》。但方域何以忽入高幕，或由史公推毂，亦意中事。(副净)一同告辞罢。(拜别介)(外向生介)参谋此去，便如老夫亲身防河一般；只恐势局叵测，须要十分小心，老夫专听好音也。正是：人事无常争胜负，天心有定管兴亡。(下)(吹打掩门)(生、副净出介)(副净)侯先生，你听杀声未息，只怕他们前面截杀。(生)无妨也，他们知你移防，怒气已消，自然散去的。况且三镇之兵，俱走东路，我们点齐人马，直出北门，从天长、六合，竟奔河南，有何阻当。(众兵旗仗伺候介)(副净)就此起程。(行介)

【朝元令】(生)乡园系思，久断平安字；乌栖一枝，郁郁难居此。结伴还乡，白云如驶，遂了三年归志。(副净)统着全师，烟城柳驿行参差；莫逞旧雄姿，函关偷度时。(合)扬州倒指，看不见平山萧寺，平山萧寺。

(副净)落日林梢照大旗， (生)从军北去慰乡思，

(副净)黄河曲里防秋将， (生)好似英雄末路时。

闰二十出 闲 话

无聊笑拈花、说：处处鹃啼血，好花须映好楼台，休傍秦关蜀栈战场开。　倚栏极目浑无绪，更对东风语。好风休簸战旗红，早送鲥鱼如雪过江东。——陈维崧《虞美人》

时间　明崇祯十七年甲申七月十五日中元节

地点　南京附近江边村店

人物　张薇（字瑶星，锦衣卫堂官）——外

蓝瑛（字田叔，画师）——小生

蔡益所（书贾）——丑

店主人——副净

杂

布景　江边村店，店前豆棚一架

备用物　白巾、麻衣、酒杯、菜碟、瓦镫、香炉、香盒、香案、洗盆、幡幢、细乐、乘舆

（内鸣金擂鼓呐喊介）（外扮老官人，白巾麻衣背包裹急上）戎马消何日，乾坤剩此身；白头江上客，红泪自沾巾。（立住大哭介）（小生扮山人背行李上）日淡村烟起，江寒雨气来。（丑扮贾客背行李上）年年经过路，离乱使人猜。（小生见丑介）请了，我们都是上南京的，天色将晚，快些趱行。（丑）正是兵荒马乱，江路难行，大家作伴才好。（指外介）那个老者为何立住了脚，只顾啼哭？（小生问外介）老兄想是走错了路，失迷什么亲人了。（外摇手介）不是，不是。掩是从北京下来的，行到河南，遇着高杰兵马，受了无限惊恐。刚得逃生，渡过江来，看见满路都是逃生奔命之人，不觉伤心恸哭几声。（掩泪介）（小生）原来如此，可怜，可叹！（丑）既是北京下来的，俺正要问问近日的消息，何不同宿村店，大家谈谈。（外）甚妙，我老腿无力，也要早歇哩。（小生指介）这座村店稍有墙壁，就此同宿了罢。（让介）请进。（同入介）（外仰看介）好一架豆棚。（小生）大家放下行李，便坐这豆棚之下，促膝闲话也好。（同放行李，坐介）（副净扮店主人上）村店新泥壁，田家老瓦盆。（问介）众位客官，还用晚饭么？（众）不消了。（小生）烦你买壶酒来，削瓜剥豆，我与二位解解困乏罢。（外向小生介）怎好取扰？（丑

向外介)四海兄弟,却也无妨;待用完此酒,咱两个再回敬他。(副净取酒、菜上)(三人对饮介)(外问介)方才都是路遇,不曾请教尊姓大号,要到南京有何贵干?(小生)在下姓蓝名瑛,字田叔,是西湖画士,特到南京访友的。蓝田叔详第二十八出。(丑)在下是蔡益所,世代南京书客,才从江浦索债回来的。蔡益所事迹无考。(问外介)老兄是从北京下来的了;敢问高姓大名,有甚急事,这等狼狈?(外)不瞒二位说,下官姓张名薇,原是锦衣卫堂官。张薇详第三十出。(丑惊介)原来是位老爷,失敬了。(小生问介)为何南来?(外)三月十九日,流贼攻破北京,崇祯先帝缢死煤山,周皇后也殉难自尽。下官走下城头,领了些本管校尉,寻着尸骸,抬到东华门外,买棺收殓,独自一个戴孝守灵。(小生)那旧日的文武百官,那里去了?(外)何曾看见一人。那时闯贼搜查朝官,逼索兵饷,将我监禁夹打。我把家财尽数与他,才放我守灵戴孝。别个官儿走的走,藏的藏,或被杀,或下狱,或一身殉难,或阖门死节。(小生)有这样忠臣,可敬,可敬。(外)还有进朝称贺,做闯贼伪官的哩。(丑)有这样狗彘,该杀,该杀。(外掩泪介)可怜皇帝、皇后两位梓宫,丢在路旁,竟没人偢睬。(小生、丑俱掩泪介)(外)直到四月初三日,礼部奉了伪旨,将梓宫抬送皇陵。我执旛送殡,走到昌平州;亏了一个赵吏目,纠合义民,捐钱三百串,掘开田皇妃旧坟,安葬当中。下官就看守陵旁,早晚上香。谁想五月初旬,大兵进关,杀退流贼,安了百姓,替明朝报了大仇;特差工部查宝泉局内铸的崇祯遗钱,发买工料,从新修造享殿碑亭,门墙桥道,与十二陵一般规模。真是亘古希有的事。下官也没等工完,亲手题了神牌,写了墓碑,连夜走来,报与南京臣民知道,所以这般狼狈。(小生)难得,难得!若非老先生在京,崇祯先帝竟无守灵之人。(丑问介)但不知太子二王,今在何处?(外)定、永两王,并无消息;闻太子渡海南来,恐亦为乱兵所害矣。(掩泪介)(小生问介)闻得北京发书一封与阁部史可法,责备亡国将相,不去奔丧哭主,又不请兵报仇。史公答了回书,特着左懋第披麻扶杖,前去哭临,老先生可晓得么?(外)下官半路相遇,还执手恸哭了一场的。(内作大风雷声介)(副净掌灯急上)大雨来了,快些进房罢。(众起,以袖遮头入房介)好雨,好雨。(外)天色已晚,下官该行香了。(丑问介)替那个行香?(外)大行皇帝未满周年,下官现穿孝服,每早每晚要行香哭拜的。(取包裹出香炉、香盒,设几上介)(洗手介)(望北两拜介)(跪上香介)大行皇帝呀,大行皇帝呀!今日七月十五，孤臣张薇，叩头上香了。（内作大风雷不止介）（外伏地放声大哭介）（小生呼丑介）过来，过来，我两个草莽之臣，也该随拜举哀的。（小生、丑同跪，陪哭介）（哭毕，俱叩头起，又两拜介）（小生）老先生远路疲倦，早早安歇了罢。（外）正是，各人自便了。（各解行李卧倒介）（小生）窗外风雨益发不住，明早如何登程？（外）老天的阴晴，人也料他不定。（丑问介）请问老爷，方才说的那些殉节文武，都有姓名么？（外）问他怎的？（丑）我小铺中要编成唱本，传示四方，叫万人景仰他哩。（外）好，好！下官写有手折，明日取出奉送罢。（丑）多谢！（小生）那些投顺闯贼，不忠不义的姓名，也该流传，叫人唾骂。（外）都有抄本，一总奉上。（丑）更妙。（俱作睡熟介）（内作众鬼号呼介）（外惊听介）奇怪，奇怪！窗外风雨声中，又有哀苦号呼之声，是何物类？（杂扮阵亡厉鬼，跳叫上）（外隔窗看介）怕人，怕人！都是些没头折足阵亡厉鬼，为何到此？（众鬼下）（外睡倒介）（内作细乐警跸声介）（外惊听介）窗外又有人马鼓乐声，待我开门看来。（起看介）（杂扮文武冠带骑马，旛幢细乐引导，扮帝后乘舆上）（外惊出跪迎介）万岁，万岁，万万岁！孤臣张薇恭迎圣驾。（众下）（外起呼介）皇帝，皇后，何处巡游，我孤臣张薇不能随驾了。（又拜哭介）（小生、丑醒问介）天已发亮，老爷怎的又哭起来，想是该上早香了。（外掩泪介）奇事，奇事！方才睡去，听得许多号呼之声，隔窗张看，都是些阵亡厉鬼。（小生）是了，昨夜乃中元赦罪之期，想是赴盂兰会的。（外）这也没相干，还有奇事哩。（丑）还有什么奇事？（外）后来又听的人马鼓吹之声，我便开门出看，明明见崇祯先帝同着周皇后乘舆东行，引导的文武官员，都是殉难忠臣；前面奏着细乐，排着仪仗，像个要升天的光景。我伏俯路旁，送驾过去，不觉失声大哭起来。（小生）有这等异事。先皇帝、先皇后自然是超升天界的，也还是张老爷一片至诚，故此特特显圣。（外）下官今日发一愿心，要到明年七月十五日，在南京胜境，募建水陆道场，修斋追荐，并脱度一切冤魂，二位也肯随喜么？（丑）老爷果能做此好事，俺们情愿搭醵。（外）好人，好人。到南京时，或买书，或求画，不时要相会的。（丑）正是。（小生）大家收拾行李作别罢。（各背行李下）

雨洗鸡笼翠，　江行趁晓凉，
乌啼荒塚树，　槐落废宫墙；
帝子魂何弱，　将军气不扬，
中原垂老别，　恸哭过沙场。

北极诸陵黯落晖，南朝海水照青衣。都来写入霓裳里，弹向空园雪乱飞。——邓孝威诗

春从柳永词中老，秋入兰成赋里哀。——沈桐庄《题〈板桥杂记〉》

叹西风峭紧暮林凋，把江山几番吹老。黄花逢卧病，斗酒读离骚。那旧垒新巢，斜阳外，知多少。——吴梅村《通天台·变调新水令》

时间　康熙甲子八月

地点　北京太平园剧场

人物　老赞礼——副末

布景　幕外

【天下乐】（副末毡巾道袍，扮老赞礼上）雨洗秋街不动尘，青山红树满城新；谁家剩有闲金粉，撒与歌楼照镜人？

老客无家恋，名园杯自劝，朝朝贺太平，看演《桃花扇》。（内问）老相公又往太平园，看演《桃花扇》么？（答）正是。（内问）昨日看完上本，演的何如？（答）演的快意，演的伤心，无端笑哈哈，不觉泪纷纷。司马迁作史笔，东方朔上场人。只怕世事含糊八九件，人情遮盖两三分。（行唱介）

【甘州歌】流光箭紧，正柳林蝉噪，荷沼香喷。轻衫凉笠，行到水边人困；西窗乍惊连夜雨，北里重消一枕魂。梧桐院，砧杵村，青苔虫语不堪闻。闲携杖，漫出门，宫槐满路叶纷纷。

【前腔】鸡皮瘦损，看饱经霜雪，丝鬓如银。伤秋扶病，偏带旅愁客闷；欢场那知还剩我，老境翻嫌多此身。儿孙累，名利奔，一般流水付行云。诸侯怒，丞相嗔，无边衰草对斜曛。

【前腔】（换头）望春不见春，想汉宫图画，风飘灰烬。棋枰客散，黑白胜负难分；南朝古寺王谢坟，江上残山花柳阵。人不见，烟已

昏，击筑弹铗与谁论。黄尘变，红日滚，一篇诗话易沉沦。

【前腔】(换头)难寻吴宫旧舞茵，问开元遗事，白头人尽。云亭词客，阁笔几度酸辛；声传皓齿曲未终，泪滴红盘蜡已寸。袍笏样，墨粉痕，一番妆点一番新。文章假，功业诨，逢场只合酒沾唇。

【馀文】老不羞，偏风韵，偷将拄杖拨红裙。那管他扇底桃花解笑人。

当年真是戏， 今日戏如真；
两度旁观者， 天留冷眼人。

那马士英又早登场，列位请看。(拱下)

名园山水清音美，又何用丝竹随。　　半放红梅，只少韦娘一曲催。——本词

时间　明崇祯十七年甲申十月

地点　南京马士英私邸

人物　马士英——净

长班——外

杨文骢——末

阮大铖——副净

二价——杂

布景　马士英私邸梅花书屋

备用物　茶杯、茶盘、桌席三、酒壶、酒杯、客单、赏封

【菊花新】（净冠带扮马士英，外扮长班从人喝道上）调和鼎鼐费心机，别户分门恩济威；钻火燃寒灰，这燮理阴阳非细。

下官马士英，官居首辅，权握中枢。天子无为，从他闭目拱手；相公养体，尽咱吐气扬眉。那朱紫半朝，只不过呼朋引党；这经纶满腹，也无非报怨施恩。人都说养马成群，滚尘不定；他怎知立君由我，杀人何妨。（笑介）这几日太平无事，又且早放红梅，设席万玉园中，会些亲戚故旧，但看他趋奉之多，越显俺尊荣之至。人生行乐耳，须富贵此时。（叫介）长班，今日下的是那几位请帖？（外）都是老爷同乡。有兵部主事杨文骢，佥都御史越其杰，新推漕抚田仰，光禄寺卿阮大铖，这几位老爷。（净疑介）那阮大铖不是同乡呀。（外）他常对人说是老爷至亲。（净笑介）相与不同，也算的个至亲了。（吩咐介）今日不是外客，就在这梅花书屋设席罢。（外）是！（净）天已过午，快去请客。（外）不用去请，俱在门房候着哩。只传他一声，便齐齐进来了。（传介）老爷有请！（末、副净忙上）阍人片语千钧重，相府重门万里深。（进见足恭介）（净）我道是谁。（向末介）杨妹丈是咱内亲，为何也不竟进？（末）如今亲不敌贵了。（净）说那里话。（向副净介）圆老一向来熟了的，为何也等

人传？（副净）府体尊严，岂敢冒昧。（净）这就见外了。（让净告坐，打恭介）

【好事近】（净）吾辈得施为，正好谈心花底；兰友瓜戚，门外不须倒屣。休疑，总是一班桃李，相逢处把臂倾杯，何必拘冠裳套礼。俺肯堂堂相府，宾从疏稀。

（茶到让净先取，打恭介）（净）今日天气微寒，正宜小饮。（副净、末打恭介）正是。（净）才下朝来，日已过午；昼短夜长，差了三个时辰了。（副净、末打恭介）是是！皆老师相调燮之功也。（吃茶完，让净先放茶杯，打恭介）（净问外介）怎么越、田二位还不见到？（外）越老爷痔漏发了，早有辞帖；田老爷明日起身，打发家眷上船，夜间才来辞行。（净）罢了，吩咐排席。（吹打，排三席，安座介）（副净、末谦恭告坐介）（入座饮介）

【泣颜回】（净）朝罢袖香微，换了轻裘朱履；阳春十月，梅花早破红蕊。南朝雅客，半闲堂且说风流嘴；拚长宵读画评诗，叹吾党知心有几。

（副净问介）相府连日宴客，都是那几位年翁？（净）总是吾党，但不如两公风雅耳（末问介）是谁？（净唤介）长班拿客单来看。（外）客单在此。（副净接看介）张孙振、袁宏勋、黄鼎、张捷、杨维垣。（末）果然都是大有经济的。（净）个个是学生提拔，如今皆成大僚了。（副净打恭介）晚生等已废之员，还蒙起用；老师相为国吐握，真不啻周公矣。（净）岂敢。（拱介）二位不比他人，明日嘱托吏部，还要破格超升。（末打恭介）（副净跪介）多谢提拔。（净拉起介）

【前腔】（副净、末）提携，铩羽忽高飞，剑出丰城狱底。随朝待漏，犹如狗续貂尾。华筵一饮，出公门，满面春风起；这恩荣锡衮封圭，不比那登龙御李。

（起介）（净）撤了大席，安排小酌，我们促膝谈心。（设一席，更衣围坐介）（净）也不再把盏了。（副净、末）岂敢重劳。（杂扮二价献赏封介）（净摇手介）不必不必！花间雅集，又无梨园，怎么行这官席之礼。（副净）舍

下小班，日日得闲，为何不唤来承应。（净）圆老见惯的，另请别客，借来领教罢。

【太平令】妙部新奇，见惯司空自品题。（副净）是是！名园山水清音美，又何用丝竹随。

（末笑介）从来名花倾国，缺一不可。今日红梅之下，梨园可省，倒少不了一声"晓风残月"哩。

【前腔】半放红梅，只少韦娘一曲催。（净大笑介）妹丈多情，竟要做个苏州刺史了。苏州刺史魂消矣，想一个丽人陪。

（净）这也容易。（吩咐介）叫长班传几名歌妓，快来伺候。（外）禀老爷，要旧院的，要珠市的？《板桥杂记》云："珠市在内桥傍，曲巷逶迤，屋宇湫隘。然其中时有丽人，惜限于地，不敢与旧院颉颃。"（净向末介）请教杨姑老爷。（末）小弟物色已多，总无佳者；只有旧院李香君，新学《牡丹亭》，倒还唱得出。（净吩咐介）长班快去唤来！（外应下）（副净问末介）前日田百源用三百金，要娶做妾的，想是他了？（末）正是。（净问末介）为何不娶去？（末）可笑这个呆丫头，要与侯朝宗守节，断断不从。俺往说数次，竟不下楼，令我扫兴而回。（净怒介）有这样大胆奴才。

【风入松】不知开府爪牙威，杀人如同虱虮。笑他命薄烟花鬼，好一似蛾扑灯蕊。（副净）这都是侯朝宗教坏的，前番辱的晚生也不浅。（净大怒介）了不得，了不得！一位新任漕抚，拿银三百，买不去一个妓女。岂有此理！难道是珍珠一斛，偏不能换蛾眉。

（副净）田漕台是老师相的乡亲，被他羞辱，所关不小。（净）正是，等他来时，自有处法。（外上）禀老爷，小人走到旧院，寻着香君，他推托有病，不肯下楼。（净寻思介）也罢！叫长班家人，拿着衣服财礼，竟去娶他。

【前腔】不须月老几番催，一霎红丝联喜，花花彩轿门前挤，不少欠分毫茶礼。莫管他鸨子肯不肯，竟将香君拉上轿子，今夜还送到田漕抚船上。惊的他迷离似痴，只当烟波上遇湘妃。

（外等急应下）（副净喜介）妙妙！这才燥脾。（末）天色太晚，我们告辞罢。（净）正好快谈，为何就去？（副净）动劳久陪，晚生不安。（俱起打恭介）（净）还该远送一步。（副净、末）不敢。（连打三恭）（净先入内介）（副净）难得令舅老师相在乡亲面上，动此义举；龙老也该去帮一帮。（末）如何去帮？（副净）旧院是你熟游之处，竟去拉下楼来，打发起身便了。（末）也不可太难为他。（副净怒介）这还便益了他。想起前番，就处死这奴才，难泄我恨。

【尾声】当年旧恨重提起，便折花损柳心无悔。那侯朝宗空梳栊了一番。看今日琵琶抱向阿谁。

（副净）封侯夫婿几时归，（末）独守妆楼掩翠帏；

（副净）不解巫山风力猛，（末）三更即换雨云衣。

第二十二出 守楼

"离别沈吟几回顾，游丝梦断花枝悟。翻笑行人怨落花，从前总被春风误。"

时间 明崇祯十七年甲申十月

地点 南京秦淮河旧院媚香楼

人物 长班——外、小生

杨龙友——末

众杂

保儿——杂

李贞丽——小旦

李香君——旦

布景 幕外

备用物 内阁灯笼二、衣包、银封、彩轿

（外、小生拿内阁灯笼、衣、银跟轿上）天上从无差月老，人间竟有错花星。（外）我们奉老爷之命，硬娶香君，只得快走。（小生）旧院李家母子两个，知他谁是香君。（末急上呼介）转来同我去罢。（外见介）杨姑老爷肯去，定娶不错了。（同行介）月照青溪水，霜沾长板桥。来此已是，快快叫门。（叫门介）（杂扮保儿上）才关后户，又开前庭；迎官接客，卑职驿丞。（问介）那个叫门？（外）快开门来。（杂开门惊介）呵呀！灯笼火把，轿马人夫，杨老爷来夸官了。（末）哇！快唤贞娘出来。（杂大叫介）妈妈出来，杨老爷到门了。（小旦急上问介）老爷从那里赴席回来么？（末）适在马舅爷相府，特来报喜。（小旦）有什么喜？（末）有个大老官来娶你令爱哩。（指介）

【渔家傲】你看这彩轿青衣门外催，你看这三百花银，一套绣衣。（小旦惊介）是那家来娶，怎不早说？（末）你看灯笼大字成双对，是中堂阁内。（小旦）就是内阁老爷自己娶么？（末）非也。漕抚田公，同乡至戚，赠个佳人捧玉杯。

（小旦）田家亲事，久已回断，如何又来歪缠？（小生拿银交介）你就是香君么，请受财礼。（小旦）待我进去商量。（外）相府要人，还等你商量；快快收了银子，出来上轿罢。（末）他怎敢不去，你们在外伺候，待我拿银进去，催他梳洗。（末接银，杂接衣，同小旦作进介）（小生、外）我们且寻个老表子燥脾去。（俱暂下）（小旦、末、杂作上楼介）（末唤介）香君睡下不曾？（旦上）有甚紧事，一片吵闹。（小旦）你还不知么？（旦见末介）想是杨老爷要来听歌。（小旦）还说甚么歌不歌哩。

【剔银灯】忙忙的来交聘礼，凶凶的强夺歌妓；对着面一时难回避，执着名别人谁替。（旦惊介）唬杀奴也！又是那个天杀的？（小旦）还是田仰，又借着相府的势力，硬来娶你。堪悲，青楼薄命，一霎时杨花乱吹。

（小旦向末介）杨老爷从来疼俺母子，为何下这毒手？（末）不干我事，那马瑶草知你拒绝田仰，动了大怒，差一班恶仆登门强娶。下官怕你受气，特为护你而来。（小旦）这等多谢了，还求老爷始终救解。（末）依我说三百财礼，也不算吃亏；香君嫁个漕抚，也不算失所；你有多大本事，能敌他两家势力？（小旦思介）杨老爷说的有理，看这局面，拗不去了。孩儿趁早收拾下楼罢！（旦怒介）妈妈说那里话来！当日杨老爷作媒，妈妈主婚，把奴嫁与侯郎，满堂宾客，谁没看见。现收着定盟之物。（急向内取出扇介）这首定情诗，杨老爷都看过，难道忘了不成？

【摊破锦地花】案齐眉，他是我终身倚，盟誓怎移。宫纱扇现有诗题，万种恩情，一夜夫妻。（末）那侯郎避祸逃走，不知去向；设若三年不归，你也只顾等他么？（旦）便等他三年；便等他十年；便等他一百年；只不嫁田仰。（末）呵呀！好性气，又像摘翠脱衣骂阮圆海的那番光景了。（旦）可又来，阮、田同是魏党，阮家妆奁尚且不受，倒去跟着田仰么？（内喊介）夜已深了，快些上轿，还要赶到船上去哩。（小旦劝介）傻丫头！嫁到田府，少不了你的吃穿哩。（旦）呸！我立志守节，岂在温饱。忍寒饥，决不下这翠楼梯。

（小旦）事到今日，也顾不得他了。（叫介）杨老爷放下财礼，大家帮他

梳头穿衣。(小旦替梳头,末替穿衣介)(旦持扇前后乱打介)(末)好利害,一柄诗扇,倒像一把防身的利剑。(小旦)草草妆完,抱他下楼罢。(末抱介)(旦哭介)奴家就死不下此楼。(倒地撞头晕卧介)(小旦惊介)呵呀!我儿苏醒,竟把花容,碰了个稀烂。(末指扇介)你看血喷满地,连这诗扇都溅坏了。(拾扇付杂介)(小旦唤介)保儿,扶起香君,且到卧房安歇罢。(杂扶旦下)(内喊介)夜已三更了,诓去银子,不打发上轿;我们要上楼拿人哩。(末向楼下介)管家略等一等;他母子难舍,其实可怜的。(小旦急介)孩儿碰坏,外边声声要人,这怎么处?(末)那宰相势力,你是知道的,这番羞了他去,你母子不要性命了。(小旦怕介)求杨老爷救俺则个。(末)没奈何,且寻个权宜之法罢!(小旦)有何权宜之法?(末)娼家从良,原是好事,况且嫁与田府,不少吃穿,香君既没造化,你倒替他享受去罢。(小旦急介)这断不能。一时一霎,叫我如何舍得。(末怒介)明日早来拿人,看你舍得舍不得。(小旦呆介)也罢!叫香君守着楼,我去走一遭儿。(想介)不好,不好,只怕有人认得。(末)我说你是香君,谁能辨别。(小旦)既是这等,少不得又妆新人了。(忙打扮完介)(向内叫介)香君我儿,好好将息,我替你去了。(又嘱介)三百两银子,替我收好,不要花费了。(末扶小旦下楼介)

【麻婆子】(小旦)**下楼下楼三更夜,红灯满路辉;出户出户寒风起,看花未必归。**(小生、外打灯抬轿上)好,好,新人出来了,快请上轿。(小旦别末介)别过杨老爷罢。(末)前途保重,后会有期。(小旦)老爷今晚且宿院中,照管孩儿。(末)自然。(小旦上轿介)**萧郎从此路人窥,侯门再出岂容易。**(行介)**舍了笙歌队,今夜伴阿谁。**

(俱下)(末笑介)贞丽从良,香君守节,雪了阮兄之恨,全了马舅之威!将李代桃,一举四得,倒也是个妙计。(叹介)只是母子分别,未免伤心。

匆匆夜去替蛾眉,　一曲歌同易水悲;
燕子楼中人卧病,　灯昏被冷有谁知。

第二十三出 寄扇

相思莫写上杨花，恐被风吹。愁起满天涯。——《虞美人》李香君词

时间　明崇祯十七年，甲申十一月

地点　南京秦淮河旧院媚香楼

人物　李香君——旦

杨龙友——末

苏昆生——净

布景　李香君妆楼，户挂鹦鹉，枕畔睡狸猫，门前桃花盛开

备用物　血点扇、画盏、画笔、桃花扇、手帕、头绳

【醉桃源】（旦包帕病容上）寒风料峭透冰绡，香炉懒去烧。血痕一缕在眉梢，胭脂红让娇。孤影怯，弱魂飘，春丝命一条。满楼霜月夜迢迢，天明恨不消。

（坐介）奴家香君，一时无奈，用了苦肉之计，得遂全身之节。只是孤身只影，卧病空楼，冷帐寒衾，无人作伴，好生凄凉。

【北新水令】冻云残雪阻长桥，闭红楼冶游人少。栏杆低雁字，帘幙挂冰条；炭冷香消，人瘦晚风峭。

奴家虽在青楼，那些花月欢场，从今罢却了。

【驻马听】绣户萧萧，鹦鹉呼茶声自巧；香闺悄悄，雪狸偎枕睡偏牢。榴裙裂破舞风腰，鸾鞋翦碎凌波靿；愁多病转饶，这妆楼再不许风情闹。

想起侯郎匆匆避祸，不知流落何所；怎知奴家独住空楼，替他守节也。（起唱介）

【沉醉东风】记得一霎时娇歌兴扫，半夜里浓雨情抛；从桃叶渡头寻，向燕子矶边找，乱云山风高雁杳。那知道梅开有信，人去越遥；凭栏凝眺，把盈盈秋水，酸风冻了。

可恨恶仆盈门，硬来娶俺；俺怎肯负了侯郎。

【雁儿落】欺负俺贱烟花薄命飘摇，倚着那丞相府忒骄傲。得保住这无瑕白玉身，免不得揉碎如花貌。

最可怜妈妈替奴当灾，飘然竟去。（指介）你看床榻依然，归来何日。

【得胜令】恰便似桃片逐雪涛，柳絮儿随风飘；袖掩春风面，黄昏出汉朝。萧条，满被尘无人扫；寂寥，花开了独自瞧。

说到这里，不觉一阵酸心。（掩泪坐介）

【乔牌儿】这肝肠似搅，泪点儿滴多少。也没个姊妹闲相邀，听那挂帘栊的钩自敲。

独坐无聊，不免取出侯郎诗扇，展看一回。（取扇介）嗳呀！都被血点儿污坏了，这怎么处。

【甜水令】你看疏疏密密，浓浓淡淡，鲜血乱蘸。不是杜鹃抛；是脸上桃花做红雨儿飞落，一点点溅上冰绡。

侯郎侯郎！这都是为你来。

【折桂令】叫奴家揉开云髻，折损宫腰；睡昏昏似妃葬坡平，血淋淋似妾堕楼高。怕旁人呼号，舍着俺软丢答的魂灵没人招。银镜里朱霞残照，鸳枕上红泪春潮。恨在心苗，愁在眉梢，洗了胭脂，涴了鲛绡。

一时困倦起来，且在妆台盹睡片时。（压扇睡介）（末扮杨文骢便服上）认得红楼水面斜，一行衰柳带残鸦。（净扮苏昆生上）银筝象板佳人院，风雪今同处士家。（末回头见介）呀！苏昆老也来了。（净）贞丽从良，香君独住，放心不下，故此常来走走。（末）下官自那日打发贞丽起身，守了香君一夜，这几日衙门有事，不能脱身；方才城东拜客，便道一瞧。（入介）（净）香君不肯下楼，我们上去一谈罢。（末）甚好。（登楼介）（末指介）你看香君抑郁病损，困睡妆台，且不必唤他。（净看介）这柄扇儿展在面

前，怎么有许多红点儿？（末）此乃侯兄定情之物，一向珍藏不肯示人，想因面血溅污，晾在此间。（抽扇看介）几点血痕，红艳非常，不免添些枝叶，替他点缀起来。（想介）没有绿色怎好？（净）待我采摘盆草，扭取鲜汁，权当颜色罢。（末）妙极！（净取草汁上）（末画介）叶分芳草绿，花借美人红。（画完介）（净看喜介）妙妙！竟是几笔折枝桃花。（末大笑指介）真乃桃花扇也。（旦惊醒见介）杨老爷、苏师父都来了，奴家得罪。（让坐介）（末）几日不曾来看，额角伤痕渐已平复了。（笑介）下官有画扇一柄，奉赠妆台。（付旦扇介）（旦接看介）这是奴的旧扇，血迹腌臜，看他怎的。（入袖介）（净）扇头妙染，怎不赏鉴。（旦）几时画的？（末）得罪得罪！方才点坏了。（旦看扇叹介）咳！桃花薄命，扇底飘零。多谢杨老爷替奴写照了。

【锦上花】一朵朵伤情，春风懒笑；一片片消魂，流水愁漂。摘的下娇色，天然蘸好；便妙手徐熙，怎能画到。樱唇上调朱，莲腮上临稿，写意儿几笔红桃。补衬些翠枝青叶，分外夭夭，薄命人写了一幅桃花照。

（末）你有这柄桃花扇，少不得个顾曲周郎；难道青春守寡，竟做个入月嫦娥不成。（旦）说那里话，那关盼盼也是烟花，何尝不在燕子楼中，关门到老。（净）明日侯郎重到，你也不下楼么？（旦）那时锦片前程，尽俺受用，何处不许游耍，岂但下楼。（末）香君这段苦节，今世少有。（向净介）昆老看师弟之情，寻着侯郎，将他送去，也省俺一番悬挂。（净）是是！一向留心访问，知他随任史公，住淮半载。自淮来京，自京到扬，今又同着高兵防河去了。晚生不日还乡，顺便找寻。（向旦介）须得香君一书才好。（旦向末介）奴家言出无文，求杨老爷代写罢。（末）你的心事，叫俺如何写得出。（旦寻思介）罢罢！奴的千愁万苦，俱在扇头，就把这扇儿寄去罢。（净喜介）这封家书，倒也新样。（旦）待奴封他起来。（封扇介）

【碧玉箫】挥洒银毫，旧句他知道；点染红么，新画你收着。便面小，血心肠一万条；手帕儿包，头绳儿绕，抵过锦字书多少。

（净接扇介）待我收好了，替你寄去。（旦）师父几时起身？（净）不日束装了。（旦）只望早行一步。（净）晓得。（末）我们下楼罢。（向旦介）香君保重。你这段苦节，说与侯郎，自然来娶你的。（净）我也不再来别了。

正是：新书远寄桃花扇。（末）旧院常关燕子楼。（下）（旦掩泪介）妈妈不归，师父又去，妆楼独闭，益发凄凉了。

【鸳鸯煞】莺喉歇了南北套，冰弦住了陈隋调；唇底罢吹箫，笛儿丢，笙儿坏，板儿掠。只愿扇儿寄去的速，师父束装得早；三月三刘郎到了，携手儿下妆楼，桃花粥吃个饱。

书到梁园雪未消，　青溪一道阻春潮；
桃根桃叶无人问，　丁字帘前是断桥。

第二十四出　骂　筵

挝渔阳，声声骂，看他懂不懂。——本词

时间　明福王二年正月初八日

地点　南京

人物　阮大铖——副净

卞玉京——老旦

丁继之——副净

沈公宪——外

张燕筑——净

寇白门——小旦

郑妥娘——丑

差役——杂

李香君——旦

马士英——净

杨文骢——末

从人——外，小生

布景一　阮大铖私邸赏心亭

【缕缕金】（副净扮阮大铖吉服上）风流代，又遭逢，六朝金粉样，我偏通。管领烟花，衔名供奉。簇新新帽乌衬袍红，皂皮靴绿缝，皂皮靴绿缝。

（笑介）我阮大铖，亏了贵阳相公破格提挈，又取在内庭供奉；今日到任回来，好不荣耀。且喜今上性喜文墨，把王铎王铎，字觉斯，孟津人。甲申八月补大学士，后降清。补了内阁大学士，钱谦益钱谦益，字受之，号牧斋，常熟人。本东林老名士，初主张立潞王，图拥戴功。福王立，转媚马阮。甲申六月补礼部尚书，后降清。补了礼部尚书。区区不才，同在文学侍从之班；天颜日近，知无不言。前日进了四种传奇，圣心大悦；立刻传旨，命礼部采选宫人，要将《燕子笺》被之声歌，为中兴一代之乐。我想这本传奇，精深奥妙，倘被俗手教坏，岂不损我文名。因而乘机启奏："生口不如熟口，清客强似教手。"圣上从谏如流，就命广搜旧院，大罗秦淮，拿了清客妓女数十馀人，交与礼部拣选。前日验他色艺，都只平常；还有几个有名的，都是杨龙友旧交，求情免选，下官只得勾去。昨见贵阳相公说道："教演新戏是圣上心事，难道不选好的，倒选坏的不成。"只得又去传他，尚未到来。今乃乙酉新年人日佳节，下官约同龙友，移樽赏心亭；邀俺贵阳师相，饮酒看雪。早已吩咐把新选的妓女，带到席前验看。正是：花柳笙歌隋事业，谈谐裙屐晋风流。（下）

【黄莺儿】（老旦扮卞玉京道妆背包急上）家住蕊珠宫，恨无端业海风，把人轻向烟花送。喉尖唱肿，裙腰舞松，一生魂在巫山洞。俺卞玉京，今日为何这般打扮，只因朝廷搜拿歌妓，逼俺断了尘心。吴梅村《听女道士卞玉京弹琴歌》云："昨夜城头吹筚篥，教坊也被传呼急。碧玉班中怕点留，东营门外庐家泣。私更装束出江边，恰遇丹阳下水船。翦就黄绝贪入道，携手绿绮访婵娟。"本出叙玉京入道始末，本此，但梅村所谓"教坊传呼"似是清兵渡江后事，本书借用之于。昨夜别过姊妹，换上道妆，飘然出院，但不知那里好去投师。望城东云山满眼，仙界路无穷。

（飘摇下）（副净、外、净扮丁继之、沈公宪、张燕筑三清客上）

【皂罗袍】（副净）正把秦淮箫弄，看名花好月，乱上帘栊。风纸签名唤乐工，南朝天子春心动。我丁继之年过六旬，歌板久抛；前日托过杨老爷，免我前往，怎的今日又传起来了。（外、净）俺两个也都是免过的，不知又传，有何话说。（副净拱介）两位老弟，大家商量，我们一班清客，感动皇爷，召去教歌，也不是容易的。（外、净）正是。（副净）二位青年上进，该去走走，我老汉多病年衰，也不望甚么际遇了。今日我要躲过，求二位遮盖一二。（外）这有何妨，太公钓鱼，愿者上钩。（净）是是！难道你犯了王法，定要拿去审问不成。（副净）既然如此，我老汉就回去了。（回行介）急忙回首，青青远峰；逍遥寻路，森森乱松。（顿足介）若不离了尘埃，怎能免得牵绊。（袖出道巾、黄绦换介）（转头呼介）二位看俺打扮罢，道人醒了扬州梦。丁继之出家事未闻。

（摇摆下）（外）咦！他竟出家去了，好狠心也。（净）我们且坐廊下晒暖，待他姊妹到来，同去礼部过堂。（坐地介）（小旦扮寇白门，丑扮郑妥娘，杂扮差役跟上）（小旦）桃片随风不结子。（丑）柳绵浮水又成萍。（望介)你看老沈老张不约俺一声儿,先到廊下向暖,我们走去,打他个耳刮子。(相见,诨介)(外问杂介)又传我们到那里去?(杂)传你们到礼部过堂,送入内庭教戏。(外)前日免过俺们了。(杂)内阁大老爷不依,定要借重你们几个老清客哩。(净)是那几个?(杂)待我瞧瞧票子。(取票看介)丁继之、沈公宪、张燕筑。(问介)那姓丁的如何不见?(外)他出家去了。(杂)既出了家,没处寻他,待我回官罢!(向净、外介)你们到了的,竟往礼部过堂去。(净)等他姊妹们到齐着。(杂)今日老爷们秦淮赏雪,吩咐带着女客,席上验看哩。(外、净)既是这等,我们先去了。正是:传歌留乐府,抿笛傍宫墙。(下)(杂看票问小旦介)你是寇白门么?(小旦)是。(杂问丑介)你是卞玉京么?(丑)不是,我是老妥。(杂)是郑妥娘了。(问介)那卞玉京呢?(丑)他出家去了。(杂)咦!怎么出家的都配成对儿。(问介)后边还有一个脚小走不上来的,想是李贞丽了?(小旦)不是,李贞丽从良去了!(杂)我方才拉他下楼,他说是李贞丽,怎的又不是?(丑)想是他女儿顶名替来的。(杂)母子总是一般,只少不了数儿就好了。(望介)他早赶上来也。

【忒忒令】(旦)下红楼残腊雪浓,过紫陌早春泥冻;不惯行走,脚儿十分痛。传凤诏,选蛾眉,把丝鞭,骑骄马;催花使乱拥。

奴家香君,被捉下楼,叫去学歌,是俺烟花本等,只有这点志气,就死不磨。(杂喊介)快些走动!(旦到介)(小旦)你也下楼了,屈尊,屈尊。(丑)我们造化,就得服侍皇帝了。(旦)情愿奉让罢。

布景二　阮大铖私邸赏心亭

备物　雪画轴、桌席二、茶酒炉、茶酒壶

(同行介)(杂)前面是赏心亭了,内阁马老爷,光禄阮老爷,兵部杨老爷,少刻即到。你们各人整理伺候。(杂同小旦、丑下)(旦私语介)难得他们凑来一处,正好吐俺胸中之气。

【前腔】赵文华陪着严嵩,抹粉脸席前趋奉;丑腔恶态,演出真鸣凤。俺做个女祢衡,挝渔阳,声声骂;看他懂不懂。

(净扮马士英,副净扮阮大铖,末扮杨文骢,外、小生扮从人喝道上)(旦避下)(副净)琼瑶楼阁朱微抹。(末)金碧峰峦粉细勾。(净)好一派雪景也。(副净)这座赏心亭,原是看雪之所。(净)怎么原是看雪之所?(副净)宋真宗曾出周昉雪图,赐与丁谓。说道:"卿到金陵,可选一绝景处张之。"因建此亭。(净看壁介)这壁上单条,想是周昉雪图了。(末)非也。这是画友蓝瑛新来见赠的。(净)妙妙!你看雪压钟山,正对图画,赏心胜地,无过此亭矣。(末吩咐介)就把炉、榼、游具,摆设起来。(外、小生设席坐介)(副净向净介)荒亭草具,恃爱高攀,着实得罪了。(净)说那里话。可笑一班小人,奉承权贵,费千金盛设,十分丑态,一无所取,徒传笑柄。(副净)晚生今日埽雪烹茶,清谈攀教,显得老师相高怀雅量,晚生辈也免了几笔粉抹。(净)呵呀!那戏场粉笔,最是利害,一抹上脸,再洗不掉;虽有孝子慈孙,都不肯认做祖父的。(末)虽然利害,却也公道,原以儆戒无忌惮之小人,非为我辈而设。(净)据学生看来,都吃了奉承的亏。(末)为何?(净)你看前辈分宜相公严嵩,何尝不是一个文人,现今《鸣凤记》《鸣凤记传奇》,王弇州撰,演杨继盛劾严嵩事。里抹了花脸,着实丑看。岂非赵文华辈奉承坏了。(副净打恭介)是是!老师相是不喜奉承的,晚生惟有心悦诚服而已。(末)请酒!(同举杯介)(副净问外介)选的妓女,可曾叫到了么?(外禀介)叫到了。(杂领众妓叩头介)(净细看介)(吩咐介)今日雅集,用不着他们,叫他礼部过堂去罢。(副净)特令到此伺候酒席的。(净)留下那个年小的罢。(众下)(净问介)他唤什么名字?(杂禀介)李贞丽。(净笑介)丽而未必贞也。(笑向副净介)我们扮过陶学士了,再扮一折党太尉何如?(副净)妙妙!(唤介)贞丽过来斟酒唱曲。(旦摇头介)(净)为何摇头?(旦)不会。(净)呵呀!样样不会,怎称名妓。(旦)原非名妓。(掩泪介)(净)你有甚心事,容你说来。

【江儿水】(旦)妾的心中事,乱似蓬,几番要向君王控。拆散夫妻惊魂迸,割开母子鲜血涌,比那流贼还猛。做哑装聋,骂着不知惶恐。

(净)原来有这些心事。(副净)这个女子却也苦了。(末)今日老爷们在此行乐,不必只是诉冤了。(旦)杨老爷知道的,奴家冤苦,也值当不的一诉。

【五供养】堂堂列公,半边南朝,望你峥嵘。出身希贵宠,创业选声容，后庭花又添几种。把俺胡撮弄，对寒风雪海冰山，苦陪觞咏。

（净怒介）哇！这妮子胡言乱道，该打嘴了。（副净）闻得李贞丽，原是张天如、夏彝仲辈品题之妓，自然是放肆的。该打该打！（末）看他年纪甚小，未必是那个李贞丽。（旦恨介）便是他待怎的！

【玉交枝】东林伯仲，俺青楼皆知敬重。干儿义子从新用，绝不了魏家种。（副净）好大胆，骂的是那个，快快采去丢在雪中。（外采旦推倒介）（旦）冰肌雪肠原自同，铁心石腹何愁冻。（副净）这奴才，当着内阁大老爷，这般放肆，叫我们都开罪了。可恨可恨！（下席踢旦介）（末起拉介）（净）罢罢！这样奴才，何难处死，只怕妨了俺宰相之度。（末）是是！丞相之尊，娼女之贱，天地悬绝，何足介意。（副净）也罢！启过老师相，送入内庭，拣着极苦的脚色，叫他去当。（净）这也该的。（末）着人拉去罢！（杂拉旦介）（旦）奴家已拚一死。吐不尽鹃血满胸，吐不尽鹃血满胸。

（拉旦下）（净）好好一个雅集，被这奴才搅乱坏了。可笑，可笑！（副净、末连三揖介）得罪，得罪！望乞海涵，另日竭诚罢。（净）兴尽宜回春雪棹。（副净）客羞应斩美人头。（净、副净从人喝道下）（末吊场介）可笑香君才下楼来，偏撞两个冤对，这场是非免不了的；若无下官遮盖，香君性命也有些不妥哩。罢罢！选入内庭，倒也省了几日悬挂；只是媚香楼无人看守，如何是好？（想介）有了，画友蓝瑛托俺寻寓，就接他暂住楼上；待香君出来，再作商量。

赏心亭上雪初融，　煮鹤烧琴宴钜公；
恼杀秦淮歌舞伴，　不同西子入吴宫。

第二十五出 选 优

新诗细字写冰纨，小部君王带笑看。千古秦淮呜咽水，不应仍恨孔都官。——王阮亭《秦淮杂咏》

南朝天子一愁无，石子冈连玄武湖。草绿离宫人不见，日长惟勅阮佃夫。——无名氏《台城绝句》

时间 明崇祯十八年乙酉正月九日

地点 南京薰风殿

人物 沈公宪——外

张燕筑——净

寇白门——小旦

郑妥娘——丑

阮大铖——副净

弘光帝——小生

李香君——旦

四内监——杂

布景 正中悬薰风殿扁，两旁悬联书："万事不如杯在手，百年几见月当头。"款书东阁大学士臣王铎奉勅书（此是实事，当时诸稗史多记之。）

备用物 薰风殿额、封联、果盒、酒壶、酒杯、十番乐器、宫扇、曲本

（场上正中悬一匾，书"薰风殿"，两旁悬联，书"万事无如杯在手，百年几见月当头"。款书"东阁大学士臣王铎奉勅书"）（外扮沈公宪，净扮张燕筑，小旦扮寇白门，丑扮郑妥娘同上）（外）天子多情爱沈郎。（净）当年也是画眉张。（小旦）可怜一树白门柳。（丑）让我风流郑妥娘。（外）我们被选入宫，伺候两日，怎么还不见动静。（净仰看介）此处是薰风殿，乃奏乐之所；闻得圣驾将到，选定脚色，就叫串戏哩。（外）如何名薰风殿？（净）你不晓得，琴曲里有一句："南风之薰兮"，取这个意思。（丑）呸！你们男风兴头，要我们女客何用。（小旦）我们女客得了宠眷，做个大嫔妃，还强如他男风哩。（丑）正是，他男风得了宠眷，到底是个小兄弟。（净）好徒弟，骂及师父来了。（外）咱们掌了班时，不要饶他。（净）谁肯饶他。明日教动戏，叫老妥试试我的鼓槌子罢。（丑嗤笑，指介）你老张的鼓槌子，我曾试过，没相干的。（众笑介）（副净冠带扮阮大铖上）

【绕地游】汉宫如画，春晓珠帘挂，待粉蝶黄莺打。歌舞西施，文章司马，厮混了红袖乌纱。

（见介）你们俱已在此，怎的不见李贞丽？（小旦）他从雪中一跌，至今忍痛，还卧在廊下哩。（副净）圣驾将到，选定脚色，就要串戏；怎么由得他的性儿。（众）是，是，俺们拉他过来。（同下）（副净自语介）李贞丽这个奴才，如此可恶，今日净、丑脚色，一定借重他了。（杂扮二内监执龙扇前引，小生扮弘光帝，又扮二监提壶捧盒，随上）（小生）满城烟树间梁陈，高下楼台望不真；原是洛阳花里客，偏来管领秣陵春。（坐介）寡人登极御宇，将近一年，幸亏四镇阻当，流贼不能南下；虽有叛臣倡议欲立潞藩，昨已捕拿下狱。目今外侮不来，内患不生，正在采选淑女，册立正宫，这也都算小事；只是朕独享帝王之尊，无有声色之奉，端居高拱，好不闷也。（副净跪介）光禄寺卿臣阮大铖恭请万安。（小生）平身。（副净起介）

【掉角儿】（小生）看阳春残雪早花，蹙愁眉慵游倦耍。（副净）圣上安享太平，正宜及时行乐；慵游倦耍，却是为何？（小生）朕有一桩心事，料你也应晓得。（副净）想怕流贼南犯？（小生）非也。阻隔着黄河雪浪，那怕他天汉浮槎。（副净）想愁兵弱粮少？（小生）也不是。俺有那镇淮阴诸猛将，转江陵大粮艘，有甚争差。（副净）既不为内外兵马，想是正宫未立，配德无人？（小生）也不为此。那礼部钱谦益，采选淑女，不日册立。甲申六月初九日钱谦益起为礼部尚书。同日，礼部即奏请立中宫，诏以列圣先帝之仇未报，不许。十月，命于杭州选淑女，明年二月，命于嘉兴绍兴二府选淑女，四月，亲选淑女于元辉殿。有三妃九嫔，教国宜家。（副净）又不为此，臣晓得了。（私奏介）想因叛臣周镳、雷縯祚，倡造邪谋，欲迎立潞王耳。（小生）益发说错了。那奸人倡言惑众，久已搜拿。

（副净低头沉吟介）却是为何？（小生）卿供奉内庭，乃朕心腹之臣，怎不晓得朕的心事。（副净跪介）圣虑高深，臣衷愚昧，其实不能窥测。伏望明白宣示，以便分忧。（小生）朕谕你知道罢，朕贵为天子，何求不遂。只因你所献《燕子笺》，乃中兴一代之乐，点缀太平，第一要事；今日正月初九，脚色尚未选定，万一误了灯节，岂不可恼。（指介）你看阁学王铎书的对联道："万事无如杯在手，百年几见月当头"。一年能有几个元宵，故此日夜踌躇，饮膳俱减耳。（副净）原来为此，巴里之曲，有廑圣怀，皆微臣之

罪也。(叩头介)臣敢不鞠躬尽瘁,以报主知。(起唱介)

【前腔】忝卿僚填词辨挝,备供奉诙谐风雅。恨不能腮描粉墨,也情愿怀抱琵琶。但博得歌筵前垂一顾,舞裀边受寸赏,御酒龙茶,三生侥幸,万世荣华。这便是为臣经济,报主功阀。

(前问介)但不知内庭女乐,少何脚色?(小生)别样脚色,都还将就得过,只有生、旦、小丑不惬朕意。(副净)这也容易,礼部送到清客、歌妓,现在外厢,听候拣选。(小生)传他进来。(副净)领旨。(急入领外、净、旦、小旦、丑上)(俱跪介)(小生问外、净介)你二人是串戏清客么?(外、净)不敢,小民串戏为生。(小生)既会串戏,新出传奇也曾串过么?(外、净)新出的《牡丹亭》、《燕子笺》、《西楼记》,都曾串过。(小生)既会《燕子笺》,就做了内庭教习罢。(外、净叩头介)(小生问介)那三个歌妓,也会《燕子笺》么?(小旦、丑)也曾学过。(小生喜介)益发妙了。(问旦介)这个年小的,怎不答应?(旦)没学。(副净跪介)臣启圣上,那两个学过的,例应派做生、旦。这一个没学的,例应派做丑脚。(小生)既有定例,依卿所奏。(小旦、丑、旦叩头介)(小生)俱着起来,伺候串戏。(俱起介)(丑背喜介)还是我老妥做了天下第一个正旦。(小生向副净介)卿把《燕子笺》摘出一曲,叫他串来,当面指点。(外、净、小旦、丑随意演《燕子笺》一曲,副净作态指点介)(小生喜介)有趣,有趣!都是熟口,不愁扮演了。(唤介)长侍斟酒,庆贺三杯。(杂进酒,小生饮介)(小生起介)我们君臣同乐,打一回十番何如?(副净)领旨。(小生)寡人善于打鼓,你们各认乐器。(众打雨夹雪一套,完介)(小生大笑介)十分忧愁消去九分了。(唤介)长侍斟酒,再庆三杯。(杂进酒,小生饮介)

【前腔】旧吴宫重开馆娃,新扬州初教瘦马。淮阳鼓昆山弦索,无锡口姑苏娇娃。一件件闹春风,吹暖响,斗晴烟,飘冷袖,宫女如麻。红楼翠殿,景美天佳。都奉俺无愁天子,语笑喧哗。

(看旦介)那个年小歌妓,美丽非常,派做丑脚,太屈他了。(问介)你这个年小歌妓,既没学《燕子笺》,可曾学些别的么?(旦)学过《牡丹亭》。(小生)这也好了,你便唱来。(旦羞不唱介)(小生)看他粉面发红,像是腼腆;赏他一柄桃花宫扇,遮掩春色。(杂掷红扇与旦介)(旦持扇唱介)

［懒画眉］为甚的玉真重溯武陵源，也只为水点花飞在眼前。是他天公不费买花钱，则咱人心上有啼红怨。咳！辜负了春三二月天。

（小生喜介）妙绝，妙绝！长侍斟酒，再庆三杯。（杂进酒，小生饮介）（指旦介）看此歌妓，声容俱佳，岂可长材短用；还派做正旦罢。（指丑介）那个黑色的，倒该做丑脚。（副净）领旨。（丑撅嘴介）我老妥又不妥了。（小生向副净介）你把生、丑二脚，领去入班；就叫清客二名，用心教习，你也不时指点。（副净跪应介）是，此乃微臣之专责，岂敢辞劳。（急领外、净、小旦、丑下）（小生向旦介）你就在这薰风殿中，把《燕子笺》脚本，三日念会，好去入班。（旦）念会不难，只是没有脚本。（小生唤介）长侍，你把王铎抄的楷字脚本，赏与此旦。（杂取脚本付旦，跪接介）（小生）千年只有歌场乐，万事何须酒国愁。（杂引下）（旦掩泪介）罢了，罢了！已入深宫，那有出头之日。

【前腔】锁重门垂杨暮鸦，映疏帘苍松碧瓦。凉飕飕风吹罗袖，乱纷纷梅落宫髽。想起那拆鸳鸯，离魂惨，隔云山，相思苦，会期难拿。倩人寄扇，擦损桃花。到今日情丝割断，芳草天涯。

（叹介）没奈何，且去念会脚本；或者天恩见怜，放奴出宫，再会侯郎一面，亦未可知。

【尾声】从此后入骨髓愁根难拔，真个是广寒宫姮娥守寡。只这两日呵！瘦损宫腰剩一把。

曲终人散日西斜，　殿角凄凉自一家；
纵有春风无路入，　长门关住碧桃花。

《南疆绎史·高杰传》云："乙酉正月，杰抵归德。总兵许定国方驻睢州，年已七十矣，尝毁家养士，负其功不得封。上疏诋杰为贼，杰怨之。定国不自安，求可法为计。可法曰，许总兵何地不可居，而必睢州乎。时有言，其送子渡河者，杰至不出。巡抚越其杰、巡按御史陈潜夫偕往，趣之，始郊迎。其杰讽杰勿入城，杰心轻之，遽入。诘朝召定国数之曰，若岂不知我之将杀汝，而顾不去何也。定国顿首谢曰：固知公之怒，然不知所罪，杰言累疏名我为贼，乌得无罪。曰：此定国之所以不可去也，定国目不知书，仓皇中假手记室，误入公名。初不知疏中为何语，以此见杀，不亦冤乎。杰索记室名，曰：彼知公怒，先期遁，彼去而定国不去，以明向名公者之非定国意也。杰粗疏见其屈服且怜之，以为信。比有千户某遮马投牒云，许将不利于公，杰故示勿贰，马前笞六十，付定国，置之法，更刑牲约为兄弟。十三日夜，定国开宴，极声伎之盛，杰既酣，为之刻行期固促之去，并微及送子事。定国愤伏甲杰所传炮，大呼其杰等遁走，亲将俱沾醉。杰酣卧帐中，仓卒夺刀斗，力竭就执，拥至定国前。定国蹀血南向坐，曰三日来受汝挫辱已尽，今定何如？杰大笑曰：吾乃为竖子所算，呼酒来，当痛饮死。明日日中，城不启，李本深、王之纲等，攻南门入，老弱无孑遗，而定国已渡河，投大清以降。先是杰以定国将去睢，尽发所部戍开封，所留仅亲健三百人，竟尽死。可法至涂州，初勿信既而审之确，乃哭之恸，知中原之不复可图矣。"

第二十六出 赚将

须提防，酒前茶后。赖刀枪，怎斗雄雌。——本书《移防》

时间　明福王二年正月

地点　睢州

人物　侯朝宗——生

高杰——副净

二将——净丑

四卒——杂

家将——外

二将——末小生

兵卒——众杂

布景一　睢州高杰营帐内

【破阵子】(生上)水驿山城烟霭,花村酒肆尘埋。百里白云亲舍近,不得斑衣效老莱,从军心事乖。

小生侯方域奉史公之命,监军防河。争奈主将高杰,性气乖张,将总兵许定国当面责骂;只恐挑起争端,难于收救,不免到中军帐内,劝谏一番。(入介)(副净扮高杰上)一声叱退黄河浪,两手推开紫塞烟。(相见坐介)先生入帐,有何见教。(生)小生千里相随,只为防河大事。今到睢州呵!

【四边静】威名震,人人惊魄,家尽移宅。鸡犬不留群,军民少宁刻。营中一吓,帐中一责;敌国在萧墙,祸事恐难测。当崇祯十五年,侯恂奉命督师时,方域曾劝以军法斩许定国,恂不听。后定国卒杀高杰降清,致中原事大坏,事见胡介祉所为方域传。

(副净)那许定国拥兵十万,夸胜争强,昨日教场点卯,一个个老弱不堪。欺君糜饷,本当军法从事,责骂几声,也算从轻发放了。(生)元帅差矣。

【福马郎】此时山河一半改,倚着忠良帅,速奏凯。收拾人心,招纳英才,莫将衅端开。成功业,只在将和谐。

(副净)虽如此说,那许定国托病不来,倒请俺入城饮酒,总是十分惧怕了。俺看睢州城外,四面皆水,只有单桥小路,也是可守之邦。明日叫他让出营房,留俺歇马。他若依时便罢,若不依时,俺便夺他印牌,另委别将,却也容易。(生摇手介)这事万万行不得,昨日教场一骂,争端已起。自古道:“强龙不压地头蛇”,他在唇齿肘臂之间,早晚生心,如何防备。(副净指生介)书生之见,益发可笑。俺高杰威名盖世,便是黄、刘三镇,也拜下风;这许定国不过走狗小将,有何本领,俺倒防备起他来。(生打恭介)是,是,是!元帅既有高见,小生何用多言。就此辞归,贾开宗著《侯方域传》云:“……杰已死,方域说其军中大将军急引兵断盱眙浮桥,而分扬州水军为二,战不胜则以一由泰兴趋江阴据常州,一由通州趋常熟据苏州,守财赋之区,跨江连湖,障蔽东越,徐图后计。大将不听,以锐甲十万降。”然则杰死后方域尚在其军中有所擘画，此文省略耳。竟在乡园中，打听元帅喜信罢。（副净拱介）但凭尊意。（生冷笑拂袖下）（副净起唤介）叫左右。（净、丑扮二将上）元帅呼唤，有何军令？（副净）你二将各领数骑，随我入城饮酒顽耍。这大营人马，不许擅动。（净、丑）得令。（即下）（领四卒上）（副净）就此前行。（骑马绕场介）

【划锹儿】南朝划就黄河界，东流把住白云隘；飞鸟不能来，强弓何用买。（合）望荒城柳栽，上危桥板坏；按辔徐行，军容潇洒。

（暂下）（外扮家将捧印牌上）杀人不用将军印，奏凯全凭娘子军。咱乃睢州许总兵的家将，俺总爷被高杰一骂，吓得水泻不止。亏了夫人侯氏，有胆有谋，昨夜画定计策；差俺捧着牌印，前来送交，就请他进城筵宴。约定饮酒中间，放炮为号，如此如此，这般这般。倒也是条妙计，只不知天意若何，好怕人也。（望介）远望高杰前来，不免在桥头跪接。（副净等唱前合上）（外跪接介）（副净问介）你是何处差官？（外）小的是总兵许定国家将，叩接元帅大老爷。（副净）那许总兵为何不接？（外）许总兵卧病难起，特差小的送到牌印，就请元帅爷进城筵宴，点查兵马。（副净）席设何处？（外）设在察院公署。（副净）左右收了牌印。（净、丑收介）（副净笑介）妙，妙，牌印果然送到，明日安营歇马，任俺区处了。（吩咐外介）你便引马前行。（外前引，唱前合，行介）

布景二　察院署内

备物　桌席、酒壶、酒杯、箸、菜碗、镫笼、鼓吹、纸爆、刀、绳、火把、弓箭、首级

（外跪禀介）已到察院，请元帅爷入席。（副净下马入坐介）（吩咐介）军卒外面伺候。（向净、丑介）你二将不同别个，便坐下席，陪俺欢乐。（净、丑安放牌印，叩头介）告坐了。（就地列坐介）（外斟副净酒介）（末、小生扮二将斟净、丑酒介）（又副净、净、丑身旁各立一杂摆菜介）（外）请酒。（副净怒介）这样薄酒，拿来灌俺。（摔杯介）（外急换酒介）（外）请菜。（副净怒介）这样冷菜，如何下箸。（摔箸介）（外急换菜介）（副净）今日正月初十，预赏元宵，怎的花灯优人，全不预备。（外跪禀介）禀元帅爷，这睢州偏僻之所，没处买灯叫戏。且把衙门灯笼悬挂起来，军中鼓角吹打一通罢。（挂灯吹打介）（副净向净、丑介）我们多饮几杯。

【普天乐】镇河南，威风大，柳营列，星旗摆。灯筵上，灯筵上，将印兵牌。(净、丑起奉副净酒介)行军令，酒似官差。(副净与净、丑猜拳介)任哗拳叫彩，三家掎阵排。(外、末、小生)这八卦图中新势，只怕鬼谷难猜。

(净、丑)小的酒都有了，今日还要伺候元帅爷点查兵马哩。(副净)天色已晚，明日点查罢，大家再饮几杯。(又斟酒饮介)(内放纸炮介)(杂急拿副净手，外拔刀欲杀，副净挣脱跳梁上介)(一杂急拿净手，末杀死净介)(一杂急拿丑手，小生杀死丑介)(闻炮声拿杀要一齐介)(外喊介)高杰走脱了，快寻，快寻。(杂点火把各处寻介)(外仰视介)顶破椽瓦，想是爬房走了。(杂又寻介)(外指介)那楼脊兽头边，闪闪绰绰，似有人影。快快放箭！(末、小生放箭介)(副净跳下介)(杂拿住副净手介)(外认介)果然是老高哩。(副净呵介)好反贼，俺是皇帝差来防河大帅，你敢害我？(外)俺只认的许总爷，不认的甚么黄的黑的，快伸头来。(副净跳介)罢了，罢了！俺高杰有勇无谋，竟被许定国赚了。(顿足介)咳！悔不听侯生之言，致有今日。(伸脖介)取我头去。(外指介)老高果然是条好汉。(割副净头，手提介)(唤介)两个兄弟快捧牌印，大家回报总爷去。(末、小生捧牌印介)(末)且莫慌张，三将虽死，还有小卒在外哩。(外)久已杀得干净了。(小生)还有一件，城外大营，明日知道，必来报仇。快去回了总爷，求侯夫人妙计。(外)侯夫人妙计，早已领来了。今夜悄悄出城，带着高杰首级献与北朝，就引着北朝人马，连夜踏冰渡河，杀退高兵。算我们下江南第一功了。

宛马嘶风缓辔来，　黄河冰上北门开；
南朝正赏春灯夜，　让我当筵杀将才。

第二十七出 逢舟

山郭春深听夜潮，片帆天际白云遥。东风未绿秦淮柳，残雪江山是六朝。——恽南田诗

时间　明福王二年乙酉二月

地点　黄河堤

人物　苏昆生——净

执鞭人——丑

三乱兵——杂

舟子——外

李贞丽——小旦

舟子——副净

侯朝宗——生

布景　黄河堤上，旁有小舟二

备用物　包裹、执鞭、船篙、旧衣、火盆、桃花扇

【水底鱼】（净扮苏昆生背包裹骑驴急上）戎马纷纷，烟尘一望昏；魂惊心震，长亭连远村。（丑扮执鞭人赶呼介）客官慢走，你看黄河堤上，逃兵乱跑，不要被他夺了驴去。（净不听，急走介）（杂扮乱兵三人迎上）弃甲掠盾，抱头如鼠奔；无暇笑哂，大家皆败军，大家皆败军。（遇净，推下河，夺驴跑下）（丑赶下）（净立水中，头顶包裹高叫介）救人呀，救人呀！（外扮舟子撑船，小旦扮李贞丽贫妆上）

【前腔】流水浑浑，风涛拍禹门；堤边浪稳，泊舟杨柳根。（欲泊船介）（小旦唤介）驾长，你看前面浅滩中，有人喊叫；我们撑过船去，救他一命，积个阴骘如何？（外）黄河水溜，不是当要的。（小旦）人行好事，大王爷爷自然加护的。（外）是，是，待我撑过去。（撑介）风急水紧，舍生来救人；哀声迫窘，残生一半魂，残生一半魂。

（近净呼介）快快上来，合该你不死，遇着好人。（伸篙下，净攀篙上船

介)(作颤介)好冷,好冷!(外取干衣与净介)(小旦背立介)(净换衣介)多谢驾长,是俺重生父母。(叩介)(外)不干老汉事,亏了这位娘子叫我救你的。(净作揖起,惊认介)你是李贞娘,为何在这船里?(小旦惊认介)原来是苏师父。你从何处来?(净)一言难尽。(小旦)请坐了讲。(坐介)(外泊船介)且到岸上买壶酒吃去。(下)

【琐窗寒】(净)一从你嫁朱门,锁歌楼,叠舞裙;寒风冷雪,哭杀香君。(小旦掩泪介)香君独住,怎生过活。(净)他托俺前来寻访侯郎。征人战马,侯郎无信,茫茫驿路殷勤问。(小旦问介)因何落水?(净)正在堤上行走,被乱兵夺驴,把俺推下水的。蒙救出浊流,故人今夕重近。

(小旦)原来如此,合该师父不死,也是奴家有缘,又得一面。(净问介)贞娘,你既入田府,怎得到此?(小旦)且取火来,替你烘干衣裳,细细告你。(小旦取火盆上介)(副净扮舟子撑船,生坐船急上)才离虎豹千林雾,又逐鲸鲵万里波。(呼介)驾长,这是吕梁地面了,扯起篷来,早赶一程;明日要起早哩。(副净)相公不要性急,这样风浪,如何行的。前面是泊船之所,且靠帮住一宿罢。(生)凭你。(泊船介)(生)惊魂稍定,不免略打个盹儿。(卧介)(净烘衣,小旦旁坐谈介)奴家命苦,如今又不在那田家了。想起那晚。

【前腔】匆忙扮作新人,夺藏娇,金屋春;一身宠爱,尽压钗裙。(净)这好的狠了。(小旦)谁知田仰嫡妻,十分悍妒。狮威胜虎,蛇毒如刃。把奴揪出洞房,打个半死。(净)呀,呀!了不得,那田仰怎不解救。(小旦)田郎有气吞声忍,竟将奴赏与一个老兵。(净)既然转嫁,怎么在这船上。(小旦)此是漕标报船,老兵上岸下文书去了。奴自坐船头,旧人来说新恨。

(生一边细听介)(听完起坐介)隔壁船中,两个人絮絮叨叨,谈了半夜,那汉子的声音,好似苏昆生,妇人的声音,也有些相熟;待我猛叫一声,看他如何?(叫介)苏昆生!(净忙应介)那个唤我?(生喜介)竟是苏昆生。(出见介)(净)原来是侯相公,正要去寻,不想这里撞着。谢天谢地,

遇的恰好。(唤介)请过船来,认认这个旧人。(生过船介)还有那个?(见旦惊认介)呀!贞娘如何到此,奇事奇事,香君在那里?(小旦)官人不知,自你避祸夜走,香君替你守节,不肯下楼。(生掩泪介)(小旦)后来马士英差些恶仆,拿银三百,硬娶香君,送与田仰。(生惊介)我的香君,怎的他适了?(小旦)嫁是不曾嫁;香君惧怕,碰死在地。(生大哭介)我的香君,怎的碰死了?(小旦)死是不曾死,碰的鲜血满面;那门外还声声要人,一时无奈,妾身竟替他嫁了田仰。(生喜介)好,好!你竟嫁与田仰了,今日坐船要往那里去?(小旦)就住在船上。(生)为何?(旦羞介)(净)他为田仰妒妇所逐,如今转嫁这船上一位将爷了。(生微笑介)有这些风波,可怜,可怜!(问净介)你怎得到此?(净)香君在院,日日盼你,托俺寄书来的。(生急问介)书在那里?

【奈子花】(净取包介)**这封书不是笺纹,摺宫纱夹在斑�。题诗定情,催妆分韵。**(生接扇介)这是小生赠他的诗扇。(净指扇介)**看桃花半边红晕,情恳!千万种语言难尽。**

(生看扇问介)那一面是谁画的桃花?(净)香君碰坏花容,溅血满扇,杨龙友添上梗叶,成了几笔折枝桃花。(生细看喜介)果然是些血点儿,龙友点缀,却也有趣。这柄桃花扇,倒是小生之宝了。(问介)你为何今日带来?(净)在下出门之时,香君说道,千愁万苦俱在扇头,就把扇儿当封书罢!故此寄来的。(生又看,哭介)香君香君!叫小生怎生报你也!(问净介)你怎的寻着贞娘来?(净指唱介)

【前腔】俺呵,**走长堤驴背辛勤,遇逃兵推下寒津。**(生)呵呀!受此惊险。(问介)怎的不曾湿了扇儿?(净作势介)**横流没肩,高擎书信,将兰亭保全真本。**(生拱介)为这把桃花扇,把性命都轻了,真可感也。(问介)后来怎样呢?(净)亏了贞娘,不怕风浪,移船救我。**思忖,从井救别人谁肯。**

(生)好好!若非遇着贞娘,这黄河水溜,谁肯救人。(小旦)妾本无心,救他上船,才认的是苏师父。(生)这都是天缘凑巧处。(净)还不曾问侯相公,因何南来?(生)俺自去秋随着高杰防河,不料匹夫无谋,不受谏言;被许定国赚入睢州,饮酒中间,遣人刺死。小生不能存住,买舟黄河,顺流东下。你看大路之上,纷纷乱跑,皆是败兵,叫俺有何面目,再见史公也。(净)既然如此,且到南京,看看香君,再作商量。(生)也罢,别过贞娘,趁早开船。(小旦)想起在旧院之时,我们一家同住;今日船中,只少一个香君,不知今生还能相见否。

【金莲子】一家人离散了,重聚在水云。言有尽,离绪百分;掌中娇养女,何日说艰辛。

(生)只怕有人踪迹,昆老快快换衣,就此别过罢。(净换衣介)(生、净掩泪过船介)(净)归计登程犹未准。(生)故人见面转添愁。(副净撑船下)(小旦)妾心厌倦烟花,伴着老兵度日,却也快活。不意故人重逢,又惹一天旧恨;你听涛声震耳,今夜那能成寐也。

悠悠萍水一番亲,　旧恨新愁几句论;
漫道浮生无定著,　黄河亦有住家人。

第二十八出 题画

西陵人去无消息，南浦愁来有岁时。细雨似沾新泪湿，轻烟浑放故春迟。——《春兴八首》，酉作，《四忆堂诗集》卷三

曲曲回廊十二兰，风飘罗袂怯春寒。桃花带雨如含泪，只恐多情不忍看。——郑妥娘《闺怨诗》

时间　明崇祯十八年乙酉三月

地点　南京秦淮河旧院媚香楼

人物　蓝瑛——小生

侯朝宗——生

杨龙友——末

仆役——杂

布景　媚香楼上，院内桃花盛开

备用物　画案、画笔、砚、色笺、桃花扇、桃源图

（小生扮山人蓝瑛上）美人香冷绣床闲，一院桃开独闭关；无限浓春烟雨里，南朝留得画中山。咱家武林蓝瑛，蓝瑛，字田叔，号蝶叟，钱塘人。山水法宋元，乃自成一格，颇类沈周。人物、花鸟、梅竹，俱得古人精蕴。时浙派山水，始于戴，至蓝为极。表字田叔，自幼驰声画苑。与贵筑杨龙友笔砚至交，闻他新转兵科，买舟来望，下榻这媚香楼上。此楼乃名妓香君梳妆之所，美人一去，庭院寂寥，正好点染云烟，应酬画债。不免将文房画具，整理起来。（作洗砚、涤笔、调色、揩盏介）没有净水怎处？（想介）有了，那花梢晓露，最是清洁，用他调丹濡粉，鲜秀非常。待我下楼，向后园收取。（手持色盏暂下）

【破齐阵】（生新衣上）地北天南蓬转，巫云楚雨丝牵。巷滚杨花，墙翻燕子，认得红楼旧院。触起闲情柔如草，搅动新愁乱似烟，伤春人正眠。

小生在黄河舟中，遇着苏昆生，一路同行，心忙步急，不觉来到南京。昨晚旅店一宿，天明早起，留下昆生看守行李；俺独自来寻香君，且喜已到院门之外。忾

【刷子序犯】只见黄莺乱啭，人踪悄悄，芳草芊芊。粉坏楼墙，苔痕绿上花砖。应有娇羞人面，映着他桃树红妍；重来浑似阮刘仙，借东风引入洞中天。

(作推门介)原来双门虚掩，不免侧身潜入，看有何人在内。(入介)

【朱奴儿犯】呀，惊飞了满树雀喧，踏破了一墀苍藓。这泥落空堂帘半卷，受用煞双栖紫燕。闲庭院，没个人传，蹑踪儿回廊一遍，直步到小楼前。

(上指介)这是媚香楼了。你看寂寂寥寥，湘帘昼卷，想是香君春眠未起。俺且不要唤他，慢慢的上了妆楼，悄立帐边；等他自己醒来，转睛一看，认得出是小生，不知如何惊喜哩！(作上楼介)

【普天乐】手拽起翠生生罗襟软，袖拨开绿杨线。一层层栏坏梯偏，一桩桩尘封网罥。艳浓浓楼外春不浅，帐里人儿腼腆。(看几介)从几时收拾起银拨冰弦；摆列着描春容脂箱粉盏，待做个女山人画叉乞钱。

(惊介)怎的歌楼舞榭，改成个书院画轩，这也奇了。(想介)想是香君替我守节，不肯做那青楼旧态，故此留心丹青，聊以消遣春愁耳。(指介)这是香君卧室，待我轻轻推开。(推介)呀！怎么封锁严密，倒像久不开的；这又奇了，难道也没个人看守。(作背手徬徨介)

【雁过声】萧然，美人去远，重门锁，云山万千，知情只有闲莺燕。尽着狂，尽着颠，问着他一双双不会传言。熬煎，才待转，嫩花枝靠着疏篱颤。(下听介)帘栊响，似有个人略喘。

(瞧介)待我看是谁来。(小生持盏上楼，惊见介)你是何人，上我寓楼？(生)这是俺香君妆楼，你为何寓此？(小生)我乃画士蓝瑛。兵科杨龙友先生送俺来寓的。(生)原来是蓝田老，一向久仰。(小生问介)台兄尊号？(生)小生河南侯朝宗，亦是龙友旧交。(小生惊介)呵呀！文名震耳，才得会面。请坐请坐！(坐介)(生)我且问你，俺那香君那里去了？(小生)听说被选入宫了。(生惊介)怎……怎的被选入宫了！几时去的？

（小生）这倒不知。（生起，掩泪介）

【倾杯序】寻遍，立东风渐午天，那一去人难见。（瞧介）看纸破窗槅，纱裂帘幔。裹残罗帕，戴过花钿，旧笙箫无一件。红鸳衾尽卷，翠菱花放扁，锁寒烟，好花枝不照丽人眠。

想起小生定情之日，桃花盛开，映着簇新新一座妆楼；不料美人一去，零落至此。今日小生重来，又值桃花盛开，对景触情，怎能忍住一双眼泪。（掩泪坐介）

【玉芙蓉】春风上巳天，桃瓣轻如剪，正飞绵作雪，落红成霰。不免取开画扇，对着桃花赏玩一番。（取扇看介）溅血点作桃花扇，比着枝头分外鲜。这都是为着小生来。携上妆楼展，对遗迹宛然，为桃花结下了死生冤。

（小生）请教这扇上桃花，何人所画？（生）就是贵东杨龙友的点染。（小生）为何对之挥泪？（生）此扇乃小生与香君订盟之物。

【山桃红】那香君呵！手捧着红丝砚，花烛下索诗篇。（指介）一行行写下鸳鸯券。不到一月，小生避祸远去，香君闭门守志，不肯见客，惹恼了几个权贵。放一群吠神仙朱门犬。那时硬抢香君下楼，香君着急，把花容呵，似鹃血乱洒啼红怨。这柄诗扇恰在手中，竟为溅血点坏。（小生）可惜可惜！（生）后来杨龙友添上梗叶，竟成了几笔折枝桃花。（拍扇介）这桃花扇在，那人阻春烟。

（小生看介）画的有趣，竟看不出是血迹来。（问介）这扇怎生又到先生手中？（生）香君思念小生，托他师父到处寻俺，把这桃花扇，当了一封锦字书。小生接得此扇，跋涉来访，不想香君又入宫去了。（掩泪介）（末扮杨龙友冠带，从人喝道上）台上久无秦弄玉，船中新到米襄阳。（杂人报介）兵科杨老爷来看蓝相公，门外下轿了。（小生慌迎见介）（末上楼见生，揖介）侯兄几时来的？（生）适才到此，尚未奉拜。（末）闻得一向在史公幕中，又随高兵防河。昨见塘报，高杰于正月初十日，已为许定国所杀，那时世兄在那里来？（生）小弟正在乡园，许定国杀高杰时，侯朝宗正在杰幕，见第二十六出注三。忽遇此变，扶着家父逃避山中，一月有馀。恐为许兵踪迹，故又买舟南来。路遇苏昆生，持扇相访，只得连夜赴约。竟不知香君已去。(问介)请问是几时去的？(末)正月人日被选入宫的。(生)到几时才出来？(末)遥遥无期。(生)小生只得在此等他了。(末)此处无可留恋，倒是别寻佳丽罢。(生)小生怎忍负约，但得他一信，去也放心。

【尾犯序】望咫尺青天，那有个瑶池女使，偷递情笺。明放着花楼酒榭，丢做个雨井烟垣。堪怜！旧桃花刘郎又拈，料得新吴宫西施不愿。横揣俺天涯夫婿，永巷日如年。

(末)世兄不必愁烦，且看田叔作画罢。(小生画介)(生、末坐看介)这是一幅桃源图？(小生)正是。(末问介)替那家画的？(小生)大锦衣张瑶星先生，新修起松风阁，要裱做照屏的。(生赞介)妙妙！位置点染，别开生面，全非金陵旧派。(小生作画完介)见笑，见笑！就求题咏几句，为拙画生色如何？(生)不怕写坏，小生就献丑了。(题介)原是看花洞里人，重来那得便迷津，渔郎诳指空山路，留取桃源自避秦。归德侯方域题。(末读介)佳句。寄意深远，似有微怪小弟之意。(生)岂敢！(指画介)

【鲍老催】这流水溪堪羡，落红英千千片。抹云烟，绿树浓，青峰远。仍是春风旧境不曾变，没个人儿将咱系恋。是一座空桃源，趁着未斜阳将棹转。

(起介)(末)世兄不要埋怨，而今马、阮当道，专以报仇雪恨为事；俺虽至亲好友，不敢谏言。恰好人日设席，唤香君供唱；那香君性气，你是知道的，手指二公一场好骂。(生)呵呀！这番遭他毒手了。(末)亏了小弟在旁，十分劝解，仅仅推入雪中，吃了一惊。幸而选入内庭，暂保性命。(向生介)世兄既与香君有旧，亦不可在此久留。(生)是，是！承教了。(同下楼行介)

【尾声】热心肠早把冰雪咽，活冤业现摆着麒麟楦。(收扇介)俺且抱着扇上桃花闲过遣。

(竟下介)(末)我们别过蓝兄，一同出去罢。(生)正是忘了作别。(作

别介）请了！（小生先闭门下）（生、末同行介）

（生）重到红楼意惘然，（末）闲评诗画晚春天；

（生）美人公子飘零尽，（末）一树桃花似往年。

汪琬撰《陈定生墓表》云:“……大铖用事,将尽杀东林党人,君与周礼部(镳)及应箕皆在南京,礼部先被逮。君为营救万端,人又谏止君。君曰:‘死耳,何畏!’大铖诇知之,遂积前恨。夜半遣校尉捕君与应箕,应箕亡。君出诣狱。”又董文友撰《陈定生墓表》云:“……先一日,侯方域闻之,逃去。”然则当时被捕者只有陈定生一人,而吴次尾侯朝宗皆逃而免。此文演三人同时被捕,点缀之笔耳。

第二十九出 逮 社

燕山模糊吹蒿薙,江表熙怡卧钟鼓。金马封事不渠出,怨毒犹然在门户。——梨洲

时间　明崇祯十八年乙酉三月

地点　南京三山街蔡益所书店

人物　蔡益所——丑

侯朝宗——生

苏昆生——净

陈定生——末

吴次尾——小生

长班——杂

阮大铖(现任兵部侍郎)——副净

四校尉——杂

坊官——净

布景　蔡益所书店。招牌写“金陵蔡益所书坊发兑古今书籍”。中悬二酉堂篇

备用物　书架、铺柜、毛帚、时文封面写“复社文开”、包裹、拜帖、大轿、金扇、执事、黄伞、掌扇、绳锁

【凤凰阁】(丑扮书客蔡益所上)堂名二酉,万卷牙签求售。何物充栋汗车牛,混了书香铜臭。贾儒商秀,怕遇着秦皇大搜。

在下金陵三山街书客蔡益所的便是。天下书籍之富,无过俺金陵;这金陵书铺之多,无过俺三山街;这三山街书客之大,无过俺蔡益所。(指介)你看十三经、廿一史、九流三教、诸子百家、腐烂时文、新奇小说,上下充箱盈架,高低列肆连楼。不但兴南贩北,积古堆今,而且严批妙选,精刻

善印。俺蔡益所既射了贸易诗书之利，又收了流传文字之功；凭他进士举人，见俺作揖拱手，好不体面。（笑介）今乃乙酉乡试之年，大布恩纶，开科取士。准了礼部尚书钱谦益的条陈，要亟正文体，以光新治。俺小店乃坊间首领，只得聘请几家名手，另选新篇。今日正在里边删改批评，待俺早些贴起封面来。（贴介）风气随名手，文章中试官。（下）（生、净背行囊上）

【水红花】（生）**当年烟月满秦楼，梦悠悠，箫声非旧。人隔银汉几重秋，信难投，相思谁救。**（唤介）昆老，我们千里跋涉，为赴香君之约。不料他被选入宫，音信杳然，昨晚扫兴回来；又怕有人踪迹，故此早早移寓。但不知那处僻静，可以多住几时，打听音信。**等他诗题红叶，白了少年头。佳期难道此生休也啰？**

（净）我看人情已变，朝政日非；且当道诸公，日日罗织正人，报复夙怨。不如暂避其锋，把香君消息，从容打听罢。（生）说的也是，但这附近州郡，别无相知；只有好友陈定生住在宜兴，吴次尾住在贵池。不免访寻故人，倒也是快事。（行介）

【前腔】故人多狎水边鸥，傲王侯，红尘拂袖。长安棋局不胜愁，买孤舟，南寻烟岫。（净）来到三山街书铺廊了，人烟稠密，趱行几步才好。（疾走介）**妨他豺狼当道，冠带几猕猴。三山榛莽水狂流也啰。**

（生指介）这是蔡益所书店，定生、次尾常来寓此，何不问他一信。（住看介）那廊柱上贴着新选封面，待我看来。（读介）“复社文开”。（又看介）这左边一行小字，是“壬午、癸未房墨合刊”；右边是“陈定生、吴次尾两先生新选”。（喜介）他两人难道现寓此间不成？（净）待我问来。（叫介）掌柜的那里？（丑上）请了，想要买什么书籍么？（生）非也。要借问一信。（丑）问谁？（生）陈定生、吴次尾两位相公来了不曾？（丑）现在里边，待我请他出来。（丑下）（末、小生同上见介）呀！原来是侯社兄。（见净介）苏昆老也来了。（各揖介）（末问介）从那来的？（生）从敝乡来的。（小生问介）几时进京？（生）昨日才到。

【玉芙蓉烽】烟满郡州，南北从军走；叹朝秦暮楚，三载依刘。归来谁念王孙瘦，重访秦淮帘下钩。徘徊久，问桃花昔游，这江乡，今年不似旧温柔。

（问末、小生介）两兄在此，又操选政了？（末、小生）见笑。

【前腔】金陵旧选楼，联榻同良友；对丹黄笔砚，事业千秋。六朝衰弊今须救，文体重开韩柳欧。传不朽，把东林尽收，才知俺中原复社附清流。

（内唤介）请相公们里边用茶。（末、小生）来了。（让生、净入介）（杂扮长班持拜帖上）我家官府阮大铖，新升兵部侍郎；特赐蟒玉，钦命防江。今日到三山街拜客，只得先来。（副净扮阮大铖蟒、玉，骄态，坐轿，杂持伞、扇引上）

【朱奴儿】（副净）排头踏青衣前走，高轩稳扇盖交抖。看是何人坐上头，是当日胯下韩侯。（杂禀介）请老爷停轿，与佥都越老爷投帖。（杂投帖介）（副净停轿介）吩咐左右，不必打道，尽着百姓来瞧。（搧扇大说介）我阮老爷今日钦赐蟒玉，大轿拜客。那班东林小人，目下奉旨搜拿，躲的影儿也没了。（笑介）才显出谁荣谁羞，展开俺眉头皱。

（看书铺介）那廊柱上帖的封面，有什么复社字样；叫长班揭来我瞧。（杂揭封面，送副净读介）"复社文开。陈定生吴次尾新选。"（怒介）嗄！复社乃东林后起，与周镳、雷缜祚同党；朝廷正在拿访，还敢留他选书。这个书客也大胆之极了。快快住轿！（落轿介）（副净下轿，坐书铺吩咐介）速传坊官。（杂喊介）坊官那里？（净扮坊官急上，跪介）禀大老爷，传卑职有何吩咐？

【前腔】（副净）这书肆不将法守，通恶少复社渠首。奉命今将逆党搜，须得你蔓引株求。（净）不消大老爷费心，卑职是极会拿人的。（进入拿丑上）犯人蔡益所拿到了。（丑跪禀介）小人蔡益所并未犯法。（副净）你刻什么《复社文开》，犯法不小。（丑）这是乡会房墨，每年科场要选一部的。（副净喝介）哇！目下访拿逆党，功令森严，你容留他们选书，还

敢口强，快快招来。（丑）不干小人事，相公们自己走来，现在里面选书哩。（副净）既在里面，用心看守，不许走脱一人。（丑应下）（副净向净私语介）访拿逆党，是镇抚司的专责，速递报单，叫他校尉拿人。传缇骑重兴狱囚，笑杨左今番又休。

（净）是。（速下）（副净上轿介）（生、末、小生拉轿，喊介）我们有何罪过，着人看守；你这位老先生，不畏天地鬼神了。（副净微笑介）学生并未得罪，为何动起公愤来。（拱介）请教诸兄尊姓台号？（小生）俺是吴次尾。（末）俺是陈定生。（生）俺是侯朝宗。（副净微怒介）哦！原来就是你们三位！今日都来认认下官。

【剔银灯】堂堂貌须长似帚，昂昂气胸高如斗。（向小生介）那丁祭之时，怎见的阮光禄难司笾和豆。（向末介）那借戏之时，为甚把燕子笺弄俺当场丑。（向生介）堪羞！妆奁代凑，倒惹你裙钗乱丢。

（生）你就是阮胡子，今日报仇来了。（末、小生）好，好，好！大家扯他到朝门外，讲讲他的素行去。（副净佯笑介）不要忙，有你讲的哩。（指介）你看那来的何人？（副净坐轿下）（杂扮白靴四校尉上）董文友撰《陈定生墓表》云："……先生即坐邸中待捕，曰：'吾岂学张俭累人，使向时宾客俱为一网尽耶。'语未毕，突有罽靴校尉数人至邸中缚之……"此文白靴四校尉即演此事，但其地非蔡益所书店耳。（乱叫介）那是蔡益所？（丑）在下便是，问俺怎的？（杂）俺们是驾上来的，快快领着拿人。（丑）要拿那个？（杂）拿陈、吴、侯三个秀才。（生）不要拿。我们都在这边哩，有话说来。（杂）请到衙门里说去罢！（竟丢锁套三人下）（丑吊场介）这是那里的帐。（唤介）苏兄快来！（净扮苏昆生上）怎么样的了？（丑）了不得，了不得！选书的两位相公拿去罢了，连侯相公也拿去了。（净）有这等事！

【前腔】（合）凶凶的缧绁在手，忙忙的捉人飞走；小复社没个东林救，新马阮接着崔田后。堪忧！昏君乱相，为别人公报私仇。

（净）我们跟去，打听一个真信，好设法救他。（丑）正是。看他安放何处，俺好早晚送饭。

（丑）朝市纷纷报怨仇，（净）乾坤付与杞人忧；
（丑）仓皇谁救焚书祸，（净）只有宁南一左侯。

党祸起新朝，正士寒心连袂高蹈，俺有何求。——为他人操刀急逃。——本词

时间 明福王二年乙酉三月

地点 南京

人物 张薇——外

家僮——副净

四校尉——杂

解役——净

侯朝宗——生

陈贞慧——末

吴应箕——小生

园丁——杂

蔡益所——丑

布景一 锦衣卫署内

备用物 刑具、文书封筒、拍木、公案、签筒、笔、砚盒、书函、报钞、书札、马鞭

【粉蝶儿】（外白髯扮张薇冠带上）何处家山，回首上林春老，秣陵城烟雨萧条。叹中兴，新霸业，一声长啸。旧宫袍，衬着懒散衰貌。

下官张薇，表字瑶星，方苞撰《张白云先生传》云："张怡字瑶星，初名鹿征，上元人也。父可大，明季总兵登莱。会毛文龙将卒反，诱执巡抚孙元化，可大死之事闻，怡以诸生授锦衣卫千户。甲申流贼陷京师，遇贼，将不屈，械击将肆掠，其党或义而逸之。久之始归故里，其妻已前死，独身寄摄山僧舍，不入城市，乡人称白云先生。当是时，三楚吴越耆旧多立名义，以文术相高，惟吴中徐昭发，宣城沈眉生，躬耕穷乡，虽贤士大夫不得一见其面，然尚有楮墨流传人间。先生则躬樵汲，口不言诗书，学士词人无所求取，四方冠盖往来日兹山，而不知山中有是人也。"卓尔堪《明遗民诗集》小传谓："张怡，一名遗，字薇庵，著有《玉气剑光集》数百卷。"顾公燮《消夏闲记》称其"名薇，字瑶星"。王士祯《香祖笔记》称其"名遗，字瑶星，著书百余种，有一书《纪南渡时事》，可裨史乘"。唐鉴《国朝学案小识》称其"著有《三礼合纂》二十八卷"。

（一书者《沧州纪事》耶。）

启超案，吾家藏有程青溪（正揆）浅绛山水一轴，为顺治十六年己亥所画，上款题云“瑶星词社兄鉴”。审是松风阁故物，青溪本复社中人，称瑶星为社兄，则瑶星疑亦在复社。但逮社一案，却与瑶星无涉，瑶星亦未尝为锦衣卫堂官，不过荫袭千户虚爵耳。云亭殆敬慕瑶星之为人，欲用作全书结束，故因其曾荫锦衣，巧借以作穿插耶。（锦衣卫职掌有四，一护卫，二缉访，三刑名，四直房司。）原任北京锦衣卫仪正之职。避乱南来，又遇新主中兴，录俺世勋，仍补旧缺。不料权奸当道，朝局日非，新于城南修起三间松风阁，不日要投闲归老。只因有逆案两人，乃礼部主事周镳，按察副使雷缜祚，马、阮挟仇，必欲置之死地。下官深知其冤，只是无法可救，中夜踌躇，故此去志未决。

【尾犯序】党祸起新朝，正士寒心，连袂高蹈。俺有何求，为他人操刀。急逃！盖了座松风草阁，等着俺白云啸傲；只因这沉冤未解梦空劳。

（副净扮家僮上，禀介）禀老爷，镇抚司冯可宗拿到逆党三名，候老爷升厅发放。（杂扮校尉四人，持刑具罗列介）（外升厅介）（净扮解役投文，押生、末、小生带锁上）（跪介）（外看文问介）据坊官报单，说尔等结社朋谋，替周镳、雷缜祚行贿打点，因而该司捕解；快快从实招来，免受刑拷。

【前腔】（末、小生）难招！笔砚本吾曹，复社青衿，评选文稿。无罪而杀，是坑儒根苗。（生）休拷！俺来此携琴访友，并不曾流连夜晓。无端的池鱼堂燕一时烧。

（外）据尔所供，一无实迹，难道本衙门诬良为盗不成！（拍惊堂介）叫左右预备刑具，叫他逐个招来。（末前跪介）老大人不必动怒。犯生陈贞慧，直隶宜兴人，不合在蔡益所书坊选书，并无别情。（小生前跪介）犯生吴应箕，直隶贵池人，不合与陈贞慧同事，并无别情。（外向净介）既在蔡益所书坊，结社朋谋，行贿打点，彼必知情。为何竟不拿到？（投签与净介）速拿蔡益所质审。（净应下）（生前跪介）犯生侯方域，河南归德府人，游学到京，与陈贞慧、吴应箕文字旧交。才来拜望，一同拿来了。并无别情。（外想介）前日蓝田叔所画桃源图，有归德侯方域题句。（转问介）你是侯方域么？（生）犯生便是。（外拱介）失敬了！前日所题桃源图，大有见解，领教，领教！（吩咐介）这事与你无干，请一边候。（生）多谢超豁了。（一边坐介）（净持签上）（禀介）禀老爷，蔡益所店门关闭，逃走无踪了。（外）朋谋打点，全无证据，如何审拟。（寻思介）（副净持书送上介）王、钱二位老爷有公书。（外看介）原来是内阁王觉斯，大宗伯钱牧斋，两位老先生公书。待俺看来！董文友撰《陈定生墓表》云："侯方域密请救于相国王铎兵部侍郎练国事，两公遂星驰诣士英，展转求解于大铖，以故狱稍稍解。"据此则营救定生者王与练，而钱不与，求救者则为朝宗。（开书背看，点头介）说的有理，竟不知陈、吴二犯，就是复社领袖。

【红衲袄】一个是定生兄，艺苑豪；一个是主骚坛，吴次老。为甚的冶长无罪拘皋陶，俺怎肯祸兴党锢推又敲。大锦衣，权自操；黑狱中，白日照。莫教名士清流贾祸含冤也，把中兴文运凋。

（转拱介）陈、吴两兄，方才得罪了。（问介）王觉斯、钱牧斋二位老先生，一向交好么？（末、小生）并无相与。（外）为何发书，极道两兄文名，嘱俺开释？（末、小生）想出二公主持公道之意。（外）是，是。下官虽系武职，颇读诗书，岂肯杀人媚人。（吩咐介）这事冤屈，请一边候；待俺批回该司，速行释放便了。（批介）（末、小生一边坐介）（副净持朝报送上介）禀老爷，今日科抄有要紧旨意，请老爷过目。（外看报介）"内阁大学士马一本，为速诛叛党，以靖邪谋事。犯官周镳、雷缜祚，私通潞藩，叛迹显然；乞早正法，晓示臣民等语。奉旨周镳、雷缜祚，着监候处决。又兵部侍郎阮一本，为捕灭社党，廓清皇图事。照得东林老奸，如蝗蔽日；复社小丑，似蝻出田。蝗为现在之灾，捕之欲尽；蝻为将来之患，灭之勿迟。臣编有《蝗蝻录》，《蝗蝻录》原书今存。可按籍而收也等语。奉旨这东林社党，着严行捕获，审拟具奏；该衙门知道！"（外惊介）不料马、阮二人，又有这番举动，从此正人君子无孑遗矣。

【前腔】俺正要省约法，画狱牢；那知他铸刑书，加炮烙。莫不是清流欲向浊流抛，莫不是党碑又刻元祐号。这法网，人怎逃；这威令，谁敢拗。眼见复社东林尽入囹圄也，试新刑，搜尔曹。

（向生等介）下官怜尔无辜，正思开释。忽然奉此严旨，不但周、雷二公定了死案；从此东林、复社，那有漏网之人。（生等跪求介）尚望大人超豁。(外)俺若放了诸兄,倘被别人拿获,再无生理,且不要忙。(批介)据送三犯,朋谋打点,俱无实迹。俟拿到蔡益所之日,审明拟罪可也。(向生等介)那镇抚司冯可宗,虽系功名之徒,却也良心未丧,待俺写书与他。董撰《陈墓表》又云:"刘侨者,故烈皇帝时旧锦衣也。以片纸付冯镇抚,谓此东林后人,勿榜掠。"启超案,此文影射刘侨事归诸张薇。(写介)老夫待罪锦衣,多历年所,门户党援,何代无之。总之君子、小人,互为盛衰,事久则变,势极必反:我辈职司风纪,不可随时偏倚,代人操刀。天道好还,公论不泯,慎勿自贻后悔也。(拱介)诸兄暂屈狱中,自有昭雪之日。(净、杂押生等俱下)(外退堂介)俺张薇原是先帝旧臣,国破家亡,已绝功名之念,为何今日出来助纣为虐。自古道:"知几不俟终日。"看这光景,尚容踌躇再计乎。(唤介)家僮快牵马来,我要到松风阁养病去了。(副净牵马上)坐马在此。(外上马,副净随行介)

布景　松风阁

备物　锁头、箬笠、芒鞋、鹤氅、丝绦、衣包

【解三醒】(外)好趁着晴春晚照,满路上絮舞花飘。遥望见城南苍翠山色好,把红尘客梦全消。且喜已到松风阁,这是俺的世外桃源;龚鼎孳《定山堂集》有《张瑶星招集松风阁》诗一首,《板桥杂记》亦有《同人社集松风阁》一段。不免下马登楼,趁早料理起来。(下马登楼介)清泉白石人稀到,一阵松风响似涛。(唤介)叫园丁撑开门窗,拂净栏槛,俺好从容眺望。(杂扮园丁收拾介)燕泥沾落絮,蛛网罥飞花。禀老爷,收拾干净了。(下)(外窥窗介)你看松阴低户,沁的人心骨皆凉。此处好安吟榻。(又凭栏介)你看春水盈池,照的人须眉皆碧。此处好支茶灶。(忽笑介)来的慌了,冠带袍靴全未脱却;如此打扮,岂是桃源中人。可笑,可笑!(唤介)家僮开了竹箱,把我买下的箬笠、芒鞋、萝绦、鹤氅,替俺换了。(换衣带介)堪投老,才修完三间草阁,便解宫袍。

(净扮校尉锁丑牵上)松间批驾帖,竹里验公文。方才拿住蔡益所,闻得张老爷来此养病,只得赶来销签。(叫介)门上大叔那里?(副净出问介)来禀何事,如此紧急?(净)禀老爷,拿到蔡益所了,特来销签。(缴签介)(副净上楼,禀介)衙门校尉带着蔡益所回话。(外惊介)拿了蔡益所,他三人如何开交。(想介)有了,叫校尉楼下伺候,听俺吩咐。(副净传净

跪楼下介)(外吩咐介)这件机密重案,不可丝毫泄漏;暂将蔡益所羁候园中,待我回衙,细细审问。(净)是。(将丑拴树介)(净欲下介)(外)转来,园中窄狭,把这匹官马,牵回喂养;我的冠带袍靴,你也顺便带去。我还要多住几时,不许擅来啰唣。(净应下)(外跌足介)坏了,坏了!衙役走入花丛,犯人锁在松树,还成一个什么桃源哩。不如下楼去罢!(下楼见丑介)果是蔡益所哩。(丑跪介)犯人与老爷曾有一面之识。(外)虽系旧交,你容留复社,犯罪不轻。(丑叩头介)是。(外)你店中书籍,大半出于复社之手,件件是你的赃证。(丑叩头介)只求老爷超生。(外)你肯舍了家财,才能保得性命。(丑)犯人情愿离家。(外喜介)这等就有救矣。(唤介)家童与他开了锁头。(副净开丑介)(外)你既肯离家,何不随我住山。(丑)老爷若肯携带,小人就有命了。(外指介)你看东北一带,云白山青,都是绝妙的所在。(唤介)家童好生看门,我同蔡益所瞧瞧就来。(副净应下)(丑随外行介)(外指介)我们今夜定要宿在那苍苍翠翠之中。(丑)老爷要去看山,须差人早安公馆。那山寺荒凉,如何住宿?(外)你怎晓得,舍了那顶破纱帽,何处岩穴着不的这个穷道人。(丑背介)这是那里说起?(外)不要迟疑,一直走去便了。

【前腔】眼望着白云缥缈,顾不得石径迢遥。渐渐的松林日落空山杳,但相逢几个渔樵。翠微深处人家少,万岭千峰路一条。开怀抱,尽着俺山游寺宿,不问何朝。

境隔仙凡几树桃,　才知容易谢尘嚣;
清晨检点白云署,　行到深山日尚高。

第三十一出 草檄

楼头骹矢射江鸣，朝野谁人不避兵。肝胆唯存苏柳辈，烟尘满地一身行。——朱永龄《题桃花扇》

时间　明福王二年三月

地点　湖广武昌

人物　苏昆生——净

店主——副净

众小卒——杂

四小军——杂

左良玉——小生

袁继咸——外

黄澍——末

柳敬亭——丑

布景一　黄鹤楼畔酒家

备用物　黄鹤酒家牌、酒旗、鼓板、酒壶、杯、弓、矢、盔、甲、旗帜、文武执事全、宁南帅府灯笼二、总督部院灯笼二、监军察院灯笼二、提锁

（净扮苏昆生上）万历年间一小童，崇祯朝代半衰翁；曾逢天启干恩荫，又见弘光嗣厂公。我苏昆生，睁着五旬老眼，看了四代时人，故此做这几句口号。你说那两位嗣厂公，有天没日，要把正人君子，捕灭尽绝。可怜俺侯公子，做了个法头例首。我老苏与他同乡同客，只得远来湖广，求救于宁南左侯。谁想一住三日，无门可入；今日江上大操，看他兵马过处，鸡犬无声，好不肃静。等他回营，少不的寻个法儿，见他一面。据吴梅村《楚两生行》，苏昆生在左良玉幕中似颇久，侯朝宗并无入狱事，苏之谒左并不因侯。此出情节，作者虚构耳。（唤介）店家那里？（副净扮店主上）黄鹤楼头仙客少，白云市上酒家多。客官有何话说？（净）请问元帅左爷爷，待好回营么？（副净）早哩，早哩！三十万人马，每日操到掌灯；况今日又留督抚袁老爷，巡按黄老爷，在教场饮酒，怎得便回。（净）既是这等，替我打壶酒来，慢慢的吃着等他罢。（副净取酒上）等他做甚。吃杯酒，早些安歇罢。（净）俺并不张看，你放心闭门便了。（副

净下)(净望介)你看一轮明月,早出东山,正当春江花月夜;只是兴会不佳耳。(坐斟酒饮介)对此杯中物,勉强唱支曲儿,解闷则个。(自敲鼓板唱介)

[**念奴娇序**]长空万里,见婵娟可爱,全无一点纤凝。十二阑干光满处,凉浸珠箔银屏。偏称,身在瑶台,笑斟玉斝,人生几见此佳景。惟愿取年年此夜,人月双清。所唱者,《琵琶记·中秋玩月》曲文也。《楚两生行》云:"忆昔将军正全盛,江楼高会夸名胜。生来索酒倚长歌,中天明月军声静。"云亭选琵琶此曲,正畢取梅村诗中情景。

(自斟饮介)这样好曲子,除了阮圆海却也没人赏鉴。罢了罢了!宁可埋之浮尘,不可投诸匪类。(又饮介)这时候也待好回营了,待俺细细唱起来。他若听得,不问便罢,倘来问俺,倒是个机会哩。(又敲鼓板唱介)

[**前腔**]孤影,南枝乍冷,见乌鹊缥缈,惊飞栖止不定。(副净上怨介)客官安歇罢,万一元帅听得,连累小店,倒不是耍的。(净唱介)万叠苍山,何处是修竹吾庐三径。(副净拉净睡介)(净)不妨事的。俺是元帅乡亲,巴不得叫他知道,才好请俺进府哩。(副净)既是这等,凭你,凭你!(下)(净又唱介)追省,丹桂谁攀,姮娥独住,故人千里漫同情。惟愿取年年此夜,人月双清。(杂扮小卒数人,背弓、矢、盔、甲走过介)(净听介)外边马蹄乱响,想是回营了,不免再唱一曲。(又敲鼓板唱介)

[**前腔**]光莹,我欲吹断玉箫,骖鸾归去,不知何处冷瑶京。(杂扮小军四人旗帜前导介)(净听介)喝道之声,渐渐近来,索性大唱一唱。环佩湿,似月下归来飞琼。(小生扮左良玉,外扮袁继咸,末扮黄澍冠带骑马上)朝中新政教歌舞,江上残军试鼓鼙。(外听介)咦!将军,贵镇也教起歌舞来了。(小生)军令严肃,民间谁敢。(末指介)果然有人唱曲。(小生立听介)(净大唱介)那更,香雾云鬟,清辉玉臂,广寒仙子也堪并。惟愿取年年此夜,人月双清。

(小生怒介)目下戒严之时,不遵军法,半夜唱曲。快快锁拿!(杂打下门，拿出净，跪马前介）（小生问介）方才唱曲，就是你么？（净）是。（小生）军令严肃，你敢如此大胆。（净）无可奈何，冒死唱曲，只求老爷饶恕。（外）听他所说，像是醉话。（末）唱的曲子，倒是绝调。（小生）这人形迹可疑，带入帅府，细细审问。（带净行介）

【窣地锦裆】（合）操江夜入武昌门，鸡犬寂寥似野村。三更忽遇击筑人，无故悲歌必有因。

（作到府介）（小生让外、末介）就请下榻荒署，共议军情。（外、末）怎好搅扰。（同入坐介）（外）方才唱曲之人，倒要早早发放。（小生）正是。（吩咐介）带过那个唱曲的来。（杂带净跪介）（小生问介）你把犯法情由，从实说来。（净）小人来自南京，特投元帅；因无门可入，故意犯法，求见元帅之面的。（小生）唗！该死奴才，还不实说。（末）不必动怒。叫他说，要见元帅，有何缘故。

【锁南枝】（净）京中事，似雾昏，朝朝报仇搜党人。现将公子侯郎，拿向囹圄困。望旧交，怀旧恩，替新朝，削新忿。

（小生）那侯公子，是俺世交，既来求救，必有手书。取出我瞧。（净叩头介）那日阮大铖亲领校尉，立拿送狱，那里写得及书。（外）凭你口说，如何信得。（小生想介）有了，俺幕中有侯公子一个旧人，烦他一认，便知真假。（吩咐介）请柳相公出来。（杂应介）（丑扮柳敬亭上）肉朋酒友，问俺老柳。待俺认来。（点烛认介）呀！原来是苏昆生，我的盟弟。（各掩泪介）（小生）果然认的么？（丑）他是河南苏昆生，天下第一个唱曲的名手，谁不认的。（小生喜介）竟不知唱曲之人，倒是一个义士。（拉起介）请坐，请坐。（净各揖坐介）（丑）你且说侯公子为何下狱？

【前腔】（净）为他是东林党，复社群，曾将魏崔门户分。小阮思报前仇，老马没分寸。三山街，缇骑狠，骤飞来，似鹰隼。

把侯相公拿入狱内，音信不通，俺没奈何，冒死求救。幸亏将军不杀，又得遇着柳兄。（揖介）只求长兄恳央元帅，早发救书，也不枉俺一番远来。（小生气介）袁、黄二位盟弟，你看朝事如此，可不恨死人也。（外）不特此也。闻得旧妃童氏，跋涉寻来，马、阮不令收认；另藏私人，豫备采选，要图椒房之亲，岂不可杀。（末）还有一件，崇祯太子，七载储君，讲官大臣，确有证据，今欲付之幽囚。人人共愤，皆思寸磔马、阮，以谢先帝。太子童妃两案始末详第三十二出注二注三。（小生大怒介）我辈戮力疆场，只为报效朝廷；不料信用奸党，杀害正人，日日卖官鬻爵，演舞教歌，一代中兴之君，行的总是亡国之政。只有一个史阁部，颇有忠心，被马、阮内里掣肘，却也依样葫芦。剩俺单身只手，怎去恢复中原。（跌足介）罢，罢，罢！俺没奈何，竟做要君之臣了。（揖外介）临侯替俺修起参本。（外）怎么样写？（小生）你只痛数马、阮之罪便了。（外）领教！（丑送纸笔外写介）

【前腔】朝廷上，用逆臣，公然弃妃囚嗣君。报仇翻案纷纷，正士皆逃遁。寻冶容，教艳品，卖官爵，笔难尽。

（外写完介）（小生）还要一道檄文，借重仲霖起稿罢。（揖介）（末）也是这样做么？（小生）你说俺要发兵进讨，叫他死无噍类。（丑）该，该！（小生）你前日劝俺不可前进，今日为何又来赞成。（丑）如今是弘光皇帝了，彼一时也，此一时也。（小生）是，是！俺左良玉乃先帝老将，先帝现有太子，是俺小主。那马、阮擅立弘光之时，俺远在边方，原未奉诏的。（末）待俺做来。（丑送纸笔，末写介）

【前腔】清君侧，走檄文，雄兵义旗遮路尘。一霎飞渡金陵，直抵凤凰门。朝帝宫，谒孝寝，搜黄阁，试白刃。

（末写完介）（小生）就列起名来。左兵东犯，怂恿最力者为黄澍，而袁继咸则匡救不及耳。今据史文纪其实，《明史·左良玉传》云：“……良玉之起由侯恂，恂，故东林也。马士英阮大铖用事，虑东林倚良玉为难，谩语修好，而阴忌之，筑坂矶为西防。良玉叹曰，今西何所防，殆防我耳。会朝事日非，监军御史黄澍挟良玉势，面触马阮。既返，遣缇骑逮澍，良玉留澍不遣，澍与诸将日以清君侧为请，良玉踌躇不应。亡何，有北来太子事，澍借此激众以报己怨，召三十六营大将与之盟。良玉反意乃决，传檄讨马士英，自汉口达蕲州，列舟二百余里。……”《明史·袁继咸传》云：“……福王立南京，颁诏武昌，良玉不拜诏，继咸致书言伦序正，良玉乃拜受诏，继咸入朝……密奏曰：‘左良玉虽无异图，然所部多降将，非孝子顺孙，陛下初登大宝，人心危疑，意外不可不虑。’……会湖广巡按御史黄澍劾奏士英十大罪，士英拟旨逮治澍，澍与良玉谋，阴讽将士大哗，欲下南京索饷。继咸为留江漕十万石饷十三万金给之，且代澍申理，以良玉依仗澍为言，士英不得已，免逮澍……会都下又有伪太子之事，良玉争不得，遂与士英辈有隙，继咸疏言：'太子真伪，非臣所能悬揣，真则望行良玉言，伪则不妨从容审处……'疏未达，良玉已反……"据此可见此事主动实惟黄澍而袁继咸并未与闻，此云袁黄列名，殊非事实，袁黄二人品格相去悬绝。（详第三十四出注一）此书等量齐观之，亦非是。（外）这样大事，还该请到新巡抚何腾蛟，求他列名。何腾蛟，字云从，山阴人。以崇祯十六年十月任湖广巡抚，后翊佐永历，固守湖湘，封中湘王。顺治五年正月兵败，不屈死。（小生）他为人固执，不必相闻，竟写上他罢了。（外、末列名介）（小生）今夜誊写停当，明早飞递投送；俺随后也就发兵了。（外）只怕递铺误事。（小生）为何？（外）京中匿名文书，纷纷雨集；马、阮每早令人搜寻，随得随烧，并不过目。（小生）如此只得差人了。（末）也使不得。闻得马、阮密令安庆将军杜弘域，筑起坂矶，久有防备我兵之意。此檄一到，岂肯干休；那差去之人，便死多活少了。（小生）这等怎处？（丑）倒是老汉去走走罢。柳敬亭为左良玉奉使南京，确有其事，但非为传清君侧之檄耳。吴伟业撰《柳敬亭传》云："……阮司马大铖，生旧识也，与左郄而新用事，生还南中，请左曰：'见阮云何。'左无文书，即令口报阮以捐弃攻嫌图国事。生归对如宁南指，且结约还报。……"又黄宗义撰《柳敬亭传》云："……尝奉命至金陵，是时朝中皆畏宁南，闻其使人来，莫不倾动加礼，宰执以下，俱使之南面上坐，称'柳将军'。……"案，此当为甲申冬或乙酉春事。（外、末惊介）这位柳先生，竟是荆轲之流，我辈当以白衣冠送之。（丑）这条老命什么希罕，只要办的元帅事来。（小生大喜介）有这等忠义之人，俺左昆山要下拜了。（唤介）左右取一杯酒来。（杂取酒上，小生跪奉丑酒介）请尽此杯。（丑跪饮干介）（众拜丑，丑答拜介）

【前腔】擎杯酒，拭泪痕，荆卿短歌声自吞。夜半携手叮咛，满座各消魂。何日归，无处问，夜月低，春风紧。

（各掩泪介）（丑向净介）借重贤弟，暂陪元帅；俺就束装东去了。（净）只愿救取公子，早早出狱，那时再与老哥相见罢。（俱作别介）（丑先下）（小生）义士，义士！（外、末）壮哉，壮哉！

渺渺烟波夜气昏，　一樽酒尽客消魂，
从来壮士无还日，　眼看长江下海门。

第三十二出 拜坛

久矣泥涂书亥字，凄其衰白感丁年。谁怜灵武麻鞋叟，老向空山拜杜鹃。——潘次耕《赠钱饮先诗》

时间　明崇祯十八年乙酉三月十九日

地点　一、南京太常寺，

　　　二、南京鸡鹅巷马士英寓所

人物　老赞礼——副末

　　　马士英——净

　　　杨文骢——末

　　　史可法——外

　　　执事官——杂

　　　阮大铖——副净

　　　长班——杂

布景　太常寺内，设祭案香炉烛台

备用物　帛二、爵三、笏、祭文、燎炉

【吴小四】（副末扮赞礼郎冠带白须上）眼看他，命运差，河北新房一半塌。承继个儿郎贪戏耍，不报冤仇不挣家。窝里财，奴乱抓。

在下是太常寺一个老赞礼，住在神乐观旁，专管庙陵祭享之事。那知天翻地覆，立了这位新爷，把俺南京重新兴旺起来。今岁乙酉，改历建号之年，家家庆贺。我老汉三杯入肚，只唱这个随心令儿。旁人劝我道："各人自扫门前雪，莫管他家瓦上霜。"我回言道："大风吹倒梧桐树，也要旁人话短长。"（唤介）孩子们，今日是三月十几日？（内）三月十九日了。（副末）呵呀！三月十九日，乃崇祯皇帝忌辰。奉旨在太平门外设坛祭祀，《南疆绎史》云："乙酉三月十九日，思宗忌辰，王于宫中举哀，百官于太平门外设坛遥祭，以东宫二王祔祭。"派着我当执事的，怎么就忘了，快走，快走！（走介）冈冈峦峦，接接连连，竹竹松松，密密丛丛。不觉已到坛前，且喜百官未到，待俺趁早铺设起来。（作排案，供香、花、烛、酒介）

【普天乐】（净扮马士英，末扮杨文骢，素服从人上）旧江山，新图画，暮春烟景人潇洒。出城市，遍野桑麻；哭什么旧主升遐，告了个游春假。（外扮史可法素服上）这才去野哭江边奠杯斝，挥不尽血泪盈把。年时此日，问苍天，遭的什么花甲。

（相见各揖介）（净）今日乃思宗烈皇帝升遐之辰，礼当设坛祭拜。（末）正是。（外问介）文武百官到齐不曾？（副末）俱已到齐了。（净）就此行礼。（副末赞礼，杂扮执事官捧帛、爵介）（赞）执事官各司其事，陪祀官就位，代献官就位。（各官俱照班排立介）（赞）瘗毛血。迎神，参神，伏俯、兴，伏俯、兴，伏俯、兴，伏俯、兴。平身。（各行礼完，立介）（赞）行奠帛礼，升坛（净秉笏至神位前介）（赞）播笏，献帛，奠帛。（净跪奠帛叩介）（赞）平身，出笏，诣读祝位，跪。（净跪介）（赞）读祝。（副末跪读介）维岁次乙酉年，三月十九日，皇从弟嗣皇帝由崧，谨昭告于思宗烈皇帝曰：仰惟文德克承，武功载缵，御极十有七年，皇纲不振，大宇中倾，皇帝殉社稷，皇后太子俱死君父之难。弟愚不才，忝颜偷生，俯顺臣民之请，正位南都，权为宗庙神人主。恸一人之升遐，惩百僚之怠傲，努力庙谟，惴惴忧惧，枕戈饮泣，誓复中原。今值宾天忌辰，敬设坛壝，遣官代祭。鉴兹追慕之诚，歆此蘋蘩之献。尚飨！（赞）举哀。（各官哭三声介）（赞）哀止，伏俯、兴，复位。（净转下介）（赞）行初献礼，升坛。（净至神位前介）（赞）播笏，献爵，奠爵。（净跪尊爵，叩介）（赞）平身，出笏，复位。（赞）（行亚献终，献礼，同。）（赞）彻馔，送神，伏俯、兴。（四拜同）（各官依赞拜完，立介）（赞）读祝官捧祝，进帛官捧帛，各诣瘗位。（各官立介）（赞）望瘗。（杂焚祝帛介）（赞）礼毕。（外独大哭介）

【朝天子】万里黄风吹漠沙，何处招魂魄。想翠华，守枯煤山几枝花，对晚鸦，江南一半残霞。是当年旧家，孤臣哭拜天涯，似村翁岁腊，似村翁岁腊。

（副末）老爷们哭的不恸，俺老赞礼忍不住要大哭一场了。（大哭一场下）（副净扮阮大铖素服大叫上）我的先帝呀，我的先帝呀！今日是你周年忌辰，俺旧臣阮大铖赶来哭临了。（拭眼问介）祭过不曾？（净）方才礼毕。（副净至坛前，急四拜，哭白介）先帝先帝！你国破身亡，总吃亏了一伙东林小人。如今都散了。剩下我们几个忠臣，今日还想着来哭你，你为何至死不悟呀！（又哭介）（净拉介）圆老，不必过哀，起来作揖罢。（副净拭眼，各见介）（外背介）可笑，可笑！（作别介）请了！烟尘三里路，魑魅一班人。（下）（净）我们皆是进城的，就并马同行罢。（作更衣上马行介）

【普天乐】（合）奠琼浆，哭坛下，失声相向谁真假。千官散，一路喧哗，好趁着景美天佳，闲讲些兴亡话。咏归去，恰似春风浴沂罢，何须问江北戎马。南朝旧例尽风流，只愁春色无价。

（杂喝道介）（净）已到鸡鹅巷，离小寓不远，请过荒园同看牡丹何如？（末）小弟还要拜客，就此作别了。（末别下）（副净）待晚生趋陪罢。（作到，下马介）

幕开

布景　马士英后花园一牡丹盛开

备用物　桌席一、酒壶、酒杯、本章、檄文

（净）请进。（副净）晚生随行。（净前副净后，入园介）（副净）果然好花。（净吩咐介）速摆酒席，我们赏花。（杂摆席介）（净、副净更衣坐饮介）（净大笑介）今日结了崇祯旧局，明日恭请圣上临御正殿，我们“一朝天子一朝臣”了。（副净）连日在江上，不知朝中有何新政。（净）目下假太子王之明，伪太子事，为南朝一大疑案，左兵之来以此，南都之亡亦即以此，今依《南疆绎史》、《明季南略》两书撮举其始末及时日。

乙酉年二月廿九日，鸿胪寺少卿高梦箕密奏先帝皇太子自北来，遣内臣踪迹之。

三月初一日，内臣自杭州送北来太子至京，驻兴善寺遣太监李承芳卢九德等审视，还报，夜五鼓，移至锦衣卫都督冯可京邸舍。

初二日，御武英殿，命府部九卿科道及前东宫讲官中允刘正宗李景濂少詹事方拱乾等审视太子真伪，问答有歧，大学士王铎直叱为假，再命严究主使之人。久之，自供为王之明，故驸马都尉王昺姪孙，曾侍卫东宫，家破。南奔高梦箕家，丁穆虎教之诈称太子。

初三日，下王之明中城兵马司狱。

初九日，命百官会审王之明高梦箕丁穆虎于午门外。

初十日，黄得功抗疏为太子讼冤。

十五日，再审，左都御史李沾喝令将王之明上桚，案遂定。

二十三日，刘良佐抗疏为太子讼冤，并及童妃事。

二十八日，左良玉抗疏为太子讼冤。

四月初二日，何腾蛟抗疏为太子讼冤。

十六日，袁继咸抗疏谓左良玉举兵东下，请赦太子以遏止之。正在这里商量发放。圆老有何高见？（副净）这事明白易处。（净）怎么易处？（副净）老师相权压中外者，只因推戴二字。（净）是，是！（副净）既因推戴二字。

【朝天子】若认储君真不差，把俺迎来主，放那搭。（净）是，是！就着监禁起来，不要惑乱人心。（问介）还有旧妃童氏，哭诉朝门，要求迎为正后。这何以处之？童妃之狱与太子狱先后发生，《南疆绎史》记其事云："童氏为福王继妃，生子已六岁矣。南渡后，王迎邹太妃而不召妃，妃乃自陈于官，巡按陈潜夫以闻，王不报，刘良佐会同抚臣越其杰假仪卫送至京。王不悦，诃之为妖妇，即命付锦衣卫监候。妃从狱中自书入宫年月及乱离情事甚晰，王又弗顾，已而命严刑拷讯，血肉狼籍。妃初则徒跣诅骂，既则直声呼号，宛转于地下者不三日而死。"（副净）这益发使不得。自古道，君王爱馆娃。系臂纱，先须采选来家，替椒房作伐。（净）是，是！俺已采选定了，这个童氏，自然不许进宫的。（又问介）那些东林复社，捕拿到京，如何审问？（副净）这班人天生是我们冤对，岂可容情。切莫剪草留芽，但搜来尽杀，但搜来尽杀。

（净大笑介）有理，有理！老成见到之言，句句合着鄙意。拿大杯来，欢饮三杯。（杂扮长班持本急上，禀介）宁南侯左良玉有本章一道，封投通政司；这是内阁揭帖，送来过目。（净接介）他有什么好本！（看本，怒介）呀，呀！了不得，就是参咱们的疏稿。这疏内数出咱七大罪，左疏见《明季南略》。叫圣上立赐处分，好恨人也。（杂又持文书急上）还有公文一道，差人赍来的。（净接看，惊介）又是讨俺的一道檄文，文中骂的着实不堪；还要发兵前来，取咱的首级。这却怎处？（副净惊起，乱抖介）怕人，怕人！别的有法，这却没法了。（净）难道长伸脖颈，等他来割不成？（副净）待俺想来。（想介）没有别法，除是调取黄、刘三镇，早去堵截。（净）倘若北兵渡河，叫谁迎敌？（副净向净耳介）北兵一到，还要迎敌么？（净）不迎敌，更有何法？（副净）只有两法。（净）请教！（副净作抠衣（介）跑。（又作跪地介）降。（净）说的也是。大丈夫烈烈轰轰，宁可叩北兵之马，不可试南贼之刀。吾主意已决，即发兵符，调取三镇便了。（想介）且住，调之无名，三镇未必肯去。这却怎处？（副净）只说左兵东来，要立潞王监国，三镇自然着忙的。(净)是,是! 就烦圆老亲去一遭。

【普天乐】(合)发兵符,乘飞马,过江速劝黄刘驾。舟同济,舵又同拿,才保得性命身家。非是俺魂惊怕,怎当得百万精兵从空下,顷刻把城阙攻打。全凭铁锁断长江,拉开强弩招架。

(副净)辞过老师相,晚生即刻出城了。(净)且住,还有一句密话。(附耳介)内阁高弘图、姜曰广,左袒逆党,俱已罢职了。那周镳、雷缜祚,留在监中,恐为内应,趁早取决何如?(副净)极该,极该。(净拱介)也不送了。(竟下)(副净出)(杂禀介)那个传檄之人,还拿在这里,听候发落。(副净)没有什么发落,拿送刑部请旨处决便了。(上马欲下介)(寻思介)且不要孟浪。我看黄、刘三镇,也非左兵敌手,万一斩了来人,日后难于挽回。(唤介)班役,你速到镇抚司,拜上冯老爷,将此传檄之人,用心监候。(杂应下)(副净)几乎误了大事。(上马速行介)

江南江北事如麻, 半倚刘家半阮家,
三面和棋休打算, 西南一子怕争差。

第三十三出　会　狱

当时下狱者只有陈定生、侯朝宗吴次尾皆逃而免，详见第二十九出注一。次尾曾私入狱中护视问周仲驭及定生，见《明史·次尾本传》，朝宗则未尝一履狱门。本出会狱云云，借作波澜，并借以点出周雷之遇害耳。

图圄里，竟是瀛洲翰苑。——本词

时间　明福王二年乙酉三月

地点　南京狱中

人物　侯朝宗——生

陈贞慧——末

吴应箕——小生

柳敬亭——丑

狱官——净

四校尉——杂

周仲驭——杂

雷介公——杂

布景　狱中

备用物　手扭、手牌、绳、锁、标子、提灯

【梅花引】（生敝衣愁容上）宫槐古树阅沧田，挂寒烟，倚颓垣。末后春风，才绿到幽院。两个知心常步影，说新恨，向谁借酒钱。

小生侯方域，被逮狱中，已经半月。只因证据无人，暂羁候审，幸亏故人联床，颇不寂寞。你看月色过墙，照的槐影迷离，不免虚庭一步。

【忒忒令】碧沉沉月明满天，凄惨惨哭声一片，墙角新鬼带血来分辩。我与他死同仇，生同冤，黑狱里，半夜作白眼。

独立多时，忽然毛发直竖，好怕人也。待俺唤醒陈、吴两兄，大家闲话。（唤介）定兄醒来。（又唤介）次兄睡熟了么？（末、小生揉眼出介）

【尹令】（末）这时月高斗转，为何独行空院，闲将露痕踏遍。（小生)愁怀且捐,万语千言望谁怜。

(见介)侯兄怎的还不安歇?(生)我想大家在这黑狱之中,三春莺花,半点不见;只有明月一轮,还来相照,岂可舍之而睡。(末)是,是,同去步月一回。(行介)

【品令】(生)冤声满狱,锹铛夜徽缠。三人步月,身轻若飞仙。闲消自遣,莫说文章贱。从来豪杰,都向此中磨炼。似在棘围锁院,分帘校赋篇。

(丑扮柳敬亭杻锁上)柳敬亭东下,乃为左良玉交驩阮大铖,并非传檄,见第三十一出注六,敬亭下狱事全属虚构。戎马不知何处避,贤豪半向此中来。我柳敬亭,被拿入狱,破题儿第一夜,便觉难过。(叹介)嗳!方才睡下,又要出恭;这个裙带儿没人解,好苦也。(作蹲地听介)那边有人说话,像是侯相公声音,待我看来。(起看,惊介)竟是侯相公。(唤介)你是侯相公么?(生惊认介)原来是柳敬亭。(末、小生)柳敬亭为何也到此中?(丑认介)陈相公、吴相公怎么都在里边?(举手介)阿弥陀佛!这也算"佛殿奇逢"了。(生)难得难得!大家坐地谈谈。(同坐介)

【豆叶黄】(合)便他乡遇故,不算奇缘。这墙隔着万重深山,撞见旧时亲眷。浑忘身累,笑看月圆。却也似武陵桃洞,却也似武陵桃洞;有避乱秦人,同话渔船。

(生)且问敬老,你犯了何罪,杻锁连身,如此苦楚。(丑)老汉不曾犯罪。只因相公被逮入狱,苏昆生远赴宁南,恳求解救。那左帅果然大怒,连夜修本参着马、阮,又发了檄文一道,托俺传来,随后要发兵进讨。马、阮害怕,自然放出相公去的。

【玉交枝】宁南兵变,料无人能将檄传;探汤蹈火咱情愿,也只为文士遭谴。白头志高穷更坚,浑身枷锁吾何怨;助将军除暴解冤,助将军除暴解冤。

(生)竟不知敬亭吃亏,乃小生所累。昆生远去求救,益发难得。可感,可感!(末)虽如此说,只怕左兵一来,我辈倒不能苟全性命。(小生)

正是，宁南不学无术，如何收救。（皆长吁介）（净扮狱官执手牌，杂扮校尉四人点灯提绳急上）（净）四壁冤魂满，三更狱吏尊。刑部要人，明早处决，快去绑来。（杂）该绑那个？（净）牌上有名。（看介）逆党二名，周镳、雷缜祚。（杂执灯照生、末、小生、丑面介）不是，不是！（净喝介）你们无干的，各自躲开。（净领杂急下）（末悄问介）绑那个？（小生）听说要绑周镳、雷缜祚。周镳，字仲驭，金坛人。雷缜祚，字介公，太湖人。《明史》俱有传，附《姜曰广传》后。二人盖当时清流中之策士，仲驭声誉尤高，与张天如齐名，门生偏东南。南都初建，吕大器姜曰广欲立潞王，周雷实主其谋，马阮修东林复社之怨，欲一网打尽，借二人以发难。左兵东下，大铖谓二人实召之，竟不待讯鞫，以中旨赐死狱中。时四月初八日，本书系诸三月，时日微误。（生）吓死俺也。（丑）我们等着瞧瞧。（净执牌前行，杂背绑二人，赤身披发，急拉下）（生看呆介）（末）果然是周仲驭、雷介公他二位。（小生）这是我们的榜样了。

【江儿水】（生）演着明夷卦，事尽翻，正人惨害天倾陷。片纸飞来无人见，三更缚去加刑典，教俺心惊胆颤。（合）黑地昏天，这样收场难免。

（生问丑介）我且问你，外边还有什么新闻？（丑）我来的仓卒，不曾打听，只见校尉纷纷拿人。（末、小生问介）还拿那个？（丑）听说要拿巡按黄澍，督抚袁继咸，大锦衣张薇；还有几个公子秀才，想不起了！（生）你想一想？（丑想介）人多着哩。只记得几个相熟的，有冒襄、方以智、刘城、沈寿民、沈士柱、杨廷枢。冒方，二沈，杨皆见前。刘城，字伯宗，贵池人。（末）有这许多。（小生）俺这里边，将来成一个大文会了。（生）倒也有趣。

【川拨棹】囹圄里，竟是瀛洲翰苑。画一幅文会图悬，画一幅文会图悬，避红尘一群谪仙。（合）赏春月，同听鹃，感秋风，同咏蝉。

（丑）三位相公，宿在那一号里？（生）都在“荒”字号里。（末）敬老羁在那里？（丑）就在这后面“藏”字号里。（小生）前后相近，倒好早晚谈谈。（生）我们还是软监，敬老竟似重囚了。（丑）阿弥陀佛！免了上柙床，就算好的狠哩。（作势介）

【意不尽】高拱手碍不了礼数周全，曲肱儿枕头稳便。

只愁今夜里，少一个长爪麻姑搔背眠。

（丑）相逢真似岛中仙，（末）隔绝风涛路八千，

（小生）地僻偏宜人啸傲，（生）天空不碍月团圆。

东来处仲无他志，北去深源有盛名。——吴梅村扬州

楼船诸将碧油幢，一片降旗出九江。独有龟年卧吹笛，暗潮打枕泣篷窗。

西兴哀曲夜深闻，绝似南朝汪水云。回首岳侯坟下路，乱山何处葬将军。——梅村《赠苏昆生》(四首之一)

时间 明崇祯十八年乙酉四月

地点 江西九江镇坂矶

人物 苏昆生——净

黄得功——末

黄卒——众杂

左良玉——小生

左兵——杂

黄澍——末

袁继咸——外

布景 幕外

(净扮苏昆生上)南北割成三足鼎，江湖挑动两支兵。自家苏昆生，为救侯公子，激的左兵东来，约了巡按黄澍，巡抚何腾蛟，同日起马。今日船泊九江，早已知会督抚袁继咸，齐集湖口，共商入京之计。谁知马、阮闻信，调了黄得功在坂矶截杀。你看狼烟四起，势头不善；少爷左梦庚前去迎敌，俺且随营打探。正是：地覆天翻日，龙争虎斗时。(下)(场上设弩台、架炮，铁锁阑江)

幕开

布景 长江沿岸、场上设弩台、架炮、铁锁阑江

备用物 双鞭、白旗、船二、塘报鞭铃、辰砂碗、香案、香炉、烛台、剑

【三台令】(末扮黄得功戎装双鞭，领军卒上)**北征南战无休，邻国萧墙尽仇。架炮指江州，打舳舻卷甲倒走。**

咱家黄得功，表字虎山，一腔忠愤，盖世威名，要与俺弘光皇帝，收复

这万里山河。可恨两刘无肘臂之功，一左为腹心之患。今奉江防兵部尚书阮老爷兵牌，调俺驻扎坂矶，堵截左寇，这也不是当耍的。（唤介）家将田雄何在？（副净）有。（末）速传大小三军，听俺号令。（军卒排立呐喊介）

【山坡羊】（末）硬邦邦敢要君的渠首，乱纷纷不服王的群寇；软弱弱没气色的至尊，闹喧喧争门户的同朝友。只剩咱一营江上守，正防着战马北来骤，忽报楼船入浦口。貔貅，飞旌旗控上游；戈矛，传烽烟截下流。

（黄卒登台介）（杂扮左兵白旗、白衣，呐喊驾船上）（黄卒截射介）（左兵败回介）左兵之败，据《明史·黄得功传》，乃在良玉死后，其子梦庚仍率兵东犯，为得功所败，非烧掠九江以前事也。时得功驻师荻港，破梦庚于铜陵，其地亦非坂矶。（黄卒赶下）（小生扮左良玉戎装白盔素甲坐船上）

【前腔】替奸臣复私仇的桀纣，媚昏君上排场的花丑；投北朝学叩马的夷齐，吠唐尧听使唤的三家狗。拚着俺万年名遗臭，对先帝一片心堪剖，忙把储君冤苦救。不羞，做英雄到尽头；难收，烈轰轰东去舟。

俺左良玉领兵东下，只为剪除奸臣，救取太子。叵耐儿子左梦庚，借此题目，便要攻打城池，妄思进取。俺已严责再三，只怕乱兵引诱，将来做出事来；且待渡过坂矶，慢慢劝他。（净急上）报元帅，不好了！黄得功截杀坂矶，前部先锋俱已败回了。（小生惊介）有这等事。黄得功也是一条忠义好汉，怎的受马、阮指拨，只知拥戴新主，竟不念先帝六尺之孤，岂不可恨！（唤介）左右，快看巡按黄老爷、巡抚何老爷船泊那边，请来计议。（杂应下）（末扮黄澍上）将帅随谈尘，风云指义旗。下官黄澍方才泊船，恰好元帅来请。（作上船介）（小生见介）仲霖果然到来，巡抚何公如何不见？（末）行到半途，又回去了。《明史·何腾蛟传》云："良玉举兵反，邀腾蛟偕行，不可，则尽杀城中人以劫之。士民争匿其署中，腾蛟坐大门纵之入，良玉破垣举火，避难者悉焚死，腾蛟急解印付家人，令速走，将自刭，为良玉部将拥去。良玉欲与同舟，不从，乃置之别舟，以副将四人守之。舟次汉阳门，乘间跃入江水，漂十余里，渔舟救之起。"据此，可知何云从对于良玉之反，始终未尝徇从。本书乃以之与黄澍并列，且谓同行将到九江，半途折回，殊非事实，似此几令读者疑云从为首鼠两端之人矣。内中黄澍说“他原是马士英同乡”一语，中含讥讽，尤非所宜。（小生）为何回去？（末）他原是马士英同乡。（小生）随他罢了。这也怪他不得。（问介）目下黄得功截住坂矶，三军不能前进。如何是好？（末）这倒可虑，且待袁公到船，再作商量。（外扮袁继咸从人上）孽子含冤天惨淡，孤臣举义日光明。《南疆绎史·袁继咸传》云：“伪太子事起，士英大铖欲借之以起大狱，尽诛正人，流传汹汹。良玉疏争不纳，继咸疏言：‘太子真伪，非臣所能悬揣，真则望行良玉言，伪则不妨从容审处，多召东宫旧臣辨识，以解中外之疑。’疏未达，良玉已起兵，时闯贼败方逼汉沔，左兵欲避寇，无名。黄澍因说良玉清君侧恶救太子。乙酉四月，良玉遂传檄数士英罪，部署三十六总兵而东。初继咸闻闯贼南渡，令其部将郝效忠、邓林奇等守九江，自统副将汪硕画李士元等援吉安，甫登舟而闻左兵且至，九江士民大恐，环泣留继咸，乃争移诸将家口入城以系兵心。列兵城外拒战，士民皆言我兵十不及三，激之，祸不测。若俟良玉至，谕之以理，且令诸将敛兵入守，相机而动。继咸曰，入城示之弱，不可。而裨将郝效忠不待令，随移其家口入城矣。良玉抵北岸，书来，愿握手一别，为太子死。继咸至其舟，言及太子事，良玉大哭，袖出太子密谕，劫诸将盟，继咸正色曰：‘先帝旧恩不可忘，今上新恩亦不可负。密谕从何来，公今以檄行之，是仇国也，请改为疏。’良玉不得已，约不破城，从之，驻军候旨，成礼而别。继咸归，集诸将城楼，涕泣曰：‘兵谏非正也，晋阳之甲，春秋所恶，我可同乱乎，当与诸君共城守以俟朝命。’而两营诸将有相通者，左营蓦入纵火，袁营张世勋、郝效忠夜半斩门出，良玉兵士遂入城劫财物掠妇女。继咸度不能制，冠带欲自尽。黄澍入署泣拜曰：‘宁南无异图，公以一死激成之，大事去矣。’副将李士春密白继咸，‘隐忍到前途，王文成之事可图也。’继咸乃止，出城欲面责之。时良玉疾已剧，望城中火光，大哭曰：‘我负临侯矣。’呕血数升而死。”据此，则袁临侯始终不肯附和良玉甚明。本书所演，一若临侯为主动有力之人，殊属误谬。要之何袁当时对于北来太子皆尝抗疏营救，皆以此为马阮所嫉，此事实也。其与左良玉平时能委曲相处，良玉待之皆有相当的敬礼，亦事实也。至于晋阳之甲，两人实皆持坚决反抗态度，不知云亭何故作此等点污之笔。来此是左帅大船，左右通报。（杂禀介）督抚袁老爷到船了！（小生）快请！（外上船见介）适从武昌回署，整顿兵马，愿从鞭弭。（末）目下不能前进了。（外）为何？（小生）黄得功领兵截杀，先锋俱已败回。（外）事已至此，欲罢不能；快快遣人游说便了。（小生）敬亭已去，无人可遣。奈何？（净）晚生与他颇有一面，情愿效力。（末）昆生义气，不亚敬亭，今日正好借重。（小生问介）你如何说他？

【五更转】(净)俺只说鹬蚌持,渔人候,傍观将利收。英雄举动,要看前和后。故主恩深,好爵自受。欺他子,害他妃,全忘旧。杀人只落血双手,何必前来,同室争斗。

(外)说得有理。(小生)还要把俺心事,说个明白。叫他晓得奸臣当杀,太子当救,完了两桩大事,于朝廷一尘不惊,于百姓秋毫无犯。为何不知大义,妄行截杀?(末)正是,那黄得功一介武夫,还知报效;俺们倒肯犯上作乱不成?叫他细想。(净)是,是,俺就如此说去。(杂扮报卒急上)报元帅,九江城内,一片火起。袁老爷本标人马,自破城池了。(外惊介)怎么俺的本标人马自破城池?这了不得!(小生怒介)岂有此理!不用猜疑,这是我儿左梦庚做出此事,陷我为反叛之臣。罢了,罢了!有何面目,再向江东。(拔剑欲自刎介)(末抱住介)(小生握外手,注目介)临侯,临侯,我负你了!(作呕血倒椅上介)(净唤介)元帅苏醒,元帅苏醒!(外)竟叫不应,这怎么处?(末)想是中恶,快取辰砂灌下。(净取碗灌介)牙关闭紧,灌不进了。(众哭介)

【前腔】大将星,落如斗,旗杆摧舵楼。杀场百战精神抖,凛凛堂堂,一身甲胄。平白的牖下亡,全身首。魂归故宫煤山头,同说艰辛,君啼臣吼。《桃花扇》以左史黄并列为三忠——末出云:“难整乾坤左史黄。”第三十七出评语云:“南朝三忠,史阁部心在明朝,左宁南心在崇祯,黄靖南心在弘光。”此论非是,史黄虽无功可纪,然其人实可敬,左则安能与比。良玉在崇祯朝,拥兵养贼跋扈已久,所谓“忠于崇祯”者安在其东犯之动机,实在避闯寇。而黄澍献策以救太子清君侧为名,澍固借以报复,良玉亦正好利用耳。云亭于良玉非惟无贬词,如《哭主》出及此处乃反极力为之摹写忠义,盖东林诸人素来袒护良玉,清初文士皆中于其说。——吴梅村诗“东来处仲无他志”即此种舆论之代表。——云亭亦为所误耳。

(杂抬小生下)(外)元帅已死,本镇人马霎时溃散;那左梦庚据住九江,叫俺进退无门。倘若黄兵抢来,如何逃躲?(末)我们原系被逮之官,今又失陷城池,拿到京中,再无解救。不如转回武昌,同着巡抚何腾蛟,另做事业去罢。(外)有理。左梦庚既为黄得功所败,时清兵已下泗州,逼仪征,梦庚及黄澍遂阴迎降。袁继咸孤舟避芦苇中,梦庚劫之去,入清营,不屈死。事详《南疆绎史·袁继咸传》,澍与继咸,一降一死,薰莸判然。两人皆无回武昌依何腾蛟事,不知云亭何故作此颟顸之笔。(外、末急下)(净呆介)你看他们竟自散去,单剩我苏昆生一人,守着元帅尸首,好不可怜。不免点起香烛,哭奠一番。(设案点香烛,哭拜介)

【哭相思】气死英雄人尽走,撇下了空船柩。俺是个招魂江边友,没处买一杯酒。吴梅村《赠苏昆生》诗云:"楼船诸将碧油幢,一片降旗出九江。独有龟年夜吹笛,暗潮打枕泣篷窗。"据此,则良玉东犯梦庚北降时,昆生确在左军中。

且待他儿子奔丧回船,收殓停当,俺才好辞之而去,如今只得耐性儿守着。正是:

英雄不得过江州, 魂恋春波起暮愁;
满眼青山无地葬, 斜风细雨打船头。

第三十五出 誓师

造次分旌节，安危作栋梁。诸公咸倚重，吾意独徬徨。——吴日千诗

时间　明崇祯十八年乙酉四月廿四日

地点　扬州梅花岭

人物　史可法

家丁——丑

小卒——四杂

中军——末

三将——净、副净、丑

布景　幕外

备用物　白毡大帽、提灯

【贺圣朝】（外扮史可法，白毡大帽，便服上）两年吹角列营，每日调马催征。军逃客散鬓星星，恨压广陵城。

下官史可法，日日经略中原，究竟一筹莫展。那黄、刘三镇，皆听马、阮指使，移镇上江，堵截左兵，丢下黄河一带，千里空营。忽接塘报，本月二十一日北兵已入淮境，本标食粮之人，不足三千，那能抵当得住。这淮、扬一失，眼见京师难保，岂不完了明朝一座江山也。《南疆绎史·史可法传》云："……左良玉发兵犯阙，南都戒严，福王手书召可法督诸军渡江入援。可法言北势日迫，请留诸镇兵迎敌，亲往谕良玉，要与俱西，不可。诏且切责，于是合诸军倍道入，抵浦口，将入朝面陈。士英等惧，扬言可法且为内应，遂弗许。时清兵已入亳州，下天长，援将侯方严全军败没，盱眙降。徐泗飞书告急，复召可法还扬援泗。亟渡江，昼夜兼行，及抵泗，守将李遇春已举城叛，可法退保扬州。俄报徐州破，降将李成栋引兵而南，攻扬州新城，可法方在旧城，急檄防河诸镇赴援，总兵李栖凤张天禄皆不应，寻拔营叛。惟左都督刘肇基副总兵乙邦才庄子固与楼挺等各引所部至，可法乃率扬州知府任民育……等昼夜分兵陴严守。……"本出所演，即此时事。可恼，可恼！俺且私步城头，察看情形，再作商量。（丑扮家丁，提小灯随行上城介）

【二犯江儿水】（外）悄上城头危径，更深人睡醒。栖乌频叫，击柝

连声，女墙边，侧耳听。（听介）（内作怨介）北兵已到淮安，没个瞎鬼儿问他一声；只舍俺这几个残兵，死守这座扬州城，如何守得住。元帅好没分晓也！（外点头自语介）你那里晓得，万里倚长城，扬州父子兵。（又听介）（内作恨介）罢了，罢了！元帅不疼我们，早早投了北朝，各人快活去，为何尽着等死。（外惊介）呵呀！竟想投降了，这怎么处！他降字儿横胸，守字儿难成；这扬州剩了一分景。（又听介）（内作怒介）我们降不降，还是第二着，自家杀抢杀抢，跑他娘的。只顾守到几时呀！（外）咳！竟不料情形如此。听说猛惊，热心冰冷。疾忙归，夜点兵，不待明。

（忙下）（内掌号放炮，作传操介）（杂扮小卒四人上）今乃四月二十四日，扬州陷于四月二十五日，此云廿四日誓师，时日微误，又清兵陷淮泗在十五日以前，前文云“本月二十一日北兵入淮境”亦微误。不是下操的日期；为何半夜三更，梅花岭放炮？快去看来！（急走介）（末扮中军，持令箭提灯上）隔江云阵列，连夜羽书飞。（呼介）元帅有令：大小三军，速赴梅花岭，听候点卯。（众排列介）（外戎装，旗引登坛介）月升鸱尾城吹角，星散旄头帐点兵。中军何在？（末跪介）有！（外）目下北信紧急，淮城失守，这扬州乃江北要地，倘有疏虞，京师难保。快传五营四哨，点齐人马，各照汛地昼夜严防。敢有倡言惑众者，军法从事。（末）得令！（传令向内介）元帅有令，三军听者。各照汛地昼夜严防，敢有倡言惑众者，军法从事。（内不应）（外）怎么寂然无声？（吩咐中军介）再传军令，叫他高声答应。（末又高声传介）（内不应）（外）仍然不应，着击鼓传令。（末击鼓又传，又不应介）（外）分明都有离叛之心了。（顿足介）不料天意人心，到如此田地。（哭介）

【前腔】皇天列圣，高高呼不省。阑珊残局，剩俺支撑，奈人心俱瓦崩。俺史可法好苦命也！（哭介）协力少良朋，同心无弟兄。只靠你们三千子弟，谁料今日呵，都想逃生，漫不关情；这江山倒像设着筵席请。（拍胸介）史可法，史可法！平生枉读诗书，空谈忠孝，到今日其实没法了。（哭介）哭声祖宗，哭声百姓。（大哭介）（末劝介）元帅保重，军国事大，徒哭无益也。（前扶介）你看泪点淋漓，把战袍都湿透了。（惊介）咦！怎么一阵血腥，快掌灯来。（杂点灯照介）呵呀！浑身血点，是

那里来的？（外拭目介）都是俺眼中流出来。**哭的俺一腔血，作泪零。**

（末叫介）大小三军，上前看来；咱们元帅哭出血泪来了。（净、副净、丑扮众将上，看介）果然都是血泪。（俱跪介）（净）尝言“养军千日，用军一时”。俺们不替朝廷出力，竟是一伙禽兽了。（副净）俺们贪生怕死，叫元帅如此难为，那皇天也不祐的。（丑）百岁无常，谁能免的一死，只要死到一个是处。罢，罢，罢！今日舍着狗命，要替元帅守住这座扬州城。（末）好好！谁敢再有二心，俺便拿送辕门，听元帅千刀万剐。（外大笑介）果然如此，本帅便要拜谢了。（拜介）（众扶住介）不敢不敢！（外）众位请起，听俺号令。（众起介）（外吩咐介）你们三千人马，一千迎敌，一千内守，一千外巡。（众）是！（外）上阵不利，守城。（众）是！（外）守城不利，巷战。（众）是！（外）巷战不利，短接。（众）是！（外）短接不利，自尽。（众）是！（外）你们知道，从来降将无伸膝之日，逃兵无回颈之时。（指介）那不良之念，再莫横胸；无耻之言，再休挂口；才是俺史阁部结识的好汉哩。（众）是！（外）既然应允，本帅也不消再嘱。（指介）大家欢呼三声，各回汛地去罢。（众呐喊三声下）（外鼓掌三笑）妙妙！守住这座扬州城，便是北门锁钥了。

不怕烟尘四面生，　江头尚有亚夫营；
模糊老眼深更泪，　赚出淮南十万兵。

第三十六出 逃 难

三月桃花四月叶，已报北兵屯六合。宫车塞上行，塞马江东猎。桃叶没桃根，残英委白门。相逢冶城下，犹有六朝魂。——顾亭林《桃叶》

时间 明崇祯十八年乙酉五月十日

地点 一、长江沿岸，二、南京秦淮河媚香楼

人物 弘光帝——小生

二监——杂

二宫女——杂

马士英——净

马士英姬妾——老旦、小旦

乱民——杂

阮大铖——副净

乱民——杂

杨文骢——末

从人二——杂

寇白门——小旦

郑妥娘——丑

沈公宪——外

张燕筑——净

蓝瑛——小生

李香君——旦

苏昆生——净

布景 长江沿岸

备用物 宫灯二、马鞭、车辆、木棍、行囊、担挑行李、纱帽、须髯

【香柳娘】（小生扮弘光帝，便服骑马。杂扮二监、二宫女挑灯引上）听三更漏催，听三更漏催，马蹄轻快，风吹蜡泪宫门外。咱家弘光皇帝，只因左兵东犯，移镇堵截；谁知河北人马，乘虚渡淮。目下围住扬州，史可法连夜告急，人心皇皇，都无守志。那马士英、阮大铖躲的有影无踪，看来这中兴宝位也坐不稳了。千计万计，走为上计；方才骑马出宫，即发兵符一道，赚开城门，但能走出南京，便有藏身之所了。趁天街寂静，

趁天街寂静，飞下凤凰台，难撇鸳鸯债。（唤介）嫔妃们走动着，不要失散了。似明驼出塞，似明驼出塞，琵琶在怀，珍珠偷洒。

（急下）（净扮马士英骑马急上）

【前腔】报长江锁开，报长江锁开，石头将坏，高官贱卖没人买。下官马士英，五更进朝，才知圣上潜逃；俺为臣的，也只得偷溜了。快微服早度，快微服早度，走出鸡鹅街，隄防仇人害。（倒指介）那一队娇娆，十车细软，便是俺的薄薄宦囊；不要叫仇家抢夺了去。（唤介）快些走动。（老旦、小旦扮姬妾骑马，杂扮夫役推车数辆上）来了，来了。（净）好，好！要随身紧带，要随身紧带，殉棺货财，贴皮恩爱。

（绕场行介）（杂扮乱民数人持棒上，喝介）你是奸臣马士英，弄的民穷财尽；今日驮着妇女，装着财帛，要往那里跑？早早留下！（打净倒地，剥衣，抢妇女财帛下）（副净扮阮大铖，骑马上）

【前腔】恋防江美差，恋防江美差，杀来谁代，兵符掷向空江濑。今日可用着俺的跑了；但不知贵阳相公，还是跑，还是降？（作遇净绊马足介）呵呀！你是贵阳老师相，为何卧倒在地。（净哼介）跑不得了，家眷行囊，俱被乱民抢去，还把学生打倒在地。（副净）正是。晚生的家眷行囊，都在后面，不要也被抢去。受千人笑骂，受千人笑骂，积得些金帛，娶了些娇艾。待俺回去迎来。（杂扮乱民持棒，拥妇女抬行囊上）这是阮大铖家的家私，方才抢来，大家分开罢！（副净喝介）好大胆的奴才，怎敢抢截我阮老爷的家私。（杂）你就是阮大铖么？来的正好。（一棒打倒，剥衣介）饶他狗命，且到鸡鹅巷、裤子裆，烧他房子去。（俱下）（净）腰都打坏，爬不起来了。（副净）晚生的臂膊捶伤，也奉陪在此。（合）叹十分狼狈，叹十分狼狈，村拳共捱，鸡肋同坏。

（末扮杨文骢冠带骑马，从人挑行李上）下官杨文骢，新任苏松巡抚。今日五月初十出行吉日，束装起马，一应书画古玩，暂寄媚香楼，托了蓝田叔随后带来。俺这一肩行李，倒也爽快。（杂禀介）请老爷趱行一步。（末）为何？（杂）街上纷纷传说，北信紧急，皇帝、宰相，今夜都走了。（末）有这等事，快，快出城！（急走介）（马惊不前介）这也奇了，为何马惊不走。

（唤介）左右看来！（杂看介）地下两个死人。（副净、净呻吟介）哎哟！哎哟！救人，救人！（末）还不曾死，看是何人？（杂细认介）好像马、阮二位老爷。（末喝介）胡说，那有此事！（勒马看，惊介）呵呀！竟是他二位。（下马拉介）了不得，怎么到这般田地。（净）被些乱民抢劫一空，仅留性命。（副净）我来救取，不料也遭此难。（末）护送的家丁都在何处？（净）想也乘机拐骗，四散逃走了。（末唤介）左右快来扶起，取出衣服，与二位老爷穿好。（杂与副净、净穿衣介）（末）幸有闲马一匹，二位叠骑，连忙出城罢。（杂扶净、副净上马，搂腰行介）请了，无衣共冻真师友，有马同骑好弟兄。马阮后皆入浙，依方国安王之仁，败坏浙局，此文从省。（下）（杂）老爷不可与他同行，怕遇着仇人，累及我们。（末）是，是。（望介）你看一伙乱民，远远赶来，我们早些躲过。（作避路旁介）（小旦扮寇白门，丑扮郑妥娘，披发走上）

【前腔】正清歌满台，正清歌满台，水裙风带，三更未歇轻盈态。（见末介）你是杨老爷，为何在此？（末认介）原来是寇白门、郑妥娘。你姊妹二人怎的出来了？（小旦）正在歌台舞殿，忽然酒罢灯昏，内监宫妃纷纷乱跑；我们不出来还等什么哩。（末）为何不见李香君？（丑）俺三个一同出来的；他脚小走不动，雇了个轿子，抬他先走了。（末问介）果然朝廷出去了么？（小旦）沈公宪、张燕筑都在后边，他们晓得真信。（外扮沈公宪，破衣抱鼓板，净扮张燕筑，科头提纱帽须髯跑上）笑临春结绮，笑临春结绮，擒虎马嘶来，排着管弦待。（见末介）久违杨老爷了。（末问介）为何这般慌张？（外）老爷还不知么？北兵杀过江来，皇帝夜间偷走了。（末）你们要向那里去？（净）各人回家瞧瞧，趁早逃生。（丑）俺们是不怕的；回到院中，预备接客。（末）此等时候，还想接客。（丑）老爷不晓得，兵马营里，才好挣钱哩。这笙歌另卖，这笙歌另卖，隋宫柳衰，吴宫花败。

（外、净、小旦、丑俱下）（末）他们亲眼看见圣上出宫，这光景不妥了。快到媚香楼收拾行李，趁早还乡罢。（行介）

【前腔】看逃亡满街，看逃亡满街，失迷君宰，百忙难出江关外。（作到介）

幕开

布景　媚香楼

备用物　鼓板、包裹

这是李家院门。(下马急敲门介)开门,开门!(小生扮蓝瑛急上)又是那个叫门?(开门见介)杨老爷为何转来?(末)北信紧急,君臣逃散,那苏松巡抚也做不成了。**整琴书襆被,整琴书襆被,换布袜青鞋,一只扁舟载。**(小生)原来如此。方才香君回家,也说朝廷偷走。(唤介)香君快来。(旦上见介)杨老爷万福!(末)多日不见,今朝匆匆一叙,就要远别了。(旦)要向那里去?(末)竟回敝乡贵阳去也。杨文骢仍赴苏松巡抚任,与清兵相持,败后走苏州。清使黄家鼐往苏招降,文骢杀之,走处州。唐王立,拜兵部右侍郎,提督军务,图复南京。明年(丙戌)七月,援衢州,败,被禽,不屈死。事详《明史》本传,《桃花扇》颇奖借龙友,乃不录其死节事,而诬以弃官潜逃,不可解。(旦掩泪介)侯郎狱中未出,老爷又要还乡;撇奴孤身,谁人照看。(末)如此大乱,父子亦不相顾的。**这情形紧迫,这情形紧迫,各人自裁,谁能携带。**

(净扮苏昆生急上)将军不惜命,皇帝已无家。我苏昆生自湖广回京,谁知遇此大乱,且到院中打听侯公子信息,再作商量。

【前腔】俺匆忙转来,俺匆忙转来,故人何在,旌旗满眼乾坤改。来此已是,不免竟入。(见介)好呀!杨老爷在此,香君也出来了。侯相公怎的不见?(末)侯兄不曾出狱来。(旦)师父从何处来的?(净)俺为救侯郎,远赴武昌,不料宁南暴卒。俺连夜回京,忽闻乱信,急忙寻到狱门,只见封锁俱开。**众囚徒四散,众囚徒四散,三面网全开,谁将秀才害。**(旦哭介)师父快快替俺寻来。(末指介)**望烟尘一派,望烟尘一派,抛妻弃孩,团圆难再。**

(末向旦介)好好好!有你师父作伴,下官便要出京了。(唤介)蓝田老收拾行李,同俺一路去罢。(小生)小弟家在杭州,怎能陪你远去。(末)既是这等,待俺换上行衣,就此作别便了。(换衣作别介)万里如魂返,三年似梦游。(作骑马,杂挑行李随下,(旦哭介)杨老爷竟自去了,只有师父知俺心事。前日累你千山万水,寻到侯郎;不想奴家进宫,侯郎入狱,两不见面。今日奴家离宫,侯郎出狱,又不见面;还求师父可怜,领着奴家各处找寻则个。(净)侯郎不到院中,自然出城去了。那里找寻?(旦)定要找寻的。

【前腔】(旦)便天涯海崖,便天涯海崖,十洲方外,铁鞋踏破三千界。只要寻着侯郎,俺才住脚也。(小生)西北一带俱是兵马,料他不能渡江;若要找寻,除非东南山路。(旦)就去何妨。望荒山野道,望荒山野道,仙境似天台,三生旧缘在。(净)你既一心要寻侯郎,我老汉也要避乱,索性领你前往,只不知路向那走?(小生指介)那城东栖霞山中,人迹罕到;大锦衣张瑶星先生,弃职修仙,俺正要拜访为师。何不作伴同行,或者姻缘凑巧,亦未可知。(净)妙,妙,大家收拾包裹,一齐出城便了。(各背包裹行介)(旦)舍烟花旧寨,舍烟花旧寨,情根爱胎,何时消败。

(净)前面是城门了,怕有人盘诘。(小生)快快趁空走出去罢。

(旦)奴家脚痛,也说不得了。

(旦)行路难时泪满腮,　(净)飘蓬断梗出城来,

(小生)桃源洞里无征战,　(旦)可有莲华并蒂开。

《南疆绎史·黄得功传》云："得功方收兵(荻港破左军后)屯芜湖，福王蓦然入其营，得功大骇失色，泣曰：'陛下死守京城，臣等犹可尽力，奈何听奸臣言，仓卒至此，且臣方对敌，安能扈驾。'王亦泣曰：'非卿则谁可仗者。'得功泣曰：'无已，愿效死。'先得功战荻港时，伤臂几坠，衣葛衣，以帛络臂，佩刀坐小舟，督麾下八总兵结束迎敌。而刘良佐已归命，大呼岸上招之降，得功怒吼曰：'汝其降乎。'忽叛将张天禄从良佐后抽矢射中喉偏左，得功知不可为，掷刀，拾所拔箭，自刺其喉而死。……田雄遂扶福王以降。"据此则射黄靖南者乃张天禄，本书归诸田雄，殆深恶之而甚其恶耳。

好似波斯样，职贡朝天，思将奇货擎双掌。——《本词》

时间　明崇祯十八年乙酉五月

地点　安徽芜湖

人物　黄得功——末

田雄——副净

报卒——杂

弘光帝——小生

太监韩赞周——丑

军卒——杂

刘良佐——净

刘泽清——丑

布景　辕门

备用物　塘报鞭铃、马鞭、双铁鞭、巡夜梆铃、弓矢、包裹、雨伞、剑

【西地锦】(末扮黄得功戎装，副净扮田雄随上)目断长江奔放，英雄万里愁长；何时欢饮中军帐，把弓矢付儿郎。

俺黄得功坂矶一战，吓的左良玉胆丧身亡。剩他儿子左梦庚，据住九江，乌合未散，俺且驻扎芜湖，防其北犯。(杂扮报卒上)报报报！北兵连夜渡淮，围住扬州，南京震恐，万姓奔逃了。(末)那凤、淮两镇，现在江北，怎不迎敌？(杂)闻得两位刘将军，也到上江堵截左兵，凤、淮一带，千里空营。(末惊介)这怎么处！(唤介)田雄，你是俺心腹之将，快领人马，去保

南京。

【降黄龙】司马威权，夜发兵符，调镇移防。谁知他拆东补西，露肘捉襟，明弃淮扬金汤。九曲天险，只用莲舟荡漾。起烟尘，金陵气暗，怎救宫墙。

（下）（小生扮弘光帝骑马，丑扮太监韩赞周随上）

【前腔】（小生）堪伤，寂寞鱼龙，潜泣江头，乞食村庄。寡人逃出南京，昼夜奔走，宫监嫔妃，渐渐失散，只有太监韩赞周，跟俺前来。这炎天赤日，瘦马独行，何处纳凉。昨日寻着魏国公徐宏基，他佯为不识，逐俺出府。今日又早来到芜湖。（指介）那前面军营，乃黄得功驻防之所，不知他肯容留寡人否。奔忙，寄人廊庑，只望他容留收养。（作下马介）此是黄得功辕门。（唤介）韩赞周，快快传他知道。（丑叫门介）门上有人么？（杂扮军卒上）是那里来的？（丑）南京来的。（拉一边悄说介）万岁爷驾到了，传你将军速出迎接。（杂）啐！万岁爷怎能到的这里？不要走来吓俺罢。（小生）你唤出黄得功来，便知真假。江浦边，迎銮护驾，旧将中郎。

（杂咬指介）人物不同，口气又大，是不是，替他传一声。（忙入传介）（末慌上）那有这事，待俺认来。（见介）（小生）黄将军一向好么？（末认，忙跪介）万岁，万万岁！请入帐中，容臣朝见。（丑扶小生升帐坐）（末拜介）

【滚遍】戎衣拜吾皇，戎衣拜吾皇，又把天颜仰。为甚私巡，萧条鞍马蒙尘状；失水神龙，风云飘荡。这都是臣等之罪。负国恩，一班相，一班将。

（小生）事到今日，后悔无及，只望你保护朕躬。（末拍地哭奏介）皇上深居宫中，臣好戮力效命。今日下殿而走，大权已失；叫臣进不能战，退无可守，十分事业，已去九分矣。（小生）不必着急，寡人只要苟全性命，那皇帝一席，也不愿再做了。（末）呵呀！天下者祖宗之天下，圣上如何弃的。（小生）弃与不弃，只在将军了。（末）微臣鞠躬尽瘁，死而后已。（小生掩泪介)不料将军倒是一个忠臣。(末跪奏介)圣上鞍马劳顿,早到后帐安歇。军国大事,明日请旨罢。(丑引小生入介)(末)了不得,了不得!明朝三百年国运,争此一时,十五省皇图,归此片土。这是天大的干系,叫俺如何担承!(吩咐介)大小三军,马休解辔,人休解甲,摇铃击梆,在意小心着。(众应介)(末唤介)田雄,我与你是宿卫之官,就在这行宫门外,同卧支更罢。(末枕副净股,执双鞭卧介)(杂摇铃击梆,报更介)(副净悄语介)元帅,俺看这位皇帝不像享福之器,况北兵过江,人人投顺,元帅也要看风行船才好。(末)说那里话,常言"孝当竭力,忠则尽命",为人臣子,岂可怀揣二心。(内传鼓介)(末惊介)为何传鼓?(俱起坐介)(杂上报介)报元帅,有一队人马,从东北下来;说是两镇刘老爷,要会元帅商议军情。(末起介)好好好!三镇会齐,可以保驾无虞了,待俺看来。(望介)(净扮刘良佐,丑扮刘泽清,骑马领众上)(叫介)黄大哥在那里?(末喜介)果然是他二人。(应介)愚兄在此拱候多时了。(净、丑下马介)(净)哥哥得了宝贝,竟瞒着两个兄弟么。(末)什么宝贝?(丑)弘光呀!(末摇手介)不要高声,圣上安歇了。(净悄问介)今日还不献宝,等到几时哩?(末)什么宝?(丑)把弘光送与北朝,赏咱们个大大王爵,岂不是献宝么?(末喝介)哇!你们两个要来干这勾当,我黄闯子怎么容得。《明史·黄得功传》云:"得功每战,饮酒数斗,酒酣气益厉,喜持铁鞭战,鞭渍血沾手腕,以水濡之,久乃自脱。军中呼为'黄闯子'……"(持双鞭打介)(净、丑招架介)(末喊介)好反贼,好反贼!

【前腔】望风便生降,望风便生降,好似波斯样。职贡朝天,思将奇货擎双掌;倒戈劫君,争功邀赏。顿丧心,全反面,真贼党。

(净)不要破口,好好弟兄,为何厮闹。(末)啐!你这狗才,连君父不识,我和你认什么弟兄。(又战介)(副净在后指介)好个笨牛,到这时候还不见机。(拉弓搭箭介)俺田雄替你解围罢。(放箭射末腿,末倒地介)(净、丑大笑介)(副净入内,急背出小生介)(小生叫介)韩赞周快快跟来。(内不应介)(小生)这奴才竟舍我而去。(手打副净脸介)你背俺到何处去?(副净)到北京去。(小生狠咬副净肩介)(副净忍痛介)哎呀!咬杀我也。(丢小生于地,向净、丑拱介)皇帝一枚奉送。(净、丑拱介)领谢,领谢!(齐拉小生袖急走介)(末抱住小生腿叫介)田雄,田雄!快来夺驾。(副净佯拉,放手介)(净、丑竟拉小生下)(末作爬不起介)怎么起不来的?

(副净)元帅中箭了。(末)那个射俺的?(副净)是我们放箭射贼,误伤了元帅。(末)瞎眼的狗才。我且问你,为何背出圣驾来?(副净)俺要护驾逃走的,不料被他们抢去。(末)你与我快快赶上。(副净笑介)不劳元帅吩咐。俺是一名长解子,收拾包裹,自然护送到京的。(背包裹雨伞急赶下)(末怒介)呵呸!这伙没良心的反贼,俺也不及杀你了。福王以五月初九出奔。初十薄暮至得功营,得功死节,田雄挟降。在廿一日,前后凡经十二日,本出演为两日事,乃剧场从省略耳,非当时事实。(哭介)苍天,苍天!怎知明朝天下。送在俺黄得功之手。

【尾声】平生骁勇无人当,拉不住黄袍北上,笑断江东父老肠。

罢罢罢!除却一死,无可报国。(拔剑大叫介)大小三军,都来看断头将军呀。(一剑刎死介)

史阁部死节实况，当时传闻异辞，《明史》本传云："……（四月）二十日，大清兵大至，屯班竹园，明日，总兵李栖凤监军副使高岐凤拔营出降，城中势益单，诸文武分兵拒守。旧城西门险要，可法自守之，作书寄母妻，且曰：'死，葬我高皇帝陵侧。'越二日，大清兵薄城下，炮击城西北隅，城遂破，可法自刎，不殊，一参将拥可法出小东门，遂被执。可法大呼曰：'我史督师也。'遂杀之。……觅其遗骸，天暑，众尸蒸变，不可辨识。踰年，家人举袍笏招魂葬于扬州郭外之梅花岭。其后四方弄兵者多假其名号以行，故时谓可法不死云。……"明史馆诸贤对于此等大事，采访考证，颇极慎重，所纪载当可信。本书所演"乘白骡""沈江"诸情节，当时本有此讹传，李瑶《南疆绎史》尠本已博征诸家所记以辨之矣。扬州破于四月二十五日，史公即以其日遇害，（或言被函经三日）福王之逃，在五月初九日，此皆时日彰彰凿凿绝无疑窦者。若如本出所演"今夜扬州失陷，才从城头缒下来"……"原要南京保驾，不想圣上也走了"，则事隔十三日（四月小），何从牵合，无稽甚矣。云亭著书在康熙中叶，不应于此等大节目尚未考定。其所采用俗说者，不过为老赞礼出场点染地耳，但既作历史剧，此种与历史事实太违反之纪载，终不可为训。

再来广陵灭，月明吊沟壑。呜呼相公贤，汗青照凿凿。用兵武侯短，信国如可作。——《哀史公可法》，《四忆堂诗集》

时间　明崇祯十八年乙酉五月

地点　江苏扬州

人物　史可法——外

老赞礼——副末

柳敬亭——丑

侯朝宗——生

陈贞慧——末

吴应箕——小生

布景　长江沿岸

备用物　柳鞭、包裹、帽、袍、靴、包裹三

【锦缠道】（外扮史可法，毡笠急上）（回头望介）望烽烟，杀气重，扬州沸喧；生灵尽席卷，这屠戮皆因我愚忠不转。兵和将，力竭气喘，只落了一堆尸软。俺史可法率三千子弟，死守扬州，那知力尽粮绝，外援不至。北兵今夜攻破北城，俺已满拚自尽。忽然想起明朝三百年社稷，只靠俺一身撑持，岂可效无益之死，舍孤立之君。故此缒下南城，直奔仪真，幸遇一只报船，渡过江来。（指介）那城阙隐隐，便是南京了；可恨老腿酸软，不能走动，如何是好。（惊介）呀！何处走来这匹白骡，待俺骑上，沿江跑去便了。（骑骡，折柳作鞭介）跨上白骡鞯，空江野路，哭声动九原。日近长安远，加鞭，云里指宫殿。

（副末扮老赞礼背包裹跑上）残年还避乱，落日更思家。（外撞倒副末介）（副末）呵哟哟！几乎滚下江去。（看外介）你这位老将爷好没眼色！（外下骡扶起介）得罪，得罪！俺且问你，从那里来的？（副末）南京来的。（外）南京光景如何？（副末）你还不知么，皇帝老子逃去两三日了。目下北兵过江，满城大乱，城门都关的。（外惊介）呵呀，这等去也无益矣！（大哭介）皇天后土，二祖列宗，怎的半壁江山也不能保住呀。（副末惊介）听他哭声，倒像是史阁部。（问介）你是史老爷么？（外）下官便是。你如何认得？（副末）小人是太常寺一个老赞礼，曾在太平门外伺候过老爷的。（外认介）是呀！那日恸哭先帝，便是老兄了。（副末）不敢。请问老爷，为何这般狼狈！（外）今夜扬州失陷，才从城头缒下来的。（副末）要向那里去？（外）原要南京保驾，不想圣上也走了。（顿足哭介）

【普天乐】撇下俺断篷船，丢下俺无家犬；叫天呼地千百遍，归无路，进又难前。（登高望介）那滚滚雪浪拍天，流不尽湘累怨。（指介）有了，有了！那便是俺葬身之地。胜黄土，一丈江鱼腹宽展。（看身介）俺史可法亡国罪臣，那容的冠裳而去。（摘帽，脱袍、靴介）摘脱下袍靴冠冕。（副末）我看老爷竟像要寻死的模样。（拉住介）老爷三思，不可短见呀！（外）你看茫茫世界，留着俺史可法何处安放。累死英雄，到此日看江山换主，无可留恋。

（跳入江翻滚下介）（副末呆望良久，抱靴、帽、袍服哭叫介）史老爷呀，史老爷呀！好一个尽节忠臣，若不遇着小人，谁知你投江而死呀！（大哭介）（丑扮柳敬亭，携生忙上）偷生辞狱吏，避乱走天涯。（末扮陈贞慧，小生扮吴应箕，携手忙上）日日争门户，今年傍那家。（生呼介）定兄，次兄，日色将晚，快些走动。（末、小生）来了。（丑）我们出狱，不觉数日，东藏西躲，终无栖身之地。前面是龙潭江岸，大家商量，分路逃生罢！（末）是，是。（见副末介）你这位老兄，为何在此恸哭？（副末）俺也是走路的，适才撞见史阁部老爷投江而死，由不的伤心哭他几声。（生）史阁部怎得到此？（副末）今夜扬州城陷，逃到此间，闻的皇帝已走，跺了跺脚，跳下江去了。（生）那有此事？（副末指介）这不是脱下的衣服、靴、帽么！（丑看介）你看衣裳里面，浑身朱印。（生）待俺认来。（读介）"钦命总督江北等处兵马内阁大学士兼兵部尚书印"。（生惊哭介）果然是史老先生。《四忆堂诗·哀史公可法》云："……相公控维扬，破竹伤大掠。三鼓士不进，崩角何踊跃。自知事已去，下拜意宽绰。起与书生言：'我受国恩廓，死此分所安，惜不见卫霍，子去觐司徒，幸为寄然诺，白首谢知己，寸心庶无怍。'……"贾开宗注云："公守维扬，侯子避难在幕，公语之曰：'……可法任兼将相，当死；子书生也，当去。'……"据此，则扬州垂破时，侯朝宗尚在史幕，大约自高杰死后，朝宗与史公相依颇久。本书于其间叙入狱访楼诸节，皆非事实。（末）设上衣冠，大家哭拜一番。（副末设衣冠介）（众拜哭介）

【古轮台】（合）走江边，满腔愤恨向谁言。老泪风吹面，孤城一片，望救目穿。使尽残兵血战，跳出重围，故国苦恋，谁知歌罢剩空筵。长江一线，吴头楚尾路三千。尽归别姓，雨翻云变。寒涛东卷，万事付空烟。精魂显，大招声逐海天远。

（生拍衣冠大哭介）（丑）阁部尽节，成了一代忠臣。相公不必过哀，大家分手罢！（生指介）你看一望烟尘，叫小生从那里归去？（末）我两人绕道前来，只为送兄过江；今既不能北上，何不随俺南行。（生）这纷纷乱世，怎能终始相依。倒是各人自便罢！（小生）侯兄主意若何？（生）我和敬亭商议，要寻一深山古寺，暂避数日，再图归计。（副末）我老汉正要向栖霞山去，那边地方幽僻，尽可避兵，何不同往？（生）这等极妙了。（末、小生）侯兄既有栖身之所，我们就此作别罢！（拜别介）伤心当此日，会面是何年。（末、小生掩泪下）（生问副末介）你到栖霞山中，有何公干？（副末）不瞒相公说，俺是太常寺一个老赞礼，只因太平门外哭奠先帝之日，那些文武百官，虚应故事；我老汉动了一番气恼，当时约些村中父老，捐施钱粮，趁着这七月十五日，要替崇祯皇帝建一个水陆道场。不料南京大乱，好事难行，因此携着钱粮，要到栖霞山上，虔请高僧，了此心愿。（丑）好事，好事！（生）就求携带同行便了！（副末）待我收拾起这衣服、靴、帽着。（丑）这衣服、靴、帽，你要送到何处去？（副末）我想扬州梅花岭，是他老人家点兵之所，待大兵退后，俺去招魂埋葬，便有史阁部千秋佳城了。（生）如此义举，更为难得。（副末背袍、靴等，生、丑随行介）

【馀文】山云变，江岸迁，一霎时忠魂不见，寒食何人知墓田。

（副末）千古南朝作话传，（丑）伤心血泪洒山川；

（生）仰天读罢招魂赋，（副末）扬子江头乱瞑烟。

第三十九出 栖真

白云专巨壑，绿树幂千谷。不识灵岩路，行行转欲迷。——张瑶星《玉气剑光集·山中闻莺》

时间 明崇祯十八年乙酉六月

地点 南京栖霞山葆真庵

人物 苏昆生——净

李香君——旦

卞玉京——老旦

老赞礼——副末

柳敬亭——丑

侯朝宗——生

丁继之——副净

布景 山景、场中挂葆真庵扁

备用物 草鞋、草笠、樵斧、担、绳、绣幡、包裹、药篮

【醉扶归】(净扮苏昆生同旦上)(旦)一丝幽恨嵌心缝，山高水远会相逢；拿住情根死不松，赚他也做游仙梦。看这万叠云白罩青松，原是俺天台洞。

(唤介)师父，我们幸亏蓝田叔，领到栖霞山来。无意之中，敲门寻宿，偏撞着卞玉京做了这葆真庵主，留俺暂住，这也是天缘奇遇。只是侯郎不见，妾身无归，还求师父上心寻觅。(净)不要性急。你看烟尘满地，何处寻觅；且待庵主出来，商量个常住之法。(老旦扮卞玉京道妆上)

【皂罗袍】何处瑶天笙弄，听云鹤缥缈，玉佩丁冬。花月姻缘半生空，几乎又把桃花种。(见介)草庵淡薄，屈尊二位了。(旦)多谢收留，感激不尽。(净)正有一言奉告，江北兵荒马乱，急切不敢前行；我老汉的吹歌，山中又无用处，连日搅扰，甚觉不安。(老旦)说那里话。旧人重到，蓬山路通；前缘不断，巫峡恨浓，连床且话襄王梦。

(净)我苏昆生有个活计在此。(换鞋、笠,取斧、担、绳索介)趁这天晴,俺要到岭头涧底,取些松柴,供早晚炊饭之用。不强如坐吃山空么?(老旦)这倒不敢动劳。(净)大家度日,怎好偷闲。(挑担介)脚下山云冷,肩头野草香。(下)(老旦闭门介)(旦)奴家闲坐无聊,何不寻些旧衣残裳,付俺缝补,以消长夏。(老旦)正有一事借重。这中元节,村中男女,许到白云庵与皇后周娘娘悬挂宝幡;就求妙手,替他成造,也是十分功德哩。(旦)这样好事,情愿助力。(老旦取出幡料介)(旦)待奴薰香洗手,虔诚缝制起来。(作洗手缝幡介)

【好姐姐】念奴前身业重,绑十指筝弦箫孔;慵线懒针,几曾解女红。(老旦)香姐心灵手巧,一捻针线,就是不同的。(旦)奴家那晓针线,凭着一点虔心罢了。仙幡捧,忏悔尽教指头肿,绣出鸳鸯别样工。

(共绣介)(副末扮老赞礼,丑扮柳敬亭,背行李领生上)

【皂罗袍】(生)避了干戈横纵,听飕飕一路,涧水松风。云锁栖霞两三峰,江深五月寒风送。(副末)这是栖霞山了。你们寻所道院,趁早安歇罢。(生看介)这是一座葆真庵,何不敲门一问。石墙萝户,忙寻炼翁,鹿柴鹤径,急呼道童,仙家那晓浮生恸。

(副末敲门介)(老旦起问介)那个敲门?(副末)俺是南京来的,要借贵庵暂安行李。(老旦)这里是女道住持,从不留客的。

【好姐姐】你看石墙四耸,昼掩了重门无缝;修真女冠,怕遭俗客哄。(丑)我们不比游方僧道,暂住何妨。(老旦,真经讽,谨把祖师清规奉,处女闺阁一样同。

(旦)说的有理。比不得在青楼之日了。(老旦)这是俺修行本等,不必睬他;且去香厨用斋罢。(同下)(副末又敲门介)(生)他既谨守清规,我们也不必苦缠了。(副末)前面庵观尚多,待我再去访问。(行介)(副净扮丁继之道装,提药篮上)

【皂罗袍】采药深山古洞,任芒鞋竹杖,踏遍芳丛。落照苍凉树玲

珑，林中笋蕨充清供。（副末喜介）那边一位道人来了，待我上前问他。（拱介）老仙长，我们上山来做好事的，要借道院暂安行李，敢求方便一二！（副净认介）这位相公，好像河南侯公子。（丑）不是侯公子是那个？（副净又认介）老兄你可是柳敬亭么？（丑）便是。（生认介）呵呀！丁继老，你为何出了家也。（副净）侯相公，你不知么。俺善才迟暮，羞入旧宫；龟年疏懒，难随妙工；辞家竟把仙箓诵。

（生）原来因此出家。（丑）请问住持何山？（副净）前面不远，有一座采真观，便是俺修炼之所。不嫌荒僻，就请暂住何如？（生）甚好。（副末）二位遇着故人，已有栖身之地。俺要上白云庵，商量醮事去了。（生）多谢携带。（副末）彼此。（别介）人间消业海，天上礼仙坛。（下）（副净携生、丑行介）跨过白泉，又登紫阁；雪洞风来，云堂雨落。

幕开

布景　一道溪水，对岸山上有庵——挂采真庵扁

备用物　船篙、桃花扇

（生惊介）前面一道溪水，隔断南山，如何过去？（副净）不妨。靠岸有只渔船，俺且坐船闲话，等个渔翁到来，央他撑去；不上半里，便是采真观了。（同上船坐介）（丑）我老柳少时在泰州北湾，专以捕鱼为业；这渔船是弄惯了的，待我撑去罢。（生）妙，妙。（丑撑船介）（生问副净介）自从梳栊香君，借重光陪，不觉别来便是三载。（副净）正是。且问香君入宫之后，可有消息么？（生）那得消息来。（取扇指介）这柄桃花扇，还是我们订盟之物，小生时刻在手。

【好姐姐】把他桃花扇拥，又想起青楼旧梦；天老地荒，此情无尽穷。分飞猛，杳杳万山隔鸾凤，美满良缘半月同。

（丑）前日皇帝私走，嫔妃逃散，料想香君也出宫门；且待南京平定，再去寻访罢。（生）只怕兵马赶散，未必重逢了。（掩泪介）（副净指介）那一带竹篱，便是俺的采真观，就请拢船上岸罢。（丑挽船，同上岸介）（副净唤介）道僮，有远客到门，快搬行李。（内应介）（副净）请进。（让入介）

（生）门里丹台更不同，（副净）寂寥松下养衰翁；

（丑）一湾溪水舟千转，（生）跳入蓬壶似梦中。

第四十出 入 道

张仲长安邸，惟余接膝频。除书无长物，遗像有严亲。颇续文昌句，无惭孝友人。明君如赐锦，宫样判词臣。——杜于皇《赠张锦衣》

时间　明福王二年七月十五日

地点　南京城外白云庵

人物　张薇——外

蔡益所——丑

蓝田叔——小生

老赞礼——副末

村民——杂

四道士——杂

史可法鬼——杂

左良玉鬼——杂

黄得功鬼——杂

马士英鬼——净

雷神——杂

阮大铖鬼——副净

山神——杂

夜叉——杂

卞玉京——老旦

李香君——旦

丁继之——副净

侯朝宗——生

布景　白云庵内醮堂

备用物　瓢冠、衲衣、拂子、醮坛三、高竿幡、榜、香炉三、花瓶二、烛台六、酒壶、纸钱、锭锞、绣幡、鼓、法衣、仙乐器、执炉二、金道冠、织锦法衣、净水盏、松枝、故明思宗烈皇帝神位、故明甲申殉难文臣之位、故明甲申殉难武臣之位、九梁冠、鹤补朝衣、金带、朝靴、牙笏、酒盏三、华阳巾、鹤氅、芒鞋、拍木、纸钱、米浆、焰口、长香、金幞头、朱袍、黄纱帕、幡幢、细乐、金盔甲、红纱帕、红旗帜、鼓吹、银盔甲、黑纱帕、黑旗帜、鼓吹、雷鼓、电镜、铁炼、钢鍊、桃花扇、道冠、道袍、女道冠、道帔

【南点绛唇】(外扮张薇瓢冠衲衣,持拂上)世态纷纭,半生尘里朱颜老;拂衣不早,看罢傀儡闹。恸哭穷途,又发哄堂笑。都休了,玉壶琼岛,万古愁人少。

贫道张瑶星,挂冠归山,便住这白云庵里。修仙有分,涉世无缘。且喜书客蔡益所随俺出家,又载来五车经史。那山人蓝田叔也来皈依,替我画了四壁蓬瀛。这荒山之上,既可读书,又可卧游,从此飞升尸解,亦不算懵懂神仙矣。只有崇祯先帝,深恩未报,还是平生一件缺事。今乃乙酉年七月十五日,广延道众,大建经坛,要与先帝修斋追荐;恰好南京一个老赞礼,约些村中父老,也来搭醮。不免唤出弟子,趁早铺设。(唤介)徒弟何在?(丑扮蔡益所,小生扮蓝田叔道装上)尘中辞俗客,云里会仙官。(见介)弟子蔡益所、蓝田叔,稽首了。(拜介)(外)尔等率领道众,照依黄箓科仪,早铺坛场;待俺沐浴更衣,虔心拜请。正是:清斋朝帝座,直道在人心。(下)(丑、小生铺设三坛,供香花茶果,立幡挂榜介)

【北醉花阴】高筑仙坛海日晓,诸天群灵俱到,列星众宿来朝。幡影飘摇,七月中元建醮。

(丑)经坛斋供,俱已铺设整齐了。(小生指介)你看山下父老,捧酒顶香,纷纷来也。(副末扮老赞礼,领村民男女,顶香捧酒,挑纸钱、锭锞、绣幡上)

【南画眉序】携村醪,紫降黄檀绣帕包。(指介)望虚无玉殿,帝座非遥;问谁是皇子王孙,撇下俺村翁乡老。(掩泪介)万山深处中元节,擎着纸钱来吊。

(见介)众位道长,我们社友俱已齐集了,就请法师老爷出来巡坛罢。(丑、小生向内介)铺设已毕,请法师更衣巡坛,行洒扫之仪。(内三鼓介)(杂扮四道士奏仙乐,丑、小生换法衣捧香炉,外金道冠、法衣,擎净盏,执松枝,巡坛洒扫介)

【北喜迁莺】(合)净手洒松梢,清凉露千滴万点抛;三转九回坛边绕,浮尘热恼全浇。香烧,云盖飘,玉座层层百尺高。响云璈,建极宝殿，改作团瓢。

（外下）（丑、小生向内介）洒扫已毕，请法师更衣拜坛，行朝请大礼。（丑、小生设牌位：正坛设故明思宗烈皇帝之位；左坛设故明甲申殉难文臣之位；右坛设故明甲申殉难武臣之位）（内奏细乐介）（外九梁朝冠、鹤补朝服、金带、朝鞋、牙笏上）（跪祝介）伏以星斗增辉，快睹蓬莱之现；风雷布令，遥瞻阊阖之开。恭请故明思宗烈皇帝九天法驾，及甲申殉难文臣，东阁大学上范景文，户部尚书倪元璐，刑部侍郎孟兆祥，协理京营兵部侍郎王家彦，左都御史李邦华，右副都御史施邦耀，大理寺卿凌义渠，太常寺少卿吴麟征，太仆寺丞申佳胤，詹事府庶子周凤翔，谕德马世奇，中允刘理顺，翰林院检讨汪伟，兵科都给事中吴甘来，巡视京营御史王章，河南道御史陈良谟，提学御史陈纯德，兵部郎中成德，吏部员外郎许直，兵部主事金铉；武臣新乐侯刘文炳，襄城伯李国祯，驸马都尉巩永固，协理京营内监王承恩等。伏愿彩仗随车，素旗拥驾；君臣穆穆，指青鸟以来临；文武皇皇，乘白云而至止。共听灵籁，同饮仙浆。（内奏乐，外三献酒，四拜介）（副末、村民随拜介）

【南画眉序】（外）列仙曹，叩请烈皇下碧霄；舍煤山古树，解却宫绦。且享这椒酒松香，莫恨那流贼闯盗。古来谁保千年业，精灵永留山庙。

（外下）（丑、小生左右献酒，拜介）（副末、村民随拜介）

【北出队子】（丑、小生）虔诚祝祷，甲申殉节群僚。绝粒刎颈恨难消，坠井投缳志不挠，此日君臣同醉饱。

（丑、小生）奠酒化财，送神归天。（众烧纸牌钱锞，奠酒举哀介）（副末）今日才哭了个尽情。（众）我们愿心已了，大家吃斋去。（暂下）（丑、小生向内介）朝请已毕，请法师更衣登坛，做施食功德。（设焰口，结高坛介）（内作细乐介）（外更华阳巾、鹤氅，执拂子上，拜坛毕，登坛介）（丑、小生侍立介）（外拍案介）窃惟浩浩沙场，举目见空中之楼阁；茫茫苦海，回头登岸上之瀛州。念尔无数国殇，有名敌忾，或战畿辅，或战中州，或战湖南，或战陕右；死于水，死于火，死于刃，死于镞，死于跌扑踏践，死于疠疫饥寒。咸望滚榛莽之髑髅，飞风烟之磷火，远投法座，遥赴宝山。吸一滴之甘泉，

津含万劫；吞盈掬之玉粒，腹果千春。（撒米、浇浆、焚纸，鬼抢介）

【南滴溜子】沙场里，沙场里，尸横蔓草；殷血腥，殷血腥，白骨渐槁。可怜风旋雨啸，望故乡无人拜扫；饿魄馋魂，来饱这遭。

（丑、小生）施食已毕，请法师普放神光，洞照三界，将君臣位业，指示群迷。（外）这甲申殉难君臣，久已超升天界了。（丑、小生）还有今年北去君臣，未知如何结果？恳求指示。（外）你们两廊道众，斋心肃立；待我焚香打坐，闭目静观。（丑、小生执香，低头侍立介）（外闭目良久介）（醒向众介）那北去弘光皇帝，及刘良佐、刘泽清、田雄等，阳数未终，皆无显验。（丑、小生前禀介）还有史阁部、左宁南、黄靖南，这三位死难之臣，未知如何报应？（外）待我看来。（闭目介）（杂白须、幞头、朱袍，黄纱蒙面，幢幡细乐引上）吾乃督师内阁大学士兵部尚书史可法。今奉上帝之命，册为太清宫紫虚真人，走马到任去也。（骑马下）（杂金盔甲、红纱蒙面、旗帜鼓吹引上）俺乃宁南侯左良玉。今奉上帝之命，封为飞天使者，走马到任去也。（骑马下）（杂银盔甲、黑纱蒙面，旗帜鼓吹引上）俺乃靖南侯黄得功。今奉上帝之命，封为游天使者，走马到任去也。（骑马下）（外开目介）善哉，善哉！方才梦见阁部史道邻先生，册为太清宫紫虚真人；宁南侯左昆山、靖南侯黄虎山，封为飞天、游天二使者。一个个走马到任，好荣耀也。

【北刮地风】则见他云中天马骄，才认得一路英豪。咭叮噹奏着钧天乐，又摆些羽葆干旌。将军刀，丞相袍，挂符牌都是九天名号。好尊荣，好逍遥，只有皇天不昧功劳。

（丑、小生拱手介）南无天尊，南无天尊！果然善有善报，天理昭彰。（前禀介）还有奸臣马士英、阮大铖，这两个如何报应？（外）待俺看来。（闭目介）（净散发披衣跑上）我马士英做了一生歹事，那知结果这台州山中。（杂扮霹雳雷神，赶净绕场介）（净抱头跪介）饶命，饶命！（杂劈死净，剥衣去介）（副净冠带上）好了，好了！我阮大铖走过这仙霞岭，便算第一功了。（登高介）（杂扮山神、夜叉，刺副净下，跌死介）（外开目介）苦哉，苦哉！方才梦见马士英被雷击死台州山中，阮大铖跌死仙霞岭上。一个个皮开脑裂，好苦恼也。《明史·奸臣传》云："……五月三日，福王出走。明日，士英奉王母妃以黔兵四百人为卫，走浙江。……不数日，大铖仓皇至……杭州既降，士

英欲谒监国鲁王，鲁王诸臣力拒之，乃投严州总兵方国安军。国安，士英同乡也。……无何，士英国安率众窥杭州，兵败。溺江死者无算，士英拥残兵欲入闽，唐王以罪大不许。明年，大兵剿湖贼，士英与长兴伯吴日生俱禽获，诏俱斩之。……大铖偕谢三宾等赴江干乞降，从大兵攻仙霞关，僵仆石上死。而野乘载士英遁至台州山寺为僧，为我兵搜获，大铖国安先后降，寻唐王走顺昌，我大兵至搜龙扛，得士英大铖国安父子请王出关为自庶疏，遂骈斩士英国安于延平城下，大铖方游山，自触石死，仍戮尸云。”

【南滴滴金】明明业镜忽来照，天网恢恢飞不了。抱头颅由你千山跑，快雷车偏会找，钢叉又到。问年来吃人多少脑，这顶浆两包，不够犬饕。

（丑、小生拱手介）南无天尊，南无天尊！果然恶有恶报，天理照彰。（前禀介）这两廊道众，不曾听得明白，还求法师高声宣扬一番。（外举拂高唱介）（副末、众村民执香上，立听介）

【北四门子】（外）众愚民暗室亏心少，到头来几曾饶，微功德也有吉祥报，大巡环睁眼瞧。前一番，后一遭，正人邪党，南朝接北朝。福有因，祸怎逃，只争些来迟到早。

（副末、众叩头下）（老旦扮卞玉京，领旦上）天上人间，为善最乐。方才同些女道，在周皇后坛前挂了宝幡，再到讲堂参见法师。（旦）奴家也好闲游么？（老旦指介）你看两廊道俗，不计其数，瞧瞧何妨。（老旦拜坛介）弟子卞玉京稽首了！（起同旦一边立介）（副净扮丁继之上）人身难得，大道难闻。（拜坛介）弟子丁继之稽首了。（起唤介）侯相公，这是讲堂，过来随喜。（生急上）来了！久厌尘中多苦趣，才知世外有仙缘。（同立一边介）（外拍案介）你们两廊善众，要把尘心抛尽，才求得向上机缘；若带一点俗情，免不了轮回千遍。（生遮扇看旦，惊介）那边站的是俺香君，如何来到此处？（急上前拉介）（旦惊见介）你是侯郎，想杀奴也。

【南鲍老催】想当日猛然舍抛，银河渺渺谁架桥，墙高更比天际高。书难捎，梦空劳，情无了，出来路儿越迢遥。（生指扇介）看这扇上桃花，叫小生如何报你。看鲜血满扇开红桃，正说法天花落。

(生、旦同取扇看介)(副净拉生,老旦拉旦介)法师在坛,不可只顾诉情了。(生、旦不理介)(外怒拍案介)哇!何物儿女,敢到此处调情。(忙下坛,向生、旦手中裂扇掷地介)我这边清净道场,那容得狡童游女,戏谑混杂。(丑认介)阿呀!这是河南侯朝宗相公,法师原认得的。(外)这女子是那个?(小生)弟子认得他,是旧院李香君,原是侯兄聘妾。(外)一向都在何处来?(副净)侯相公住在弟子采真观中。(老旦)李香君住在弟子葆真庵中。(生向外揖介)这是张瑶星先生,前日多承超豁。(外)你是侯世兄,幸喜出狱了。俺原为你出家,你可知道么?(生)小生那里晓得。(丑)贫道蔡益所,也是为你出家。这些缘由,待俺从容告你罢。(小生)贫道是蓝田叔,特领香君来此寻你,不想果然遇着。(生)丁、卞二师收留之恩,蔡、田二师接引之情,俺与香君世世图报。(旦)还有那苏昆生,也随奴到此。(生)柳敬亭也陪我前来。(旦)这柳、苏两位,不避患难,终始相依,更为可感。(生)待咱夫妻还乡,都要报答的。(外)你们絮絮叨叨,说的俱是那里话。当此地覆天翻,还恋情根欲种,岂不可笑!(生)此言差矣!从来男女室家,人之大伦,离合悲欢,情有所钟,先生如何管得?(外怒介)呵呸!两个痴虫,你看国在那里,家在那里,君在那里,父在那里,偏是这点花月情根,割他不断么?

【北水仙子】堪叹你儿女娇,不管那桑海变。艳语淫词太絮叨,将锦片前程,牵衣握手神前告。怎知道姻缘簿久已勾销;翅楞楞鸳鸯梦醒好开交,碎纷纷团圆宝镜不坚牢。羞答答当场弄丑惹的旁人笑,明荡荡大路劝你早奔逃。

(生揖介)几句话,说的小生冷汗淋漓,如梦忽醒。(外)你可晓得么?(生)弟子晓得了。(外)既然晓得,就此拜丁继之为师罢。(生拜副净介)(旦)弟子也晓得了。(外)既然也晓得,就此拜卞玉京为师罢。(旦拜老旦介)(外吩咐副净、老旦介)与他换了道扮。(生、旦换衣介)(副净、老旦)请法师升座,待弟子引见。(外升座介)(副净领生,老旦领旦,拜外介)

【南双声子】芟情苗,芟情苗,看玉叶金枝凋;割爱胞,割爱胞,听凤子龙孙号。水沤漂;水沤漂;石火敲,石火敲;剩浮生一半,才受师教。

（外指介）男有男境，上应离方；快向南山之南，侯朝宗并无出家事，顺治八年，且应辛卯乡试，中副贡生，越三年而死，晚节无聊甚矣。年谱谓“当事欲案法公（朝宗）以及司徒公（恂），有司趋应省试方解”。此事容或有之，然朝宗方有与吴梅村书，勘其勿为“达节”之说所误（见《壮悔堂文集》卷三）。乃未几而身自蹈之，未免其言不怍矣。“南山之南，修真学道”。剧场搬演，勿作事实观也。修真学道去。

（生）是。大道才知是，浓情悔认真。（副净领生从左下）（外指介）女有女界，下合坎道；快向北山之北，修真学道去。

（旦）是。回头皆幻景，对面是何人。（老旦领旦从右下）（外下座大笑三声介）

【北尾声】你看他两分襟，不把临去秋波掉。亏了俺桃花扇扯碎一条条，再不许痴虫儿自吐柔丝缚万遭。

白骨青灰长艾萧， 桃花扇底送南朝；
不因重做兴亡梦， 儿女浓情何处消。

语罢长诗更浮白，七十年来似畴昔。与君同是避秦人，不醉春光良可惜。春非我春，秋非我秋。惟有桃花年年开，溪水年年满，为君酌酒长无愁。——顾亭林《桃花溪歌》

时间 清顺治五年戊子九月

地点 南京龙潭江畔

人物 苏昆生——净

柳敬亭——丑

老赞礼——副末

皂隶——副净

布景 江畔、一面靠山

备用物 柴担、樵斧、船篙、渔竿、渔笼、弦子、酒壶、酒瓢、红帽、火具、烟筒、烟囊、绿头签、红圈票

[西江月]（净扮樵子挑担上）放目苍崖万丈，拂头红树千枝；云深猛虎出无时，也避人间弓矢。建业城啼夜鬼，维扬井贮秋尸；樵夫剩得命如丝，满肚南朝野史。在下苏昆生，自从乙酉年同香君到山，一住三载，俺就不曾回家，往来牛首、栖霞，采樵度日。谁想柳敬亭与俺同志，买只小船，也在此捕鱼为业。且喜山深树老，江阔人稀；每日相逢，便把斧头敲着船头，浩浩落落，尽俺歌唱，好不快活。今日柴担早歇，专等他来促膝闲话，怎的还不见到。（歇担盹睡介）（丑扮渔翁摇船上）年年垂钓鬓如银，爱此江山胜富春；歌舞丛中征战里，渔翁都是过来人。俺柳敬亭送侯朝宗修道之后，就在这龙潭江畔，捕鱼三载，把些兴亡旧事，付之风月闲谈。今值秋雨新晴，江光似练，正好寻苏昆生饮酒谈心。（指介）你看，他早已醉倒在地，待我上岸，唤他醒来。（作上岸介）（呼介）苏昆生。（净醒介）大哥果然来了。（丑拱介）贤弟偏杯呀！（净）柴不曾卖，那得酒来。（丑）愚兄也没卖鱼，都是空囊，怎么处？（净）有了，有了！你输水，我输柴，大家煮茗清谈罢。（副末扮老赞礼，提弦携壶上）江山江山，一忙一闲，谁赢谁输，两鬓皆斑。（见介）原来是柳、苏两位老哥。（净、丑拱介）老相公怎得到此？（副末）老夫

住在燕子矶边，今乃戊子年九月十七日，是福德星君降生之辰；我同些山中社友，到福德神祠祭赛已毕，路过此间。（净）为何挟着弦子，提着酒壶？（副末）见笑见笑！老夫编了几句神弦歌，名曰〔问苍天〕。今日弹唱乐神，社散之时，分得这瓶福酒。恰好遇着二位，就同饮三杯罢。（丑）怎好取扰。（副末）这叫做“有福同享”。（净、丑）好，好！（同坐饮介）（净）何不把神弦歌领略一回？（副末）使得！老夫的心事，正要请教二位哩。（弹弦唱巫腔）（净、丑拍手衬介）

［**问苍天**］新历数，顺治朝，岁在戊子；九月秋，十七日，嘉会良时。击神鼓，扬灵旗，乡邻赛社；老逸民，剃白发，也到丛祠。椒作栋，桂为楣，唐修晋建；碧和金，丹间粉，画壁精奇。貌赫赫，气扬扬，福德名位；山之珍，海之宝，总掌无遗。超祖祢，迈君师，千人上寿；焚郁兰，奠清醑，夺户争墀。草笠底，有一人，掀须长叹：贫者贫，富者富，造命奚为？我与尔，较生辰，同月同日；囊无钱，灶断火，不啻乞儿。六十岁，花甲周，桑榆暮矣；乱离人，太平犬，未有亨期。称玉斝，坐琼筵，尔餐我看；谁为灵，谁为蠢，贵贱失宜。臣稽首，叫九阍，开聋启聩；宣命司，检禄籍，何故差池。金阙远，紫宸高，苍天梦梦；迎神来，送神去，舆马风驰。歌舞罢，鸡豚收，须臾社散；倚枯槐，对斜日，独自凝思。浊享富，清享名，或分两例；内才多，外财少，应不同规。热似火，福德君，庸人父母；冷如冰，文昌帝，秀士宗师。神有短，圣有亏，谁能足愿；地难填，天难补，造化如斯。释尽了，胸中愁，欣欣微笑；江自流，云自卷，我又何疑。（唱完放弦介）出丑之极。（净）妙绝！逼真《离骚》、《九歌》了。（丑）失敬，失敬！不知老相公竟是财神一转哩。（副末让介）请干此酒。（净咂舌介）这寡酒好难吃也。（丑）愚兄倒有些下酒之物。（净）是什么东西？（丑）请猜一猜。（净）你的东西，不过是些鱼鳖虾蟹。（丑摇头介）猜不着，猜不着。（净）还有什么异味？（丑指口介）是我的舌头。（副末）你的舌头，你自下酒，如何让客。（丑笑介）你不晓得，古人以《汉书》下酒；这舌头会说《汉书》，岂非下酒之物。（净取酒斟介）我替老哥斟酒，老哥就把《汉书》说来。（副末）妙妙！只恐菜多酒少

了。(丑)既然《汉书》太长,有我新编的一首弹词,叫做〔秣陵秋〕,唱来下酒罢。(副末)就是俺南京的近事么?(丑)便是!(净)这都是俺们耳闻眼见的,你若说差了,我要罚的。(丑)包管你不差。(丑弹弦介)六代兴亡,几点清弹千古慨;半生湖海,一声高唱万山惊。(照盲女弹词唱介)

[秣陵秋]陈隋烟月恨茫茫,井带胭脂土带香;骀荡柳绵沾客鬓,叮咛莺舌恼人肠。中兴朝市繁华续,遗孽儿孙气焰张;只劝楼台追后主,不愁弓矢下残唐。蛾眉越女才承选,燕子吴歈早擅场,力士签名搜笛步,龟年协律奉椒房。西昆词赋新温李,乌巷冠裳旧谢王;院院宫妆金翠镜,朝朝楚梦雨云床。五侯阃外空狼燧,二水洲边自雀舫;指马谁攻秦相诈,入林都畏阮生狂。春灯已错从头认,社党重钩无缝藏;借手杀仇长乐老,协肩媚贵半闲堂。龙钟阁部啼梅岭,跋扈将军噪武昌;九曲河流晴唤渡,千寻江岸夜移防。琼花劫到雕栏损,玉树歌终画殿凉;沧海迷家龙寂寞,风尘失伴凤彷徨。青衣衔璧何年返,碧血溅沙此地亡;南内汤池仍蔓草,东陵辇路又斜阳。全开锁钥淮扬泗,难整乾坤左史黄。建帝飘零烈帝惨,英宗困顿武宗荒;那知还有福王一,临去秋波泪数行。

(净)妙妙!果然一些不差。(副本)虽是几句弹词,竟似吴梅村一首长歌。(净)老哥学问大进,该敬一杯。(斟酒介)(丑)倒叫我吃寡酒了。(净)愚弟也有些须下酒之物。(丑)你的东西,一定是山肴野蔌了。(净)不是,不是。昨日南京卖柴,特地带来的。(丑)取来共享罢。(净指口介)也是舌头。(副末)怎的也是舌头?(净)不瞒二位说,我三年没到南京,忽然高兴,进城卖柴。路过孝陵,见那宝城享殿,成了刍牧之场。(丑)呵呀呀!那皇城如何?(净)那皇城墙倒宫塌,满地蒿莱了。(副末掩泪介)不料光景至此。(净)俺又一直走到秦淮,立了半晌,竟没一个人影儿。(丑)那长桥旧院,是咱们熟游之地,你也该去瞧瞧。(净)怎的没瞧,长桥已无片板,旧院剩了一堆瓦砾。(丑捶胸介)咳!恸死俺也。(净)那时疾忙回首,一路伤心;编成一套北曲,名为〔哀江南〕。待我唱来!(敲板唱弋阳腔介)俺樵夫呵!

[**哀江南**][**北新水令**]山松野草带花挑，猛抬头秣陵重到。残军留废垒，瘦马卧空壕；村郭萧条，城对着夕阳道。

[**驻马听**]野火频烧，护墓长楸多半焦。山羊群跑，守陵阿监几时逃。鸽翎蝠粪满堂抛，枯枝败叶当阶罩；谁祭扫，牧儿打碎龙碑帽。

[**沉醉东风**]横白玉八根柱倒，堕红泥半堵墙高，碎琉璃瓦片多，烂翡翠窗棂少，舞丹墀燕雀常朝，直入宫门一路蒿，住几个乞儿饿殍。

[**折桂令**]问秦淮旧日窗寮，破纸迎风，坏槛当潮，目断魂消。当年粉黛，何处笙箫。罢灯船端阳不闹，收酒旗重九无聊。白鸟飘飘，绿水滔滔，嫩黄花有些蝶飞，新红叶无个人瞧。

[**沽美酒**]你记得跨青溪半里桥，旧红板没一条。秋水长天人过少，冷清清的落照，剩一树柳弯腰。

[**太平令**]行到那旧院门，何用轻敲，也不怕小犬哰哰。无非是枯井颓巢，不过些砖苔砌草。手种的花条柳梢，尽意儿采樵；这黑灰是谁家厨灶？

[**离亭宴带歇指煞**]俺曾见金陵玉殿莺啼晓，秦淮水榭花开早，谁知道容易冰消。眼看他起朱楼，眼看他宴宾客，眼看他楼塌了。这青苔碧瓦堆，俺曾睡风流觉，将五十年兴亡看饱。那乌衣巷不姓王，莫愁湖鬼夜哭，凤凰台楼枭鸟。残山梦最真，旧境丢难掉，不信这舆图换稿。诌一套〔哀江南〕，放悲声唱到老。

（副末掩泪介）妙是绝妙，惹出我多少眼泪。（丑）这酒也不忍入唇了，大家谈淡罢。（副净时服，扮皂隶暗上）朝陪天子辇，暮把县官门；皂隶

原无种，通侯岂有根？自家魏国公嫡亲公子徐青君的便是，生来富贵，享尽繁华。不料国破家亡，剩了区区一口。没奈何在上元县当了一名皂隶，将就度日。今奉本官签票，访拿山林隐逸，只得下乡走走。（望介）那江岸之上，有几个老儿闲坐，不免上前讨火，就便访问。正是：开国元勋留狗尾，换朝逸老缩龟头。（前行见介）老哥们有火借一个！（丑）请坐。（副净坐介）（副末问介）看你打扮，像一位公差大哥。（副净）便是。（净问介）要火吃烟么，小弟带有高烟，取出奉敬罢。（敲火取烟奉副净介）（副净吃烟介）好高烟，好高烟！（作晕醉卧倒介）（净扶介）（副净）不要拉我，让我歇一歇，就好了。（闭目卧介）（丑问副末介）记得三年之前，老相公捧着史阁部衣冠，要葬在梅花岭下，后来怎样？（副末）后来约了许多忠义之士，齐集梅花岭，招魂埋葬，倒也算千秋盛事，但不曾立得碑碣。（净）好事，好事，只可惜黄将军刎颈报主，抛尸路旁，竟无人埋葬。（副末）如今好了，也是我老汉同些村中父老，检骨殡殓，起了一座大大的坟茔，好不体面。（丑）你这两件功德，却也不小哩。（净）二位不知，那左宁南气死战船时，亲朋尽散，却是我老苏殡殓了他。（副末）难得，难得。闻他儿子左梦庚袭了前程，昨日扶柩回去了。（丑掩泪介）左宁南是我老柳知己。我曾托蓝田叔画他一幅影像，又求钱牧斋题赞了几句；逢时遇节，展开祭拜，也尽俺一点报答之意。（副净醒，作悄语介）听他说话，像几个山林隐逸。（起身问介）三位是山林隐逸么？（众起拱介）不敢，不敢，为何问及山林隐逸？（副净）三位不知么，现今礼部上本，搜寻山林隐逸。抚按大老爷张挂告示，布政司行文已经月馀，并不见一人报名。府县着忙，差俺们各处访拿，三位一定是了，快快跟我回话去。（副末）老哥差矣，山林隐逸乃文人名士，不肯出山的。老夫原是假斯文的一个老赞礼，那里去得。（丑、净）我两个是说书唱曲的朋友，而今做了渔翁樵子，益发不中了。（副净）你们不晓得，那些文人名士，都是识时务的俊杰，从三年前俱已出山了。目下正要访拿你辈哩。（副末）啐，征求隐逸，乃朝廷盛典，公祖父母俱当以礼相聘，怎么要拿起来！定是你这衙役们奉行不善。（副净）不干我事，有本县签票在此，取出你看。（取看签票欲拿介）（净）果有这事哩。（丑）我们竟走开如何？（副末）有理。避祸今何晚，入山昔未深。（各分走下）（副净赶不上介）你看他登崖涉涧，竟各逃走无踪。

【清江引】大泽深山随处找，预备官家要。抽出绿头签，取开红圈票，把几个白衣山人吓走了。

（立听介）远远闻得吟诗之声，不在水边，定在林下，待我信步找去便了。（急下）（内吟诗曰）

渔樵同话旧繁华，　短梦寥寥记不差；
曾恨红笺衔燕子，　偏怜素扇染桃花。
笙歌西第留何客？　烟雨南朝换几家？
传得伤心临去语，　年年寒食哭天涯。